6984

OCH FRAMÅT...

Av Agneta Sikvall

Papper från ansvarsfulla källor
Paper from responsible sources
FSC® C105338

Omslaget är designat av Torbjörn Källström

Förlag: BoD – Books on Demand, Stockholm, Sverige
Tryck: BoD – Books on Demand, Norderstedt, Tyskland
ISBN: 978-91-7969-605-4

Prolog

Tre människor vandrade över den tundralika slätten. Främst gick en småväxt senig man med en smal käpp. På käppen lyste en lång rad ljuspunkter, vissa med blå varningsfärg och ett av dem blinkade dessutom.

Två raggiga hundar drog en släde. Där låg ett spädbarn nedbäddat tillsammans med sin några år äldre syster. Den andra släden, som drogs av deras far, gungade högt lastad med redskap och torkade frön från baljväxter och säd. Mannen som ledde gruppen hade skakat på huvudet när han fått syn på arrangemanget men den som packat släden måste varit skicklig för hittills hade inte ekipaget vält.

– Framme!

Vägvisaren pekade ner mot ett mörkare stråk i snötäcket. På andra sidan stråket en antydan till södersluttning, där en och annan grästuva tittade fram. Snön smälte sedan länge inte bort helt på sommaren.

– Är ni säkra på att ni vill stanna här?

– Om du kommer med virket i god tid innan vintern slår till igen om ett halvår så blir det bra.

Kvinnan tittade ut över slänten. Efter någon minut lyfte hon armen och pekade på en aning högre mark en bit från vattnet.

– Där slår vi upp tältet, vi skottar upp ett vindskydd av snö mot nordanvinden. Huset bygger vi på södersluttningen mitt emot.

Lagen tillät nybyggare att muta in så mycket mark man klarade av att vandra fram och tillbaka från boplatsen, från soluppgång till nedgång under sju dagar. Denna årstid på dessa breddgrader räckte dagarna till långa utfärder. Flera av ljusen på parets käppar pulserade, intensivt över några markstycken, mindre över andra.

– Jag har fick just ett utslag till på Metall 67 och du rapporterade Metall 71 på flera ställen igår. Våra förfäders tillkortakommanden ska bli vår väg till rikedom. Här ligger säkert en kubikkilometer avfall från forntiden och väntar på att bli omhändertaget.

– Men det var den första reaktionen på en lång stund.

– Jag hinner bort till bäckkröken och tillbaka innan vi måste vända.

– Vi ska akta oss för girighet, vi stannar där käpparna inte blinkar mer …

En stor rörelse omfattade hela jorden: Återta vår mark från isvintern. Många kände sig manade att försöka förbättra sina livsvillkor, en del med idéer mer realistiska än andras. Familjen med slädarna överlevde. Varje generation som följde uppmanades:

– Håll våra anfäder i ära, fortsätt deras verk. Deras slit har gett oss ett arv som vi måste förvalta.

Andra människor med andra förhoppningar slog sig ner intill bosättningen för att försöka uppfylla vad de drömde om.

Snötäcket fortsatte växa, genom goda tider och onda. 6984 fanns i den lilla byn, förutom isgruva, hela fyra odlingar av grönsaker och en fiskodling.

I

Marta

Den grå skrovliga isväggen ville tränga in genom kontorsfönstret. Även om det, vid denna tiden på året, fanns små kuddar av snö på sina ställen som i viss mån muntrade de upp det dystra intrycket. Marta drog ett djupt andetag. Snart sextio. ”Vad blev det av mitt liv?” Sa hon det högt? Hon var ensam i huset, det måste varit hon som pratade för sig själv.

Som liten flicka följde hon ofta sin far till hans kontor och han brukade stolt säga att hon ärvde ett imperium. Må istäcket ta förfädernas imperium … En snart tömd isgruva i en ogästvänlig del av en sargad värld … ”Livet består av tillfälligheter brukade fadern säga, det gäller att känna igen och ta vara på chanserna när de dyker upp.”

Marta beundrade sin far men för henne bestod livet mest av käppar i hjulet. Men med viljestyrka kunde man vända även hinder till sin fördel. Hon startade kontorspenqveten, det var dags. Den hök som inte dyker efter lämmeln under snön får ingen mat. Hon hade en plan. På något sätt skulle hon ta sig härifrån och hon skulle ha tillräckligt med kompensationsenheter med sig för att leva gott resten av sitt liv.

Doften av snö slog emot henne när hon stack ut huvudet genom fönstret och spanade utefter gatan. Hon undertryckte en rysning vid åsynen av sovmodulerna. De låg sida vid sida som abnormt förstorade strömlinjeformade distansrobotar utefter gatan. Billigt och hållbart utan någon som helst finess. Ett svagt susande från gruvans ventilationssystem var allt som hördes. Inte en själ syntes mer än gamle Grime som stolpade bort mot kantinen. Skönt, hela byn, utom hon, satt där och fick sitt middagsmål. Med stor försiktighet började hon frisera siffror i en kalkyl. I en decipenqvet på en plats mer än hundra mil därifrån började en varningslampa lysa.

Övervakare

D:Alfa gjorde en snabb överslagsberäkning, och reagerade snabbt. Det här var något som hans M:Alfa borde uppmärksamma. M:Alfa var i färd med att stoppa i sig sitt tredje mål den dagen och måttligt intresserad av vad D:Alfa ville uppmärksamma honom på.

– Jag tar det efter den här goda krämpajen med extra grädde, svarade han, och gladde sig över att han lyckats ta sig in i de kretsar där en skicklig programmerare hade möjlighet att påverka sina matransoner. D:Alfa märkte att i det ögonblicket fanns det någon som med ett milt leende studerade M:Alfa och gjorde en liten anteckning i marginalen. Tillbaka framför skärmen, kommenterade M:Alfa:

– Tja, hon lär ju inte få ihop många kompensationsenheter på det sättet och det finns knappast någon möjlighet för henne att få några fördelar den vägen …

D:Alfa avbröt honom:

– Lägg märke till byns ekonomi med risk för att gruvan faller samman, kan medföra förluster i liv med genetisk potential.

– Äsch, håll koll på beräkningarna. Vi kan evakuera dem innan det händer något. Det dröjer många år än, svarade M:Alfa och iscensatte det som även det var en av anledningarna till att han trivdes extra bra med sin nya tillvaro: Ett fiktivt anfall på en av de bosättningar han hade till uppgift att bevaka och vårda. Hmm, om han ökade nativiteten till tvåhundra procent, skulle han efter tjugo år ha tillräckligt med soldater att stå emot anfallet men om angriparna gjorde samma sak …

Zivvel

Hörlurarna värmde och skavde. Zivvel önskade att hon kunde ta av sig dem som småbarnen på första bänkraderna hade gjort. Av deras koncentrerade miner och valhänta sätt att hålla i pennorna gissade hon att de höll på att lära sig forma bokstäver. Läraren gick på tå mellan bänkraderna. Då och då kastade hon en blick upp mot tentanderna som placerats längst bak i sin gamla skolsal för att skriva sina slutprov. En elev i tredje raden räckte upp handen, hans mun rörde sig och läraren sprang snabbt emot honom med pekfingret framför munnen.

Instängd i en skrivsal. Torr och varm inomhusluft. Hemma i växthuset väntade vårens nyss sådda fröer på henne. Spenaten borde vuxit sig så stor idag att hon vågade klappa den utan att den tog skada. Hon föreställde sig hur de svala gröna plantorna smekte handflatan när hon drog handen över groddarna.

Skärpning! Tillbaka med blicken mot plattan. För första gången i livet ville hon klara skrivningen med höga poäng. Den här gången borde hon ändå få ett "det gjorde du bra" från fadern. Hon gladde sig åt att hon sluppit redovisa vid vilka våglängder klorofyll absorberade ljusenergi, men frågan om hur växters rötter tog upp vatten var inte mycket lättare att besvara med ord. Tänk om hon fått rita en bild istället.

Hon grubblade över det allra sista avsnittet. En uppsats på två till tretusen ord om "Hur kan jag bidra till ett gott samhälle". Det borde räcka med "Jag ordnar mat till en stor del av vår by". Det blev bara tio ord, hon behövde några till.

Hon och hennes mor hade ett par dagar tidigare tittat på en dokumentär om väktare. Väktare arbetade med harmonin i samhället, ibland öppet och ibland fördolt. Det verkade vara en spännande tillvaro. Hon älskade att arbeta med sina växter. Av och till blev det ändå en aning enahanda med rader av sallad och spenat. Ivrigt började hon författa. Tvåtusenfyra ord. Det får räcka, bestämde hon, läste igenom, rättade några stavfel och tryckte på sänd.

Snö på taket

Fadern hade redan börjat dra ner snön från växthustaket när hon kom med sin raka.

– Hur gick det, kunde du svara på alla frågor? Jag har sagt det förut och jag säger det igen, jag kunde lärt dig praktiskt taget allt som du studerat de här fem åren.

– Du har sagt det förut och du säger det igen. Jag säger, det kunde du, men ville du?

Han gav en grymtning till svar och fortsatte raka ner snö med långa bestämda drag. Zivvel gick bort till andra änden av växthuset. Hon lyckades trots ordväxlingen dra ner snön med lika bestämda drag som honom. När hon gick i de lägre klasserna och blev uppflyttad till nästa utbildningsnivå brukade hennes mor alltid stå vid dörren och ta emot henne när hon kom hem. Inifrån sovmodulen hördes då ofta fadern säga: ”Det är obegripligt.”

Vad han menade med obegripligt började hon förstå först på senare år. Det blev en vana att hon och modern snabbt försvann hemifrån för att fira. Hon log för sig själv. Mjölk och kaka med Oros och hans föräldrar, och uppflyttningskaramell. Vartenda färgglatt skyddspapper med bokstäver, siffror och formler på fanns sparade i en låda under hennes säng.

Upp med rakan till takåsen, tillbaka ner, stampa bort snön från kängorna, för varje drag blev hon lugnare. Han tycktes inte lika förvånad längre. I början när hon fick kluriga uppgifter från Utbildningsenheten försökte hon några gånger diskutera lösningen med honom. Han brukade se på henne med ett nollställt ansiktsuttryck och vände sig bort. Efter att hon kommit på honom med att i hemlighet studera hennes svar kunde han inte låtsas vara ointresserad längre. Mot slutet av utbildningen diskuterade han motvilligt hennes lösningar och hon upptäckte vilken kunnig trädgårdsmästare hon fått till far.

Gruvfogden

– Det här fungerar inte Marta, Gruvfogdens röst lät ilsk och hes, jag har sagt till dig gång på gång, vi kan inte ta ut sådana mängder från gruvan utan att det är risk för ras. Den beter sig inte som förut, jag tror det beror på att istäcket blir så tjockt att jorden trycks ned. Det blir sprickor där vi inte väntar oss, jag kan inte ta ansvar för driften längre.

Dörren till Martas kontor stängdes och näste man, som väntade på sin tur, kunde inte längre höra orden, bara att gruvfogden verkade bli allt mer upprörd. Till slut stegade han ut och hans min antydde att han inte fick som han ville.

I kantinen senare på kvällen satt han i sällskap med sina gruvarbetare och muttrade sammanbitet.

– Vi är fria individer, vi låter oss inte bli skadade, det får ta den tid det tar att säkra gångarna. Kärringen låter som hon äger gruvan, som om det inte var snart femtio år sen bygemenskapen tog över.

– Det är konstigt att hon får hållas, man tror ju att man är övervakad hela tiden. Man vågar ju knappt kyssa sin man ifall dom tittar på oss med jag vet inte vad. Vi har letat i hela sovmodulen efter nån avlyssningsgrej, men vi har inte hittat någon, kommenterade en kraftig kvinna i blå overall sydd i ett grovt tyg.

– Ibland tror jag att väggarna har öron, svarade hennes kamrat.

– Jag kan förstå reglerna men då får de gälla för alla och jag tror inte Marta följer dem till hundra procent. Det är fler än jag som har sett henne smyga bakvägen till flyghamnen och komma tillbaka med ett stort paket i famnen.

– Vi brukar hålla på lite extra när vi tror vi är övervakade, avbröt en av de yngre i sällskapet, ivrigt, med ett stort leende.

– Ähh, tro inte att ditt sexliv, om du har något, är så intressant, retades de övriga, nu tar vi en öl till. Marta får nog vad hon förtjänar tids nog.

Ljusbrist

Solen stod som högst under en av årets kortaste dagar. Zivvel tittade ut över alla bänkrader i Tredjegårdens växthus. Plantorna sträckte sig upp mot glaset, små och taniga, de behövde både mer ljus och mer värme. Fortsatte det på här viset blev det knappast något överflöd att servera för kantinpersonalen. Alla gårdarnas växthus behövde bättre lampor, allas sådder stod och stampade. Byn hamnade allt djupare ner under iskanten och låg numer, utom när solen stod som högst på himlen sommartid, alltid i skugga. Nordan låg på. Idag är jag tacksam för isväggen, sa hon till sig själv, idag är den bra, den hindrar vinden.

Men den hindrade inte snön som vräkt ned senaste veckan. Hur de än kämpade med att dra ner snötäcket från glastaken låg där nästan hela tiden ett centimetertjockt lager och hotade med sin tyngd. Hon suckade lätt, hon hade flera idéer om hur man skulle förbättra både arbetsförhållanden och skördeutfall. I sagan förändrades folk. Vad saknade hon för att få sin far att lyssna?

Övervakare

M:Alfa studerade intresserad en av byarna i isområdet och framför allt dess ledare. En påhittig äldre man som uppenbarligen föredrog ett mer gammaldags levnadssätt. Allt material som Världsstyrelsen levererade sålde han vidare och köpte i stället in rivningsvirke som hans bybor byggde sina hus av. De nya övervakningspenqveterna också, det verkade som om han ansåg att de gamla fungerade lika bra som om de hade den nya programvaran. Matleveranserna avyttrade han innan de ens anlänt! M:Alfa blev ivrig där han satt, kan jag komma åt delar av hans inkomster? Karln måste vara förmögen, M:Alfa läste av mannens fil, inget där, hur gömmer han sina pengar? Byinnevånarnas trivselindex låg på max. Irriterad upptäckte han att D:Alfa sökte hans uppmärksamhet.

– Du måste göra något, byns vinterfest är i fara.

– Vad du tjatar, vad är det du vill att jag ska se på nu. Den där byn vi talade om redan för något år sedan? Är de missnöjda! De får väl ta tag i sina liv, det har jag gjort!

D:Alfa hade suckat tungt, om decipenqveter kunnat sucka.

– Om trivselindex sjunker då är det fara för freden förklarade han tålmodigt, och det är din uppgift att se till att samhällena i norr mår bra. Du måste få lagat deras kontaktväg de har levt på sparlåga alltför länge.

– Nu minns jag, hon som donade med bokföringen, jag använde det i ett spel sen, det gick inte bra. Jag ska titta på det där om en stund, jag har en idé jag ska pröva i byn jag nyss studerade.

Varubrist

– Vi behöver tillstånd att få ut mer el, vi behöver folk som hjälper oss att skotta. Vi måste få material, ledningar, lampor, värmeaggregat. Hur många gånger ska vi behöva komma hit och förklara det. Männen och kvinnorna från Isbyns gårdar stirrade sammanbitet på byrådets representant.

– Jag vet, jag vet, den korta magra, kvinnan höll med.

– Vid istäcket, jag har själv gård. Vi har yrkat medel gång på gång till Världsstyret men vi får inga svar. Vi har skickat begäran om förstärkning för gruvan också men ingenting händer. Vi i rådet har dragit ner på ransonerna, inga fler barn får avlas tills vi fått ordning på det här. Om jag inte visste bättre skulle jag tro att vi är bortglömda av våra högsta styrande.

Vinterfest med förhinder

Fortfarande varma efter bastun i badhuset, i rena overaller, vandrade människor med facklor i händerna genom byn. Familj mötte grupp i vintermörkret, hälsade, drog utslitna skämt, skrattade. Hela byn var på väg att tränga in sig i kantinen för Midvinterfesten.

– Varning, varning. Tut, tut. Alarmet går. Väggarna spricker om en till tar sig in.

– Den fick vi höra igår! Och i förra veckan.

– Det hjälpte inte, här blev inte mer rymd för det.

Inne i kantinen sken väggarna av tusentals små stjärnor i silver och guld som traditionen bjöd. Enligt samma tradition borde buffén digna av läckerheter, denna enda dag på året. Kantinpersonalen hade verkligen gjort sitt bästa men inte ens de hade förmågan att trolla med knäna. Matkällaren hade skattats på sitt förråd av rotfrukter. Lutfisken låg där, blank av smörsås, men för övrigt? Var fanns jättetårtorna? Delikatesserna? Godisbordet? Flärparna att göra oljud med och de skojiga hattarna? I ett hörn hade någon lagt några förskrämda överblivna lätt solkiga bordssmällare, kvar sen fjolåret. De var så få att inte ens barnen kunde få var sin.

Ett missnöjt mummel mötte dem som anlänt i sista minuten. När de kryssat sig fram till bordet, stannade de, stelnade, stirrade och stämde in i det allt högljuddare missnöjet.

– Vi har beställt, men vi fick ingen leverans, varken denna veckan eller förra. Solvi, som ansvarade för kantinen hade svårt att hålla gråten borta.

– Det har varit svårt att få hit varor senaste året, det vet vi alla, vi beställde i extra god tid med tanke på det, men det hjälpte inte som ni ser.

Marta, tog över mikrofonen:

– Nu är det som det är, vi får roa oss så gott vi kan med det vi har. Låt oss äta, dricka och vara glada.

Martas normalt skarpa tonläge lät ännu mer aggressivt än vanligt. Hon hade svårt att undertrycka misstanken att hon själv ställt till eländet genom att mixtra med inkomsterna. Moloket och dystert högg man in på det lilla som bjöds. Faten tömdes på nolltid. I brist på andra läckerheter tog flera vägen förbi baren. Marta ställde sig personligen bakom disken och blandade tångbrännvin med fruktsafter. Hon måste naturligtvis smaka av varje sats själv. Ibland blev hon tvungen att testa blandningen flera gånger innan hon var nöjd. Proportionerna mellan sött, syrligt och alkohol måste vara de rätta.

– Kan hon skratta? viskade Zivvel till en vän.

Marta viftade bort folk som ville spä ut sina drinkar med mer vatten.

– Jag är barmadam, jag är ordförande. Jag är, hon knep ihop munnen, hon slog ut med armarna: Jag är helt enkelt bäst. Drick och var glada att jag finns här.

De med mer måttlig inställning till brända drycker föredrog att gå hem.

Snön knarrade under fötterna på Zivvel och större delen av byns invånare där de vandrade mot sovplatserna med dröjande steg i vinterkvällen. Flingor lade sig i deras hår, nästan lika tätt som stjärnorna som lyst på väggarna i den lokal de just lämnat.

– Sämsta midvinterfest jag varit på.

Samtalet avbröts, ljudet av krossat glas ekade mellan husväggarna, följt av den dämpade dunsen av ett matbord som landade i snöhögen nedanför fönstret. Upprörda röster hojtade och skrek i det upplysta rummet innanför öppningen.

– Vid istäcket, vad innerst inne i isgrottorna har de för sig därinne?

– Absolut sämsta festen.

– Vi får leta rätt på något att spika för innan kantinen blir utkyld, idioterna där inne lär inte klara av det, eller ens tänka på det.

Övervakare

– Vinterfest, vilken vinterfest? Viktig högtid i norr. Jaha, så nu får de sin leverans. Kommer flera veckor försent? Vad är en vecka jämfört med ett helt liv?

D:Alfa gjorde några snabba beräkningar och bestämde att han inte skulle berätta för M:Alfa att han noterat allt tätare kontroller av M:Alfas förehavanden.

Gruvfogden slutar

Zivvel tog hissen upp till glaciären efter morgonens arbete. Solen lyste över en vit vidd av gnistrade iskristaller, doften av vårvinter kittlade näsan. Februari, en underbar månad, årets näst bästa. Lediga stunder satt byborna bakåtlutade mot uppskottade snöhögar med näsorna vända mot söder. Några gruvarbetare passade på att lapa lite sol innan de gick på eftermiddagsskiftet. Hon slog sig ner hos dem och undrade varför de såg så bekymrade ut.

– Gruvfogden har sagt upp sig. Han tröttnade på att gräla med Marta, han stannar denna veckan ut.

– Frågan är vem som ska ta över.

– Det är egentligen ingen från byn som skulle passa.

– Vi har också funderat på att flytta, den där Midvinterfesten var droppen.

Den senaste talaren sköt iväg en spottloska, innan han fortsatte, men det har blivit lite bättre, vi fick stöttor till gruvtaket med förra leveransen.

– Och en jättetårta, insköt en knubbig kvinna med en belåten suck.

– Vi borde lämna Världsstyrelsen, de håller inte vad de lovat.

– Tyst med dig, någon kan höra dig. Hörde ni att han i modulen längst bort har fått förslag på en partner …

Övervakare

M:Alfa stirrade förtretad på skärmen. Inte nu igen. Vartenda scenario han skapade slutade i katastrof. Den här gången hade han trott att det skulle lyckas, ibland gick beräkningarna åt skogen redan efter någon vecka men hans senaste och mest långlivade spel fungerade strålade under nära två år innan en farsot dödade två tredjedelar av befolkningen. Det spelade ingen roll hur han ökade matransoner, minskade matransoner, ökade/minskade befolkningen, införde nya sinnrika vapen, varenda gång slutade det med att hans befolkning gick under eller att resurserna tog slut. Inte ens i det långlivade spelet, som i övrigt fungerade perfekt, kom han någon vart med att erövra någon näraliggande bosättning trots att allt för övrigt gick rätt väg.

Det knackade på dörren. Till M:Alfas förvåning kom hans gamla lärare in, avsevärt rynkigare i ansiktet, men det var utan tvekan hon. Hon hade till och med på sig en likadan grönmurrig overall som sist han träffade henne.

– Hur går det för dig? frågade hon.

I M:Alfas besvikelse över sitt senaste misslyckande reflekterade han inte över att han aldrig hade infört någon sjukdom i sitt spel. Inte heller kom han ihåg att hans lilla hobby knappast betraktades med blida ögon av hans uppdragsgivare.

– Det går inte bra alls svarade han som en gnällig sjuåring.

– Låt mig se, sa hon tröstande. Nej, jag ser att det inte går något vidare. Du har flera byar med blinkande varningslampor och titta på den lilla där uppe i norr, där blinkar hela fyra stycken rött. Nu ska vi se. D:Alfa vad betyder de här lamporna, jag vet att du senast för en timme sedan uppmärksammade M:Alfa, eller ska jag kalla dig Simo som i gamla tider, på de här fenomenen, men han törhända hade annat för sig just då.

M:Alfa, eller för all del Simo krympte ihop i stolen, av skammen och misstanken att hans förstört sina möjligheter att fortsätta sitt behagliga liv. Han som varit så belåten med att bli utsedd till decipenqvetväktare.

– Du var nog upptagen med att det inte skulle komma några

blinkande lampor i din konstruerade verklighet Simo, och vi vet att för en del blir den konstgjorda verkligheten mer verklig än den riktigt verkliga.

Lampa nummer ett: Någon har manipulerat till sig fler kompensationsenheter än den personen behöver. Det är naturligtvis inte bra att anse sig ha rätt till mer än övriga samhällsmedborgare. Vi får ta itu med den personen.

Två: De kompensationsenheterna kommer från ökad gruvdrift i den byn, nja, det är inget bra liv att arbeta i en isgruva och där utvinns inte särskilt nödvändiga resurser för vårt samhälle, det är säkert lika bra att den får stängas ner inom en inte alltför avlägsen framtid.

Tre: Någon eller några använder ett överflöd av brända drycker. Ja, sådant händer i ett hårt klimat men brukar vara ett hinder för en god samhällsutveckling och absolut farligt för dessa personers hälsa och välfärd.

Fyra: Harmonin i byn är klart sjunkande, börjar närma sig en nivå där det lilla samhället imploderar. Det är oerhört allvarligt och kan inte tillåtas.

– D:Alfa förbered en introduktion för en ny M:Alfa, under tiden tar övriga världsdecipenqveter hand om övervakningen. Och kära D:Alfa ingen klandrar dig, du har verkligen försökt larma. När du har förberett introduktionen får du gärna släcka ned och vila en stund. Ni har en hel del att ta itu med sen, du och M:Alfa. Det är en kvinna den här gången förresten, om du vill förbereda dig för att bli en hon, det är väl några M:Alfor sen sist.

Hon log vänligt mot skärmen, tog den skamsne Simo under armen, och förde honom ut ur rummet sägandes:

– Seså, inte hänga läpp. Vi ska nog hitta en nästan lika bra annan sysselsättning åt dig. Men räkna inte med lika rikligt med mat, du har egentligen stoppat i dig din livsranson av kalorier redan.

– När du vilat en stund, D:Alfa, kan du köra en översikt på en viss Zivvel i By4854, vi har fått indikationer på att hon kan ha potential som väktare. Vi börjar bli ålderstigna och behöver nytt blod.

Myndighetspost

Zivvel hade fått ett meddelande från "avdelningen för inre skydd" där man önskade ett samtal med medborgare Zivvel3883. Det var ordnat en lokal i bykontoret. Tacksamt om medborgare Zivvel hade möjlighet att träffa styrelsens representant när denne anlände med flygskeppet.

Vad ville de henne? Hon hade studerat listan med regler om medborgerligt ansvar utan att hitta något som hon, vad hon förstod, förbrutit sig emot. Vinden ven kring öronen vid byns lufthamn och hon passade på att knäppa även de översta knapparna i sin nya vinteroverall.

En lång, storväxt man i beige overall steg ensam ur skeppet. Han lyfte knappt märkbart på ögonbrynen när han betraktade de grå isväggarna som omgav byn. Han fick syn på henne, presenterade sig, gav henne en vänlig nick och bad henne föra honom till mötesplatsen. Förvånat konstaterade hon att han måste vara åtskilliga år yngre än henne. Innan mötet hade hon föresatt sig att hon skulle föra sig värdigt vad än hon ansågs vara skyldig till. Lättare sagt än gjort, han trampade på med långa kliv. Hon fick småspringa bredvid honom som en liten flicka.

Där bryggvägbeläggningen tog slut fick de ta ett kort steg ner på grusvägen. De tvingades att ta omvägar runt smältvattenpölarna. Han lyfte åter knappt märkbart på ögonbrynen. Zivvel stirrade ner i marken.

– Bystyrelsen säger, att våra inkomster för närvarande inte räckte till att göra färdigt vägen, förklarade hon i ett enda andetag. Han öppnade munnen som om han ville svara något men knep bestämt igen läpparna i stället.

Först när de slagit sig ner på varsin pinnstol i lokalen och han knäppt på sin platta började han tala.

– Hur länge har damen funderat på att bli väktare?

Hennes uppsats! Vad det därför man önskade ett samtal med medborgare Zivvel3883? Ska jag säga som det är eller dra till med något, hann hon tänka innan hon svarade:

– Det kom jag på ganska nyligen.

Han hummade, ljudet påminde om en gammal människa, innan han fortsatte:

– Du har skrivit en synnerligen intressant uppsats. Särskilt meningen: Det är kraft i att tjäna, uppskattar jag.

Hon böjde ner huvudet och hoppades att han inte skulle se hennes rodnade kinder. Hennes mor hade läst upp den meningen högt en kväll och haft en del invändningar.

– Jag har ett formulär här som vi kan gå igenom gemensamt, fortsatte väktaren. Om det faller väl ut måhända damen kunde komma till Ultimapolis någon vecka för ytterligare samspråk.

Zivvel blev tvungen att fundera på saker hon aldrig medvetet reflekterat över tidigare. Hon blev ivrig och häpnade själv över sina åsikter både om det ena och det andra. Efter avslutad intervju tyckte hon att det hade varit mer ett samtal än att han ställt frågor och hon svarat.

– Jag tror damen skulle passa i organisationen. Jag ska rekommendera detta.

Han slog igen sin platta och avslutade mötet.

Hon gick hem full av förväntan. Ultimapolis hägrade. Bilden av en jordglob hon sett en gång flög genom huvudet. Hur väktare arbetade verkade fortfarande ganska dimmigt trots dokumentären hon sett. Representanten hade gett henne beröm för hennes diplomatiska sätt att tänka. Hon hoppades att övriga väktare inte var lika tillknäppta som den här. Han kanske log när de bugade farväl men hon var inte helt säker.

Framför hennes dörr låg en stor vattenpöl. Inte en människa i sikte. Bara den allra bakersta delen av klacken var våt när hon tagit ett jämfotahopp över pölen.

Ett streck i räkningen

– Vi behöver dig här!

– Men pappa förstår du inte vilken chans det här är för mig?

Fadern, med askgrått ansikte, slog knytnäven i väggen. För henne verkade det som en oändlighet innan han svarade:

– Du vill gå över till motståndarsidan! Inbillar du dig att det kommer att ses med blida ögon här i byn? Du har inte en aning om vad du ger dig in på.

Han höll tyst en lång stund igen. Zivvel förstod att det inte var läge att protestera. Han fortsatte något lugnare:

– Vi sköter oss själva här, vi vill inte att den så kallade Världsstyrelsen ska komma med pekpinnar vare sig hit eller någon annan stans i världen. Du kommer att ses som en förrädare och hur ska jag kunna se folk i ögonen med en sådan dotter? Vem ska ta över dina arbetsuppgifter? Din utbildning är helt inriktad på de behov vi har här och varken du eller någon annan har den minsta nytta av dina kunskaper vart du än placeras på detta klot.

Zivvel beslutade att hon hade en chans att visa sig själv värdig den roll hon hade erbjudits. Hon kramade sin lilla lyckosten i fickan, försökte bortse från volterna i magen och att det kändes som om isvatten rann nerför nacken och svarade med tillkämpat lugn.

– Pappa, varför är du rädd för styrelsen? Som du säger sköter vi oss själva och så länge det fungerar bra så kommer inte någon och lägger sig i.

– Den där förisade regimen lägger sig visst i. Vi har velat utöka vår bosättning så länge jag har bott här. Men det kan vi inte, då kommer en massa höga gubbar och tanter och har gud vet hur många skäl som helst att det inte ska tillåtas. Du hade haft syskon om din mor och jag fått bestämma, men nähä, där får inte folk göra som de själva vill.

Faderns ansikte förvandlades sekundsnabbt till mer ledset än argt. Lika fort var pannan rynkad och munnen förvriden. Zivvel undrade om hon verkligen sett en annan sida av honom eller om hennes ögon bedrog henne.

– Det är ransonering på det ena och ransonering på det andra och inte får vi köpa det vi har behov av även om vi ordnar fram kompensationsenheter.

Hon hade aldrig hört sin far uttrycka kritiska åsikter förut med sådan våldsamhet. Vid vissa sällsynta tillfällen hade det inte funnits möjlighet att köpa eller få tag i just det hon önskat men hon hade aldrig sett det som någon större sak.

– Jag trodde du trivdes med livet här, jag har aldrig hört dig klaga på vår tillvaro förut.

– Det ska du veta dotter, att det jäser bland våra grannar och om du går över till fienden kan du aldrig komma tillbaka. Det kan bli så att jag och din mor blir tvungna att flytta. Även om man kommer fram till att byn inte kan avstå från just mina kunskaper och min arbetskraft så kommer vi att bli helt utfrysta.

Vad pratade han om? Zivvel kände på sina öron, hörde hon rätt? Utfrusna? Komplikationer, tänkte Zivvel, men komplikationer är till för att lösas. Man kan inte knäppa skon innan den sitter på foten.

– Jag tror inte på vad du säger. Du påstår saker som inte stämmer. Skulle jag vara omedveten om strömningarna under ytan i min egen by?

– Ni ungdomar håller er vid ert bord i kantinen. Vad vet ni. Indoktrinerade till att tro på allt Världsstyrelsen påstår. Det har funnits tider när förtjänta personer suttit vid makten.

– Världsstyrelsen fördelar våra tillgångar för att alla ska må bra, det låter, tycker jag, som om de är förtjänta att styra.

Faderns askgrå färg övergick i rött och en åder började pulsera i tinningen. Han tog ett steg närmare och studerade henne högt uppifrån.

– Lilla Zivvel du går omkring och tror alla om gott. Till min förvåning har du gjort bra ifrån dig i skolan. Om inte din mor hade bett och bönat skulle du fått börja i produktionen för länge sen. Visst tycker vi alla att du är rar och förtjusande men inte kan man prata med dig om viktiga saker.

Det fortsatte rinna isvatten från hjässan nerför nacken. Knäna betedde sig konstigt. Kinderna hettade. Huvudet försvann på något underligt sätt. Hon fortsatte krama sin lilla lyckosten för att hålla kontakt med verkligheten. Fadern betraktade sin dotter och förstod någonstans i djupet av sitt hjärta att han hade gått för långt. Han muttrade något ohörbart och gick ut ur rummet.

Zivvel stod kvar, kroppen spänd, med tankarna snurrande i huvudet. Betraktade hela byn henne som en smart idiot som man inte behövde räkna med? Vad gör jag nu? Kan jag lita på någon över huvud taget?

Hon väcktes till liv av en klocka som klingade svagt utifrån och talade om för henne att morgonskiftet slutade. Då skulle det vara dagsljus ett par timmar till. Fint, hon behövde samla sina tankar och hur gjorde man det bättre än på skidor. Snabbt samlade hon ihop sin utrustning och tog sig till hissen. För att komma in i den blev hon tvungen att passera gamle Grime. Med ett stort leende släppte han förbi henne kommenterande:

– Lilla damen Zivvel ska ta en skidtur. Ta det försiktigt. Det är mer snö på väg nu igen.

– Jag ska försöka hålla mig till någon led. Hon gjorde en grimas som hon hoppades han skulle tolka som ett leende. ”Lilla damen” precis den uppmuntran hon behövde.

Hissen steg gnisslande mot glaciären och stannade med en duns. Hon fick ta ett kliv uppåt för att komma ur. Snöfallet hade verkligen varit ihållande senaste tiden. Solen lyste i samma ögonblick fram mellan molnen och hon blickade ut över mil efter mil av kritvita vidder. På något sätt måste det ordna sig. Hon knäppte på sig skidorna. Solen gick i moln igen men det störde henne inte.

Hennes mottagare larmade om att hon inte borde ge sig ut på leden, dålig kontakt med givarna i spåret. Alla soldater kommer inte hem från kriget, endera far jag vilse och då blir de av med mig eller också är det mitt öde att ta hand om världens elände.

Med ett snett leende inombords stakade hon sig iväg. Värme och lugn spreds genom hela kroppen där hon gled fram. Hon gjorde upp planer den ena omöjligare än den andra och hon förstod att hur gärna hon än ville resa ut fick hon finna sig i läget som det var. Långsamt accepterade hon den tanken och ilskan dunstade. Hennes tid skulle komma.

Dags att vända hem. Hon hade varit så borta i sina tankar att hon först nu la märke till att det var ett bra tag sen hon fått någon signal från någon ledmarkering. Inte heller hade hon märkt att flingorna börjat falla allt tätare. Hon spanade runt, snöfallet gjorde det svårt att se någon längre sträcka och spåren efter hennes skidor blåste snabbt igen. Hon vände och följde fördjupningarna efter skidorna medan de fanns kvar. Snön slutade under tiden falla. Molnen sprack upp i väster.

Solen tittade fram och dagens sista sneda strålar avslöjade hur vinden blåst fram drivor i det övrigt platta landskapet. I bästa fall kan jag få kontakt med leden i någon av de här minidalarna tänkte Zivvel och försökte hålla ångesten ifrån sig. Om jag lyckas missa issprickor ska det här gå bra.

I mörker nådde hon fram till hissen och tryckte med skakig hand på returknappen.

Nollställt

Redan innan Vinterfesten förstod Marta att hon begått ett misstag genom att manipulera räkenskaperna. I flera månader hade hon sagt till sig själv att hon måste återställa systemet. Byn behövde få tillbaka sina kompensationsenheter, men det tog emot. Första tiden efter sin lilla korrigering öppnade hon sitt konto flera gånger om dagen. En nybliven mor som kärleksfullt, uppmärksamt, njöt av sin baby. En bråkdels kompensationsenhet högre varje tillfälle men det växte.

Hon fantiserade om att lämna sin torftiga sovmodul, att resa, nej flytta, till en varm plats utan snö och is. Klädd i något svalt, en ljummen bris från havet medan hon satt med en god drink i månskenet. Efter någon månad vågade hon prova att beställa en ny overall av betydligt bättre kvalitet än dem hon brukade kosta på sig och det gick bra. De har inte lika noggrann koll på oss som de påstår, tänkte hon belåtet.

Men vid försöket därefter; Marta ville gömma sig, trots att hon satt ensam framför datorn. ”Dina besparingar kan omöjligt räcka till den här varan” kom upp på skärmen. Det budskapet fick hon sedan varje gång utom en, när hon försökte handla något dyrare än hennes officiella konto tillät. Inköp av en flaska exklusivt brännvin godkändes till hennes förvåning.

Hennes skickliga manipulerande resulterade i en flaska sprit och en overall. Må istäcket begrava hela detta samhälle! Årets vinterfest gnagde. Hur många bortförklaringar hon än tänkte ut i sin modul om kvällen. Det gick inte att bortse ifrån hur misslyckad den blivit. Hon påmindes huttrande dagligen. Byn saknade resurser att laga det sönderslagna fönstret. Kylan från de tunna brädor som man spikat på spreds genom hela kantinen.

Flera nätter hade hon gått ut, på väg till kontoret. Mörkret kompakt över byn. Alla invånare förväntades sova. Ändå hörde hon rörelser och anade skuggor efter vägen och vände fort tillbaka hem.

Till slut drev skammen henne hit till kontoret trots att hon kände sig iakttagen. Siffrorna i kalkylbladet måste återföras till sina ursprungliga värden. Det ville sig först inte. Hur hon än försökte accepterade inte systemet de rätta siffrorna. De hoppade omedelbart tillbaka till de felaktiga. Små svettdroppar trängde fram i pannan på henne.

Helt tvärt blev alla värden korrekta. Siffrorna rann över skärmen, det fanns ingen möjligt att hänga med. Upp kom hennes hemliga konto, omdöpt till Förskingrat, räkneverket snurrade baklänges med raketfart och nollställdes. Saldo: 0 Hälsningar från M:Alfa.

Martas halsgrop snördes samman, hon hörde sig själv kvida, rusade ut ur rummet och snubblade nerför trappan. Det lät precis som någon skrattade inifrån hennes tomma kontor, när hon trängde sig ut genom dörren vid entrén. Väl ute stramade hon upp sig och gick stelbent värdigt hem till sin modul. Med darrande händer hällde hon upp ett glas tångbrännvin som hon svepte innan hon hällde upp ytterligare ett. Den bruna halvt genomskinliga vätskan fick följa med när hon slog sig ned i sin länstol.

Blundande med glaset i handen blixtrade hela händelseförloppet förbi som en bildberättelse bakom ögonlocken. Svedan i bröstet satt kvar, hon noterade att något rann ur hennes ögon ner på kinden. Nollställt. Räckte det inte med att byn i fortsättningen fick de inkomster den genererade, måste man ta tillbaka det som satts in på hennes konto? Hopplösheten sänkte sig ner över henne, hur skulle hon ta sig härifrån nu?

En främling vid bordet

En eftermiddag när Zivvel avslutat arbetet, och tog sig till kantinen, satt en okänd ung man i sällskap med hennes föräldrar vid ett bord. Hon studsade till, han liknade en yngre kopia av hennes far. Storväxt, bredaxlad, med antydan till mage. Fadern fångade in henne och tvingade ner henne på en stol bredvid den okände.

– Låt mig presentera Marur. Han har kommit lång väg enbart för din skull.

Zivvel lät sig häpet tryckas på plats. Ännu mer förvånad fick hon se fadern klappa om den unge mannen samtidigt som han förde Zivvels stol närmare främlingens. Inte nog med det, hans ansikte sken mer belåtet än den gången han fick pris för 20 år av perfekta grönsaker. Och det hade ändå varit en stor dag. Hon sökte sin mors blick men Sandrin nöjde sig med att småle och rycka på axlarna.

Samtalet runt bordet gjorde ingenting för att förklara denne Marurs närvaro. Han hävde ur sig den ena konstigheten efter den andra. Snart påstår han att det är självklart att jorden är platt, tänkte hon och började resa sig. Fadern hindrade henne med en mjuk men bestämd spark mot vristen. Hon dunsade tillbaka på stolen. Marur beklagade sig över bristen på lämpliga partners i byn han kom ifrån. Fadern tittade rakt på Zivvel och menade att i denna byn fanns det gott om unga kvinnor i rätt ålder. Marur nickade längre än nödvändigt, och sneglade bort mot hörnet där tvillingarna Andine och Rika satt och skrattade tillsammans.

Inte bara utseendet påminde om fadern visade det sig. Zivvel slutade att lyssna och studerade hur de båda männen samtalade. Full i skratt noterade hon att båda kliade sig i nacken när de blev ivriga. Fadern i sitt gråsprängda tidigare mörka hår och den unge i sitt lockiga blonda. Ville de understryka en åsikt la de pekfingrarna i kors innan de förde händerna åt sidan.

Hon hade aldrig tidigare tänkt på hur fadern bar sig åt för att få henne att känna sig liten och dum. Nu blev det tydligt med två likartade exemplar. De tittade på den de pratade med uppifrån och ner med halvsänkta ögonlock. Nästa gång han försöker förminska mig vet jag hur jag kan försvara mig.

Det blev dags för kvällsmat, de hämtade sina portioner, Zivvel försökte smita bort till sina vänner som samlats kring Andine och Rika men föstes bestämt tillbaka av fadern och trycktes ned bredvid Marur.

Till slut gäspade han och bad att få rekommendera sig. Zivvel hade haft svårt att hålla ögonlocken öppna efter maten och längtade efter att få slänga sig på sängen. Fadern fortsatte att prata på om vilken förträfflig ung man som kommit till byn. En så trevlig svärson skulle han gärna hälsa välkommen i familjen.

– Kanhända slutar du drömma om de där väktarna.

– Inte ens om vi var de enda människorna som överlevt storkriget.

– Mina föräldrar skulle varit lika hedrade som jag om de levat.

Hon kastade en blick på väggen, när de steg in i modulen, där hängde kortet av farföräldrarna i sin illa tilltygade ram. Att fotot fanns kvar ansågs som ett mirakel. Trots alla varningar kröp farfadern tillbaka in i sin sönderbombade bostad. I princip kunde man betrakta huset som en grushög men en enda vägg, just den med fotot, stod delvis orörd under rasmassorna enligt familjelegenden.

– Jag fann inte det jag letade efter, lär han sagt när han kom ut, men det här är ändå bättre än ingenting. På kortet stod farmodern, storväxt och stolt, med en min så sammanbiten att Zivvel tidigt i livet bestämde sig för att sådan skulle hon aldrig tillåta sig att bli.

Lösning i sikte?

Nästa dag stod Zivvel vid odlingsbänkarna och njöt av hur värmen steg upp ur den svarta doftande jorden. I år hade det tagit ännu längre tid än förra året att skotta fram bänkarna. De behövde bygga om hela odlingsfältet. Igen! Ett stort arbete men samtidigt ett tillfälle att förbättra trädgården. Hur fick hon sin far med på noterna? Han gick och muttrade över hennes brist på entusiasm för den unge man hon blivit presenterad för dagen innan. Hon kliade sig i nacken. Fadern visste mycket väl att några partnerskap inte fick förekomma utan partnerutredarnas godkännande.

Partnerutredarnas godkännande! Hon ville krama någon men i brist på bättre höll hon en blomkruka tätt intill bröstet. I vintras, när hon skickade återbud att det just då inte passade henne att börja arbeta för regeringen blev hon uppmanad att återkomma. En utbildningsplats stod och väntade på henne. Nu kunde hon komma ifrån utan att väcka misstankar. Det skulle säkert vara lättare att få fadern att acceptera detta än att förstå fördelarna med hennes förslag till att ändra bänkgårdarna. Bänkgårdarna fick vänta! Ultimapolis här kommer jag sjöng hon inombords och började plantera ut de späda spenatplantorna från växthusen.

Vid lunchen slog hon sig ner mitt emot fadern.

– Du måste ju ändå förstå att vi måste ha ett godkännande för att bilda par, pappa. Det kan gå bra att få godkännandet i efterhand men du vet också vilket elände det kan bli om vi inte är lämpliga genetiskt. Jag kan inte tänka mig att du vill riskera min framtid så illvilligt.

Det där med illvilligt var en chansning. Endera skulle han få ett raseriutbrott eller i stället bli mild som hon visste inte vad. Han tyckte inte om att bli påmind om att han tog i för hårt ibland.

– Jag är faktiskt inte utredd som barnaföderska. Jag var sjuk när det skulle göras, kommer du ihåg? Men om jag är med och sätter ut det som står i växthusen och jobbar extra på kvällen med sådderna skulle jag kunna resa till Ultimapolis för utredningen.

Att hon samtidigt skulle kontakta väktarna mellan undersökningarna behöll hon för sig själv.

– Det borde ta en vecka sammanlagt och både du, jag och byn skulle få nytta av min resa. Tre flugor på en smäll du. Och om partnerutredarna finner att jag och din tilltänkta spermiedonator passar ihop lovar jag att dela sovmodul med honom. Men då måste jag kanske flytta till hans by, har du tänkt på det? Och då blir du av med den bästa trädgårdsdräng du haft.

– Han är en fin ung man och det inte hans fel att man har svårt att finna någon som passar honom, svarade fadern med ett stänk av irritation i rösten. Han har lovat att han slår sig ner här när ni flyttar samman.

– Jag har svårt att förstå varför du vill para ihop honom med din korkade dotter.

Zivvel ansträngde sig för att inte rösten skulle darra. Fadern rodnade, hon visste att han skämdes över sitt utbrott i vintras.

– Då beställer vi en biljett till Ultimapolis!

– Vi får se, svarade han, Världsstyrelsen har tydligen sagt att byledningen måste godkänna resor utanför byn hörde jag i morse. När du fortfarande sov.

– Det är då vid istäcket för många påbud de kommer med, tillade han.

Senare under morgonen fick hon se honom stå och prata med en av byledarna. Båda tittade åt hennes håll där hon kom gående från växthuset med ytterligare en låda planteringsfärdiga småplantor i famnen. Hon måste hejda sig från att ta ett glädjeskutt. Det där måste betyda att fadern försökte hjälpa henne att komma iväg.

Marta gör som hon vill …

Ledargruppen samlades till det dagliga morgonmötet. Marta hade som vanligt sovit dåligt och var på ett ännu uslare humör än hon brukade. Till råga på allt hamnade hon bredvid den i hennes tycke mjäkige Kare med sin fruktansvärda morgonandedräkt. Att ingen säger åt honom att borsta tänderna innan han kommer hit.

– Har vi något utöver det vanliga frågade hon innan någon annan hunnit öppna munnen. Det störde henne, att hon alltid måste låtsas lyssna på de övriga ledarnas stammande motargument.

Ibland saknade hon tiden då hennes antagonister gav henne ordentliga mothugg, desto större triumf när hon ändå lyckades genomföra sin vilja. Hon trodde själv att hon genom kloka manövrar eliminerat motståndet. I själva verket orkade inte ens de starkaste kämpa emot henne i längden. Hennes ”kloka” manövrar använde flera som ursäkt för att hoppa av. Bättre stiga åt sidan när en bomb faller än ta emot den med händerna.

– Det har inkommit en ansökan om en resa till Ultimapolis upplyste Rudi, som brukade hålla i agendan för byn.

Man resonerade kort kring det dagliga och det fanns ingen anledning till att reseansökan inte skulle beviljas. Martas irritation ökade. Den här unga damen borde inte få fara iväg. Partnerutredning. Hon upplevde ett rysande obehag varje gång hon satt i kantinen och såg Sandrins dotter le och skratta med ungdomarna i byn.

– Vi har inte behov och plats för fler barn i byn, avbröt hon de övriga, så bestämt att alla tystnade. Har vi fler frågor att ta upp? Annars föreslår jag att vi alla går till våra arbetsplatser.

Sandrin

Sandrin knackade på Martas sovmodul. Hon visste att Marta var inne men dörren öppnades inte. Hon knackade igen hårdare och mer uppfordrande och till slut gick dörren upp med ett klick.

– Nu har du gått för långt, började hon men förstod snabbt att det inte stod någon innanför. Hon steg in i den mörka hallen och skymtade en skepnad i andra änden.

– Vad vill du? frågade skepnaden som hade Martas röst med ett tonfall som tydligt visade att hon visste vad det rörde sig om.

– Du kan gott tända ljuset när du får besök svarade Sandrin. Hallen lystes upp och avslöjade ett ganska slitet, oklanderligt rent men opersonligt utrymme.

Marta förstod att hon överilat sig igen. Fler bybor än vanligt tystnade hastigt och vände sig bort när hon kom gående. Detta gjorde henne inte mindre benägen att hålla fast vid sitt beslut. Förutom ett mindre felsteg, hon skakade av sig den tanken, var det hon som ägde kompetensen att sköta byns angelägenheter.

Marta kände Sandrin och visste att hon som regel inte gjorde stort väsen av sig. När hon ingrep i något sammanhang var det oftast motiverat. Naturligtvis handlade besöket i kväll om dottern. Marta samlade sig inför matchen som förestod, med en nästan jämlik sparringpartner. Hon bespetsade sig på att få fira sin seger med ett litet glas tångbrännvin av det mer exklusiva märket. Det som sparades för speciella tillfällen.

– Vi har känt varandra länge Marta, och jag vet att du kan vara en smula brysk men varför stoppar du Zivvels resa? Jag tror inte på att man måste ha ert tillstånd för att resa. Du vet lika väl som jag att det här är undersökningar som hon måste gå igenom förr eller senare och hon har redan missat det obligatoriska tillfället.

– Det passar sig inte att hon åker nu och som jag sa i morse vi behöver inte fler barn i byn för närvarande. Marta försökte sig på ett förstående leende.

– Du pratar som du har förstånd till svarade Sandrin, jag vet varför du beter dig som du gör och …

Martas leende blev allt stelare för att snart försvinna helt. Den ena pinsamheten efter den andra lyftes fram och Marta förbannade sitt olyckliga öde som tvingat henne att stanna i en by med en person som visste allt om henne.

Det blev två välfyllda glas med tångbrännvin av det billigaste märket till natten. Hon tröstade sig med att förskingringen visste Sandrin ingenting om.

Marta tar tillbaka …

Morgonen efter, vid ledarnas dagliga genomgång anlände Marta på offensiven.

– Ni tog ett felaktigt beslut igår, flickan Zivvel måste få sin resa godkänd naturligtvis. Nu har ni förstört möjligheten för henne att resa som planerat. Nu får hon vänta till slutet av sommaren. Jag tänkte att hon gärna får passa på att göra en del ärenden för byn, det är saker jag anser vi ligger efter med.

Då hinner hon inte med något nöjesliv, tänkte hon. En liten hämnd är ändå en hämnd. Ikväll blir det ett litet glas av det exklusiva.

Tvättdag

Högtalaren över dörren påminde henne om att denna dag var det tvättdag i hennes del av byn. Hon rafsade ihop sina sängkläder och övrig smutstvätt, slängde ner det i en kasse som hon ställde framför ingångsdörren. Hennes mor kom ut ur sitt rum, tittade på Zivvel med ett småleende och sa:

– Det ordnar sig nog ska du se.

Sandrin kommenterade sällan några beslut som byledningen tagit, att hon knipit ihop läpparna när Zivvels resa fått avslag var bara det ett avsteg från det normala. Vad hade hänt? Zivvel tecknade ett frågetecken i luften, ett litet familjeskämt mellan de båda, men någon ytterligare kommentar kom inte från modern.

Intriger

Den lilla magra kvinnan som styrde i Fjärdegården sökte upp Marta i kantinen.

– Kan vi sätta oss avskilt? Hon talade mycket tyst.

– Jag har en fundering om Zivvel ska göra ärenden för byn i Ultimapolis. Det finns en kvinna där som ägnar sig åt växtförädling och jag skulle vilja komma över ett parti av hennes förbättrade fröer. Jag tror inte att det är godkänt det hon håller på med. Jag vill inte ställa till med något för henne via nätet, men om Zivvel får med sig ett brev och söker upp henne?

Marta brydde sig inte ett dugg om hur maten som hamnade på hennes tallrik framställdes. Hon hade svårt att tänka sig att det fanns något som Världsstyrelsen inte visste om. Hon hade färska erfarenheter, hon ryste till och hörde innanför pannbenet ett skratt från kontoret. Fjärdegårdskvinnan insisterade och när Marta förstod att växtförädlaren höll till i Obygden utanför själva staden ändrade hon sig snabbt. Det blir en lagom obehaglig upplevelse för den självbelåtna Sandrins dotter.

Resa beviljad

– Du är kallad till byledningen, ropade fadern till Zivvel där hon stod och kontrollerade temperaturkurvan för senaste dygnet. Det var något fel i uppvärmningen av den här bänken för det blev nästan lika kallt i den på natten som i luften. Salladen verkade ha klarat sig, alla längtade efter färskt grönt. Jaha skulle hon få resa ändå? Låg det någonting i det mamma antydde härom morgonen?

– Jag måste fixa värmen i den här bänken ropade hon tillbaka och skruvade på den närmaste ventilen, går dit så snart jag är färdig.

Till hennes lättnad bemannade Kare kontoret idag.

– Jo, sa Kare och vände bort ansiktet, vi resonerade på det viset, att när du ändå måste fara till Ultimapolis så kan du uträtta några mindre ärenden för bygemenskapen. Vi har försökt ta hänsyn till dina besök på kliniken. Jag tycker att det kan bli en smula svårt att hinna med, men Marta som har varit i UP, som hon kallar det, säger att du kommer att ha gott om tid.

Vi föreslår att du tar ett skepp i augusti så är du tryggt tillbaka innan höststormarna. Han räckte över ett schema till henne, hon kastade en blick på det och förstod varför han verkade generad. Augusti! Hon bet ihop. Det gjorde ont i käkarna. Varenda minut och lite till uppbokat. Aldrig får man vara riktigt glad i den här byn höll hon på att säga men hejdade sig.

– Fint då beställer jag biljett och boende, blev det i stället.

Sen hörde hon sin mun utbrista:

– Då blir det väl lön utan ledighetsavdrag?

– Självklart, det är antecknat, Kare övergick till att se nästan belåten ut. Klart du ska kompenseras för ditt arbete.

Bassängen

– Det blev kanske inte som du hoppades men det kan bli bra ändå, tröstade Sandrin sin dotter.

– Men jag kommer knappt ens att hinna med mina undersökningar klagade Zivvel för hundrade gången.

– Det kan till och med bli bättre än vad du tänkte dig, svarade Sandrin för etthundraförsta gången. Sluta, det blir inte bättre för att du klagar. Gläd dig åt att du kan delta i Sommarfesten. Har vi tur snöar den inte inne som förra året. Ta din skyffel och åk upp och skotta. Det finns inget som är så bra mot dysterhet som hårt kroppsarbete i solen. Flera av dina vänner gick mot hissen för en stund sen.

Uppe på glaciären sköt hon bort sin besvikelse över sin uppskjutna resa, även om det fortsatte att puttra en smula djupt inne i Zivvel. Snön var aningen fuktig och lätt att skotta. Alla jobbade målmedvetet på med ett och annat avbrott för att kasta ett lass snö på varandra, tills skyfflarna slog emot solid is.

– Bassängen blir en meter djup räcker det?

– Vad har vi att välja på. Ville du ha nyckeln till dynamitförrådet, retades man.

En svart termopresenning lades i fördjupningen och sen skottade man tillbaka all den snö man just skottat undan. Zivvel livsandar steg, hur bra hon än trivdes med att så frön och se de späda plantorna komma upp ur myllan njöt hon ännu mer av startskottet på sommaren. När bassängen byggdes upp.

Hon hämtade ett liggunderlag, lade sig på magen och tittade på när solen smälte snösörjan i bassängen, precis som hon gjort varenda vår ända sedan hon blev gammal nog att åka upp på glaciären på egen hand. Det var värt hela långa kalla, mörka vintern att bo här och få njuta av ljusa nätter och solvärme nästan hela dygnet. Tänk att för länge sedan fanns det ingen evig is där jag ligger. Jag undrar hur man levde här då.

Hon avbröts i sina drömmerier av att en skugga föll över hennes huvud. Med ett lätt obehag konstaterade hon att hennes tilltänkte kom och störde. Hennes första intryck av honom som en av de värsta torrbollar hon träffat på hade inte ändrats de stunder hon tvingats umgås med honom. Han berättade gärna långa invecklade historier, då och då avbrutna av från magen kommande gapflabb. Hans fascination av speciellt löpare som fallit på mållinjen, höjdhoppare som rev ribban, kunde hon inte alls se någon humor i.

Hon gäspade, bytte samtalsämne, vände ryggen till utan att han lade märke till hur uttråkad hon blev. De skämt hon drog, till exempel om rovfågeln som kom till kantinen och ville ha örngott, mottogs mest med en förvånad min. Tack gode första skapare att jag har min biljett till Ultimapolis, tänkte hon ofta i sällskap med honom.

Sommarfest

Ett par dagar senare glittrade vattnet i bassängen, småbarnen lekte i den grunda gropen, övervakade av ett par av byns äldre tonåringar. Kantinpersonalen bar upp bord, pallar, läckerheter som köttfylld tarm, salladssoppa och värmda söta drycker. Dansytan var upptrampad, musiker stämde sina instrument och byns halvstora barn kom släpande på Herr hål i isen. I år hade de fått ihop en ståtlig isgubbe säkert två meter hög och minst en meter i omkrets. De hade stora svårigheter att dra honom med sig.

Till slut förbarmade sig några av de yngre männen och hjälpte ungdomarna att resa skapelsen och att vicka den på plats. Festdeltagarna fick bråttom att ta fram sina smältboxar. Det gällde att fånga in solstrålar och koncentrera dem mot isgubben. Vid rätt inställning tutade eller mullrade boxen och under ett våldsamt kackalorums smältes Herr hål i isen ner. Festen hade börjat. De äldre byinvånarna höll för öronen.

– Det var bättre förr innan boxarna hade ljud, mycket högtidligare.

– Vi fick föra oväsen själva vi.

Hissen knirkade upp och ned, och var gång några varit nere i byn kom de tillbaka mer upprymda och ostadiga på benen. Zivvels vän Oros ropade på henne.

– Kom hit det fattas minst en person för en lekända. Zivvel armkrokade sig in mellan Oros och hennes tilltänkte partner. Andragårdens tvillingflickor kom springande för att ansluta, Andine stor och rund, och Rika, kort och smal som Zivvel. Snart gick det inte att klämma in fler lekändar på den upptrampade plattan. Oros gäng och andra som inte fick plats dansade så gott det gick på den knaggliga ytan intill. De stampade till med högerfoten, lyfte vänsterfoten, kom in i rytmen, fortsatte tills Andine vrickade vristen på det ojämna underlaget. Zivvels tilltänkte erbjöd sig chevalereskt att stödja den skadade till hissen.

– Här krävs nog en man med muskler innanför skjortan, skröt han med ett mullrande skratt. Andine fnittrade uppmuntrande.

– Muskler är väl det enda du har, viskade Zivvel tyst för sig själv, och fortsatte dansa.

Blev en lekände för kort kopplade man på sig till en annan rad. Solen gick ned. Småbarnen behövde hem till sängen. Deras föräldrar fick vackert följa med. Alla som ville fick nu plats på den tillplattade ytan. Efter midnatt orkade få med fler lekändor. Musikerna övergick till lugnare stycken.

– Vi vill höra Oros spela ropade några trötta dansare från kanten av plattan.

Övriga närvarande skyndade sig att upprepa begäran och Oros låtsades inte vara nödbedd. Han tog fram flöjten, och konfererade några ord med musikerna i bandet. Över nejden tonade en vemodig melodi som samtidigt fyllde allas sinnen med hopp. Fullmånen lyste från en sommarljus natthimmel ner på en ljust blå oändlig vidd med mörkare stråk av skugga bakom snödrivor. Zivvels hjärta svällde. Det var så vackert. Hon ville gråta och ändå var hon lycklig.

Ett återsken av sommarnattens magiska ljus nådde ner till den lilla byn i botten av en urholkning i istäcket när Zivvel sent omsider smög sig hemåt. Nu skulle dagarna bli kortare igen. Gatan lyste fuktig och grådaskig. Hon skymtade gaveln på sin sovmodul när örat nåddes av ett försynt fnitter och ett mörkt dämpat men omisskännligt skratt. Hon bytte riktning för att höra hur det gått med den vrickade foten, när andra ljud informerade henne om att hon nog skulle klampa in i något tämligen privat. Full i skratt vände hon om och snabbade på de sista stegen till sin dörr.

Luftskepp

Några veckor senare stod Zivvel vid lufthamnen. Hon var där i mycket god tid, ville inte missa luftskeppet som trafikerade byarna i isen. Sommarens långa ljusa nätter fick grönsakerna att växa snabbt. Byns odlare var fullt upptagna med skörd och nysådd Hon hade inte haft tid att ha någon resfeber.

Hennes tilltänkte fortsatte att störa henne med besök. Vad vill han mig? reflekterade hon. Hur tydligt som helst trivdes han bättre med Andine. Befann de sig i kantinen ville han dra med Zivvel till bordet där tvillingarna satt. Tog de en tur i byn ingick alltid ett varv kring Andragården.

Vad har far för hållhake på honom eller är det tvärt om? Fadern bytte samtalsämne, om Zivvel undrade hur han hittat detta mansexemplar och av vilken anledning. Vad gör jag om partnerutredarna ger klartecken? Varför trodde han inte henne om att kunna finna en partner på egen hand eller som de flesta andra med hjälp av partnerutredarna?

Det sved fortfarande i henne när hon kom ihåg hans ord när hon berättade om erbjudandet från Väktarna. Korkad, dum i huvudet, det har jag i så fall efter honom. Men mamma är smart och farmor var smart. Något skäl måste det finnas till att jag fått erbjudande om att bli väktare. Det kan knappast bero på alltför stor brist på IQ?

Storbukad, rund, grant och rödmålad kom skeppet farande, svävande över isen. Saktade in vid flyghamnen och förtöjdes. Zivvel gick ombord på aningen ostadiga ben. Man vet aldrig vilka frön som kommer att gro, hade hon lärt sig, men om man inte sår dem gror inget av dem. Hon spanade runt bland sittgrupperna i den stora salongen mitt i skeppet. Glest utspritt satt ett mindre antal medpassagerare. Besviket konstaterade hon att de hade lagt beslag på alla fönsterplatser. Hon fick sätta ner sin väska och göra det bekvämt för sig i en fåtölj mitt i rummet. Med fotpall. Det här var annat än kantinens hårda stolar. Väl installerad märkte hon att hon fick utsikt genom alla fönster. Här såg hon ut både framåt och åt sidorna. Tack för att ni sparade bästa platsen åt mig.

Hon knäppte på sin platta, lutade sig tillbaka och lät sig bli underhållen. Hon älskade historien om Yin och Yao och hur de övervann alla hinder innan de kunde förenas. Vid varje svårighet fördes deras ansikten tätt ihop i närbild. Deras ögon möttes och med stort allvar uttalade de sin replik: "Min första kärlek är min stora kärlek och honom/henne överger jag aldrig." Hemma i sin modul brukade Zivvel upprepa repliken högt, här på skeppet nöjde hon sig med att mumla fram den. "Hon upptäcker väl att han är som vilken karlslok som helst efter ett tag" hade någons mor sagt när hon och hennes vänner suckat av trängtan efter en sådan oövervinnerlig kärlek. Flickorna himlade med ögonen.

Skeppet anlöpte endast ytterligare en flyghamn innan färden fortsatte mot Ultimapolis. Hon tittade upp när det svaga surret från motorerna tystnade. Just då visade plattan ett av de korta meddelandena från myndigheterna som visades var fyrtionde minut med uppmaning till att vara goda samhällsmedborgare. Zivvel passade på att studera omgivningarna. Landskapet lyste lika vitt som hemma men hon kunde skönja taggiga snöklädda bergstoppar mot horisonten.

Endast en ung mörk kvinna, följd av en lika mörk ung man steg ombord, inbegripna i ett intensivt samtal. Den unge mannen krockade med ett av borden i salongen, men det blev bara ett knappt märkbart avbrott i hans ordflöde.

Tiden rusade iväg, åtta timmar efter att hon gått ombord steg hon full av förväntan ut på landningsbryggan.

Hon vände sig runt i dimman och skumrasket. Är jag lurad? Jag är ju tillbaka i Isbyn! Där låg kantinen, sovmodulerna fanns där hon väntade sig dem, växthuset tornade upp sig på sin vanliga plats. Magen knöt sig.

Längre hann hon inte innan hennes tankar avbröts.

– Damen Zivvel? Välkommen till Ultimapolis! En småväxt skinntorr herre med stripigt hår och glest skägg log stelt frågande mot henne. Hon nickade till svar, fortfarande orolig. Den skinntorre noterade nicken. Han var redan i färd med att anropa det unga paret från skeppet:

– Syskonen Ada och Ader? Välkomna. Jag ska föra er till era sovmoduler. Det står en kärra för ert bagage nedanför hissen, följ mig!

Hissen, hörde Zivvel, då är jag nog rätt, i byn är det bara en trappa upp till lufthamnen.

– Ni är väl utsvultna! Den lille mannen pratade på, vi lämnar in ert bagage så ska jag visa er matsalen.

Ultimapolis

En vindil med en främmande behaglig blomdoft drog in genom det halvöppna fönstret när Zivvel vaknade nästa morgon. Hon mindes svagt att hon stigit upp mitt i natten och ställt det på glänt. Trött och mätt kom hon knappt ihåg hur hon kommit hem till rummet. Nu sken solen på pallen bredvid bädden, lyste på hennes blekgröna overall. Fortfarande nytvättad, utan skrynklor, prydlig trots den långa resan igår. Stor skillnad att sitta stilla och fint en hel dag jämfört med att jobba med jorden.

Jag är i Ultimapolis, gladde hon sig och kroppen fylldes av värme. Den lille skinntorre mannen hade gjorde dem sällskap tills de gick till sina sovplatser. Inte konstigt att hon trott sig vara tillbaka i byn igår, alla boplatser byggdes efter samma mall, fick hon reda på vid kvällsmålet. Om det blev trångt byggde man till en ny enhet helst en bra bit ifrån den gamla.

– Rejält med rymd kring bosättningarna hindrar mycken ovänskap, hade syskonen taktfast hojtat i kör.

Undantaget UP bestod av sex byenheter berättade mannen som mött dem.

– Åtta har vi hört, protesterade Ada, men det märktes tydligt att det ville den torre undvika att prata om.

Att hitta till frukosten gick lätt. Inne i kantinen möttes hon av ett helt annat mönster på väggarna än praxis i hennes hemby. I byn valde man oftast motiv från naturen men här bildade tunna svarta sträck i olika riktningar ett rörigt och oroligt mönster. Lätt illamående hämtade hon sitt te med skorpor och en fruktsallad.

Hon valde ut ett lämpligt näraliggande bord dit hon räknade

med att hon skulle kunna ta sig med slutna ögon. Hade hon väl satt sig behövde hon inte titta på väggarna. En liten stöt mot höften signalerade att hon kommit fram. Hon öppnade ögonen för att sätta ner brickan. Nu fanns det även en annan person vid det nyss helt lediga bordet. Personen skrattade gott åt den blundande unga kvinnan.

– Salve, han förde handen över hjärtat, jag ska vara din guide under din vistelse här. Vi har ett färdigt program för dig, så ät ordentligt.

Hette han Salve eller var det en hälsningsfras? Martas att-göra-lista steg fram i Zivvels minne.

– Jag har ett tidskrävande program med mig från hemifrån, och jag har tider på kliniken också.

När hon påmindes om sitt späckade schema fick hon inte ner en bit till, magen signalerade full redan efter första tuggan på skorpan.

– Dina klinikbesök är inräknade, vi gav dig några extra tider per dag annars hade du nog fått fler uppdrag för Byns räkning. Kan jag få se din lista?

Han studerade den och sa efter några minuter:

– Vi kan nog ordna med det mesta här utan att du behöver göra något. Det är en förhandling inlagd, det är nog bäst att du håller i den och sen är det den här turen till experimentfältet som du måste kunna berätta sanningsenligt om. Det kan krångla till det. Å andra sidan är erfarenheter bra, både onda och goda, bara men överlever.

När han sa det sista åkte hans ena mungipan upp. Det verkade mer som en grimas än ett snett leende.

– Se här kommer våra andra adepter, välkomna Ada och Ader, jag är Salve, Zivvel här har ni väl redan träffat.

Det kanske ordnar sig. Zivvels axlar föll ner och maten smakade igen. Ada och hans syster berättade i munnen på den andre om livet där de vuxit upp. Där fanns ingen isgruva men åtskilligt annat påminde om hennes by. De hade heller ingen Marta, men verkade inte omåttligt ledsna för det. Zivvel hämtade påfyllning både en och två gånger med öppna ögon utan att må illa. Innan hon visste ordet av blev hon hämtad för att fara till kliniken. Hon räknade med att besöket skulle ta hela förmiddagen enligt hennes ursprungliga schema, Redan efter en halvtimme skickades hon ut, till hennes förvåning, efter att blivit skrapad i kinden stucken i örat.

– Vi tar kompletterande prover om det behövs om några dagar och sen går vi igenom alla svar dagen innan du far hem förklarade preventisten. Normalt ingår psykologsamtal, det tar naturligtvis en stund. I ditt fall tar Väktarna över dem men de kommer att ingå i din utvärdering även här.

Utanför kliniken väntade Salve.

– Fint, log han, ett riktigt leende denna gång; då är det dags för introduktion.

Historielektion

Tillsammans med syskonen steg de in i en stenbyggnad i två våningar med Världsregeringens emblem på dubbeldörren. Många av fönstren var täckta av luckor, Zivvel undrade varför. Att det fanns ställen i världen där man behövde stänga ute solvärmen gjorde henne först förvånad sedan avundsjuk.

De fördes till ett mindre rum på översta våningen. En åldersstigen kvinna i grönmurrig overall satt i fönstersmygen med en platta.

– Välkomna, nya adepter. Det är alltid lika trevligt att få besök av alerta ungdomar. Jag ber om ursäkt, men jag kallar alla under hundra för ungdomar. Hon plirade vänligt på dem.

– Jag kommer att tala med er var och en enskilt senare. Ni är här för att ni eventuellt skulle passa som väktare. Det är en stor organisation och det finns plats för många skiftande talanger. Ni kommer att träffa diverse personer, utföra varierande uppgifter och de ni möter är erfarna och mycket framstående på att bedöma var i organisationen vi tror att ni skulle passa in. Bered er på att vi går mer på intuition än formella meriter. Vi kallar det introduktion men det är snarare en vecka för att lära känna varandra.

Ni är helt fria att säga stopp själva om ni känner att det här inte är någonting för er.

Hon reste sig, förde dem stelbent nerför en trappa och visade in dem till deras informator. En kort satt kvinna med sneda ögon, höga kindknotor och långt svart hår med ett bestämt drag över munnen. Hon presenterade sig som Ajo.

– Jag förväntar mig att ni talar riksspråk, när ni är här. Själv hade hon en liten men tydlig brytning.

– Jag kommer från södra delen av Södra sektorn. Jag har arbetat som väktare sedan min tidigaste ungdom. Jag var betydligt yngre än er när jag började. När hon yttrade den sista meningen krusades hennes läppar av en antydan till ett leende.

– Vad minns ni från skolundervisningen? Hur många människor finns det på jorden till att börja med? Enligt vår ganska säkra uppskattning är vi omkring 50 miljoner för närvarande, eller hur.

Hennes åhörare nickade.

– Hur många har det funnits tror vi? Som flezt mellan 15 och 20 miljarder. Jag föreslår att vi begrundar dessa siffror.

– Jag har aldrig förstått hur alla fick plats, kommenterade Ader, och hur räckte maten till alla?

– De måste ha bott i boxar, den ene över den andre, så mörkt det måste varit på de nedersta våningarna.

Det ena mer fantasifulla scenariot efter det andra föreslogs för att förstå hur alla dessa människor kunde leva i trängseln. Ajo återkallade dem till ordningen genom att visa hur liten yta av jorden som egentligen behövdes för att allihop skulle få en ståplats. Men det löste ju inte problemet med hur man skulle föda denna jättehord av individer. Och dessutom levde de ju faktiskt utspridda över hela klotet.

– Trängseln var egentligen inte något problem då, undrade Zivvel, trött på lektionen. Det här resonemanget hade hon hört till leda under hela skoltiden. Svaret blev alltid ändå till slut att så stort antal människor klarade jorden inte av.

– Vad hände med alla dessa människor? Det vet vi inte riktigt.

Vi tror att det blev någon form av obalans. Och en kataztrof av något slag, troligen flera, det finns tecken som tyder på det. Vi har indikationer på att knappast fler än 5 millioner människor överlevde kataztroferna. "och jorden var öde och tom" som det står i en uråldrig bok som har överlevt i rätt många exemplar.

– Marken låg förstörd, växtligheten förtvinad och även djuren hade decimerats, fyllde Ada i.

Zivvel misstänkte att han precis hon hade hört historien förut.

– Ni följde med i undervisningen hör jag, Ajo fortsatte oberörd, hur lyckades då den förhållandevis lilla människospillran överleva dessa hårda tider?

– "Människan är en kreativ varelse och de hårda tiderna lockade fram uppfinningsrikedomen hos de överlevande" skanderade "eleverna".

Hela situationen fick dem att regrediera till skoltiden. Lite besvikna, åtminstone Zivvel hade hoppats att introduktionen skulle bjuda på en mer djuplodande samhällsorientering. Ajo rodnade, men fortsatte oförtrutet:

– Javisst, mänskligheten levde vidare, kraftigt decimerad, olika grupper tog kontakt med andra överlevande.

Tiden kom för en bensträckare och Zivvel bestämde sig för att det fick vara nog. Det skulle ändå snart bli lunchdags och hennes mage kurrade.

– Nej tack, sa hon när Salve ville föra in henne till Ajo igen, jag struntar i det här. Jag vill ha min lista med uppgifter från min by. Jag klarar mig själv, var så vänlig.

Värmen slog emot henne när hon kom ut på gatan. Solen stod högt och sken från en klarblå himmel. Utefter vägen där hon gick fanns det träd! I verkligheten. Sådant som hon bara sett på bild tidigare. Oxlar kom hon fram till, med klasar av bär som snart borde vara klarröda. Temperaturen steg i overallen, till hennes förvåning kändes det skönt att komma in i skuggan av oxlarna.

Det gick lätt för henne att hitta till kantinen, stenhuset låg ungefär på motsvarande plats som hennes eget växthus. Hon stålsatte sig inför åsynen av det gräsliga mönstret på väggarna, och steg in. Bricka, hämta mat, ledig plats. En sådan enfaldig introduktion till att bli väktare. Hade pappa rätt i okvädningsorden om regeringen?

Ada och Ader kom så småningom och satte sig bredvid henne.

– Håll med om att vi har haft en intressant förmiddag. Aders ögon lyste av entusiasm.

– Vad ska de prata om i eftermiddag?

– Bara att träffa väktare är spännande, det kan bara bli ännu bättre i fortsättningen. Adas ögon sken ikapp med sin systers.

De noterade inte Zivvels hängande huvud.

– Du försvann så oväntat, vad har man för planer för dig. Det måste vara något extra.

– Världen får nog klara sig utan mitt beskydd. Det sägs ju att det finns underjordiska revolutionärer. Efter den här förmiddagen förstår jag att jag sannolikt passar bättre bland dem. Jag har ärenden att utföra för min by. Så snart jag fått tag på Salve och fått tillbaka min lista …

Hennes nyblivna kamrater stirrade förfärade på henne.

– Det där är hädelse, så får du inte ens tänka utbrast de samtidigt.

Just då kom Salve in med Ajo och den urgamla kvinnan i släptåg. Zivvel reste sig.

– Det har varit roligt att lära känna er, ha det bra.

Ada och Ader tittade efter henne där hon gick mot Salve och hans sällskap. Zivvel sträckte fram händerna som om hon begärde något och utredarna skrattade högt och klappade om henne. De försökte föra henne med tillbaka till bordet, Zivvel slet sig och drog mot dörren. Salve fick ett grepp i hennes overall. Efter att den gamla fört Zivvel åt sidan och de stått med huvudena tätt ihop flera minuter verkade hon ha blivit övertalad men stegen släpade när hon gick tillbaka.

– Jag känner att jag måste berätta vad hon sa om de revolutionära, viskade Ader, tänk om hon menade vad hon sa.

– I eftermiddag och till sena kvällen blir det historiediskussion, meddelade Salve när gruppen kommit fram. Ni har ätit upp ser jag, då föreslår jag att vi går tillbaka till institutet direkt.

Zivvel var fortfarande tveksam till att fortsätta med förberedelser till väktaruppgifterna, men höll god min och följde med.

– Jag förztår att du fann historieämnet mindre intressant när du gick i skolan Zivvel, men man måzte inse att det är grunden till hur vi har det idag och varför vi handlar på det sätt vi måzte. Vi var måhända överens om att för femtusen år sedan minskade människorna draztiskt från sjutton miljarder till fem miljoner. Hur lång tid skulle det ta för dem att bli lika många igen? Vi kan ta som exempel om varje kvinna föder två, fem, eller tio barn. I första fallet ersättes enbart individ för individ eller hur? I andra fallet tar det uppåt nio, tio generationer det vill säga trehundra år, innan vi uppnått första miljarden, med tio barn per kvinna går det på fyra till fem generationer. Det vill säga knappt tvåhundra år. Hur tänker ni er att mänskligheten reagerade?

– Vi vet ju att rätt många dog i förra kriget, började Ada.

– Ja men jag talar om vad som hände för femtusen år sedan, avbröt Ajo, inte vad grannen sysslade med förra veckan. Jag kan berätta att mänskligheten lyckades fortplanta sig till en miljard på några hundra år, och vad blev följden? Krig, förtryck, slaveri, fattigdom. Envåldshärskare, gång på gång, hon snubblade över orden, händerna skakade.

– Jag har alltid undrat hur primitiva människor blev så många så fort, Zivvel passade på att fråga när hon ändå var här. Ajo lugnade ner sig.

– Primitiva? Det finns indikationer på att de var på väg att kolonisera Mars, innan kataztrofen eller kataztroferna, vi har inte tillräcklig information för att veta säkert. Det finns obetydligt med material kvar sen före förödelsen. Sen är det relativt tomt ett århundrade eller två. Det finns indikationer på att sjukvård, vaccinationer, teknik kom igång snabbt. Mänskligheten regredierade inte helt till urtillztåndet.

– Det finns en sägen, Ader föll in i samtalet, att det finns människor på Mars. Vi pratar ofta om det när vi ser planeten och undrar hur de har det.

– De får klara sig själva om de bor där. Har du några sägner om något av imperierna här på Jorden? För de har varit otaliga, de har ockuperat enorma områden, bildat allianser, förrått varandra, folkresningar har lyckats, revolutioner har slagits ner, ztora riken faller förr eller senare samman. Det har utkämpats småkrig, ibland har hela världen varit inblandad. Ajo eldade upp sig igen, det var uppenbart att de kommit in på hennes hjärtefråga.

– Men det är självklart att man försvarar sig om man blir angripen, i storkriget angrep ett rike i Sydöstra regionen sina närmaste grannar, Ada talade långsam som om han tänkte samtidigt, sen blev det ju olyckligt att några stora bomber riktades fel …

– … hela jorden angreps, Ajo fyllde i. Oskyldiga slaktades. Jag är inte alls säker på att de bomberna riktades fel av misstag, men det är en annan historia. Det är meningslöst att gräva ner sig i detaljer så här långt efteråt. Har ni alla tre träffat människor som minns hur de överlevde efter senaste kriget?

– Vi hade några i vår by men de ville inte tala om den tiden.

– Min mormor berättade att hon alltid letade efter något att äta. Ibland blev hon ledsen när många grannar blev sjuka och dog men för det mesta blev hon glad för då fick hon ärva något klädesplagg eller någon filt så hon frös mindre.

– Vi som upplevde den tiden var helt eniga om att konflikter inte fick gå så långt en gång till. Man kan säga att så har människorna sagt vareviga gång när det blivit fred och det har aldrig lyckats. Någon av er nämnde sin mormor som frös och svalt och det gjorde hela världens befolkning förmodade vi. Odlingsmarken låg obrukbar, människor gick hungriga, det fanns inte foder till djuren. Du, Ada sa något om ett rike i sydöstra regionen, Ilia, det som ztartade kriget och förödelsen. Därifrån anlände skepp med mat till höga priser. Inte ens de rikaste hade råd att betala. Skeppen bordades av svältande i hamnarna, besättningarna försvarade sig och ännu fler dödades. Vi var en grupp unga, naiva, entusiastiska människor som bestämde oss för att rädda världen.

Ajos tillknäppta min gav vika för en snabb glimt av glöd, nästan hänförelse.

– Vi bestämde oss för att konfrontera Ilias diktator. För att göra en lång historia kort, vi var naiva som jag sa och illa förberedda. Vi lyckades smyga ombord på en av de sista båtarna som kommit för att bjuda ut mat. Fartyget hann knappt lägga till innan plundrarna trängdes på övre däck. Besättningen hade jämt göra att driva angriparna över bord, innan hela fartyget blev raserat. Ingen kontrollerade lastrummen. Där fanns det ett parti övermogen frukt. Vi uthärdade resan och överlevde.

– Givetvis blev vi tillfångatagna det första vi smög iland. På vägen till huvudstaden sparkade man på oss, spottade på oss. Man ställde ut oss i varenda ynka vägkorsning, där det fanns bebodda hus. Alla mina vänner överlevde inte den behandlingen.

Ajo tystnade, svalde.

– Vem kunde antecipera att den diktatorn, som hela världen vämjdes vid på samma gång betraktades som en hjälte i sitt eget land, fortsatte hon.

– Man satte oss i förvar hette det, fängelse är det rätta ordet. För oss var det lyx, tak som höll borta regnen, väggar som höll borta blåzten, vi fick mat. Små ynkliga portioner, men de kom regelbundet. Det hölls någon form av rättegång, vi förstod inte språket och det var ingen som bekvämade sig till att översätta, inte ens domen. Jag känner idag inte till och vill inte veta vad man hade för avsikt att göra med oss. Vi hade feber, var såriga både på kroppen och i själen. Vi hade ont överallt, vi förmådde inte fäzta avseende vid dylikt.

– En kväll, vi hade ändå uppfattat att rättegången var över, kom diktatorn för att förödmjuka oss tillsammans med sin medhärskare och en avbildare. Han höll ett högtravande tal, med ilskna utfall då han pekade på oss, medan anförandet dokumenterades. Han tedde sig helt befängd, vi förstod naturligtvis inte ett ord. Han och avbildaren gick iväg. Medhärskaren stannade kvar och grät.

Ajo stod också med tårar i ögonen.

– Jag föreslår att vi tar en paus.

– Det är hundra år sedan kriget, Ajo, du ser ut att vara max trettio, driver du med oss?

Zivvels stol skrapade skarpt mot golvet när hon reste sig, svajade till men föll inte.

– Snälla Zivvel, gå inte din väg igen, vi får kanske reda på hur det kommer sig.

Ader satte handen för munnen och stirrade på henne. Zivvel satte sig ner igen.

– Jag tror du får nöja dig med att det handlar om medicinska framsteg, svarade Ajo och gick ut genom dörren.

Hon återkom en stund senare körande en rullvagn med fruktsaft och varma vetebröd.

– Det tar på krafterna att minnas, och vi är inte klara än på ett tag.

Världsstyrelsens grunder

– Hur tog ni er därifrån, undrade Ada. Du står här, jag antar att de medicinska framstegen inte innefattar uppväckande av döda. Ni blev inte avrättade i alla fall.

Ajo gjorde en avvärjande rörelse med handen, tuggade på sin bulle, tog några klunkar ur sin mugg innan hon svarade:

– Diktatorns medhärskare räddade oss och världen. Vi fördes, bundna, på transportvagnar, och gömdes på en ö i Mazonandeltat. Jag erinrar mig att jag vaknade upp emellanåt ur min feberdvala och skymtade stora fält där folk gick och skördade. Jag hade enbart sett minimala odlingar bland ruiner.

– På ön fick vi vård, riktig mat, och framför allt; utbildning. Det tog sin tid och vi som ingick i hennes kader är henne evigt tacksamma. Det borde även ni och alla andra människor vara. Med enbart entusiasm kommer man inte särskilt långt om man verkligen vill åstadkomma något i politiken. Fru medhärskare hade pengar och kontakter med inflytelserika personer.

– Vad sa herr diktator om det?

– Han blev avsatt. Vi skapade en virtuell värld när tiden tillät. Han lever i illusionen att han fortfarande leder sitt land, för något år sedan skickade han rentav iväg ett par bomber och han får regelbundna uppdateringar om hur kriget utvecklar sig. Han får inte de resultat som han önskar kan jag säga.

– En till som har levt längre än normalt, varför får en diktator ta del av medicinska framsteg?

– Låt oss säga att det var han som satte forskningen på spåret, svarade Ajo kort. Jag föreslår att vi talar om regler i vårt samhälle och av vilken orsak de har införts. Zivvel vad vill du ta upp till att börja med?

– Vänta, avbröt Ada, hur kan diktatorn fortsätta leva i en illusion som du säger, och varför?

– Det är överkurs. Vi skapade andra sätt att oskadliggöra personer än att döda eller slakta dem som inte vill anpassa sig till ett jämlikt samhälle. Zivvel?

– Vår by behöver utvidgas men det får vi inte tillstånd till. Frågan tycktes obetydlig efter Adas, men det var något som man ofta pratade om i hennes by.

– Om vi bortser från kostnaden att spränga bort istäcket och att isen ökar på höjden för varje år så har vi satt en maxgräns för hur många invånare det kan tillåtas i en bosättning av flera skäl: i en begränsad by är den sociala kontrollen stark, och det är svårare att bilda upproriska grupper bland annat. Det gör att staten inte behöver gå in i detalj och bevaka. Vi kan ta som exempel; Ultimapolis, här är befolkningen något för stor. Det finns små krypin dit man går från alla Bybladen, när kantinerna är stängda, och dricker öl. Det kan bli en grogrund för missnöje och de stängs omedelbart när de upptäcks.

– Kan inte det att de stängs också bli en grogrund för missnöje?

Ajo ignorerade kommentaren.

– Har du någon fundering Ader?

– Vi har några familjer i vår by som vill ha fler barn än de tre tillåtna, varför är det noga.

– Minns du exemplet vi tittade på tidigare idag? Vi tror att jorden i denna tid inte klarar fler människor för det första, sen ska vi inte förneka att det är betydligt lättare att övervaka femtio miljoner än hundra, för att inte tala om miljarder. Ju fler människor desto större risk för konflikter. Det är därför vi försöker sprida ut folk så de har rymd omkring sina boplatser. Jorden är dessutom ärrig och skadad efter alla krig och i behov av återhämtning. Naturen måste få hållas ifred på stora områden.

– Vad gör ni med folk som har upproriska tankar? Ader sneglade bort mot Zivvel.

– Ibland håller vi ett öga på dem, andra gör vi till väktare, svarade Ajo med en sötsur min.

Ader satt tyst en stund. Pannan rynkades svagt, hon gjorde en lustig min, innan hon utropade:

– Jag kan en saga som jag tror illustrerar vad vi talat om.

I ett land östan om sol och västan om måne, fanns en kvinna som var så mager att hon kunde gömma sig i ett kvastskaft, Ader gjorde sig så smal att hon nästan försvann. Det var enormt problematiskt för henne för folk trodde hon var en gren. En man försökte använda henne som bränsle på elden, någon annan försökte kasta iväg henne när han lekte med sin hund. Ader visade hur hon värmde sig vid en eld, och var både mannen som kastade pinnen och hunden som sprang efter.

Kvinnan var förtvivlad och flydde ut på glaciären. Där mötte hon en Isman. Alla vet att ismän är farliga och vill ha människors värme. Ader illustrerade både den skräckslagna kvinnan och den myndiga ismannen, innan hon lyfte händerna och förklarade: Men samtidigt är det ju på det viset att om man kan gissa vad de tänker på får man det man önskar sig. Det var inte svårt att räkna ut att han tänkte på en gren, precis som alla andra när han betraktade den stackars kvinnan. Hon fick skriva sin önskan i snön som brukligt. Att bli tjockare.

Vips stod det en självkokande gryta vid hennes fötter. Inte nog med att grytan kokade mat utan uppvärmning, maten i den kunde aldrig ta slut. Ader la huvudet på sned och log belåtet.

Kvinnan tog grytan med sig hem och kan ni tänka er, det dröjde inte länge förrän hon var så rund att hon inte fick plats i sitt hus. Grannarna blev avundsjuka och försöket stjäla grytan.

Ader bytte stil. Hon lät blicken möta ögonen hos var och en av sina åhörare, en i taget.

– Man kan ju undra. Maten i grytan tog aldrig slut. Varför delade hon inte med sig?

Ader blev åter sagoberättaren. Kvinnan blev tvungen att rulla ut på glaciären igen, för där fick hon plats. Som jag sa förut är det är inte ofta man möter en äkta isman men tror ni inte att han stod där en andra gång. Att ha sådan tur att man får se en isman två gånger och dessutom gissa rätt en gång till. Han tänkte på en boll förslog hon och minsann, det var helt rätt.

Men vad önskade hon sig? Det får vi inte veta i den här sagan. Ader slog ut med händerna och tittade beklagande på sin publik. Vad tycker ni att hon borde önska sig?

– Ville du påminna oss om, att välståndet bör fördelas jämnt över klotet och vi är alla mer eller mindre jämlika? undrade Ajo.

– Fast jag är verkligen inte din jämlike när de gäller att berätta en historia. Du är fantastisk.

Zivvel försökte att inte låta avundsjuk.

– Jag kan lära dig ett och annat knep, log Ader, jag tycker det är roligt både att berätta och lära ut.

Kantinen hade hunnit bli halvtom när de sent omsider släpptes iväg för kvällsmålet. Konstigt nog mådde Zivvel inte illa, och hon kom på att det hade hon inte gjort första kvällen heller. Hon såg sig omkring och förstod att man dämpat belysningen. Det oroliga mönstret fick då, om man ville vara snäll, bara väggen att se mer levande ut. I hennes huvud trängdes funderingar på samhällsskicket, etiska dilemman som Ajo kallat det. Hon hade aldrig, förrän idag, funderat på varför människor levde i samhällen. Att begränsa sig för det allmännas bästa, hon hade inte ens förstått att hon var begränsad. Tillbaka i sovmodulen ville sömnen inte infinna sig. Tankarna fortsatte att mala. Som väktare måste man acceptera alla lagar och regler. Fanns de där revolutionärerna? som hon halvt på skämt, halvt på allvar föreslagit vid lunchen.

Den gamla kvinnan

”Damen Zivvel, Damen Zivvel.” Zivvel for upp från sängen, det luktade annorlunda, hon kände inte igen rösten? Vem ropade på henne? ”Damen Zivvel, klockan är åtta, det är morgon, dags att stiga upp” Morgonväckningen. Zivvel viftade med handen mot dörren. Larmet tystnade. I kantinen satte hon sig i ett hörn för sig själv. Om man satt nära väggen blev man inte lika illamående. Där hittade Salve henne.

– Du är väl inte van att behöva sitta still i så stor omfattning som du fått göra de senaste dagarna. Kom med, idag är det dags för fysträning. Men först ska du ha ett samtal med vår ålderkvinna. Hon väntar på dig i rummet där ni träffades igår.

Den gamla damen satt i fönstersmygen på samma vis som dagen innan. Bredvid henne på bänken stod en tallrik med spår av något grönt och ett glas fruktsaft. Spenatsoppa till frukost?

– Jag är glad att du stannade kvar efter gårdagens diskussion. Sätt dig, den här stolen är riktigt bekväm.

Hon visade med utsträckt hand på en stol bredvid sig och frågade hur hennes gäst hade regerat på gårdagens diskussioner.

– Törhända förvirrande, föreslog hon. Zivvel kunde inte annat än att hålla med.

– Berätta om din by och hur ni lever där? Jag skulle gärna rest över isen för att se hur den ser ut men mina ben vill inte bära mig längre. Det har sina nackdelar att bli så här gammal.

Zivvel fick syn på damens fötter och hajade till. Eller rättare sagt studerade platsen där hon förväntade sig ett par fötter, men där fanns ingenting.

– Ajo sa något om medicinska framsteg igår hörde jag, men långtidseffekterna av dessa framsteg sa hon ingenting om. Jag har ett par extra fötter att använda när jag behöver, tillade hon när hon upptäckte sin besökares förskräckta min. Men nu är det dig vi ska samtala om.

Zivvel började tvekande berätta, men den gamla fick konversationen att flyta på genom att ställa många intresserade frågor. Zivvel berättade om sina odlingar och glömde bort de försvunna fötterna. Den gamla kvinnan ville veta hur många sorters sallad hon odlade.

– Inte så många, andra blad innehåller betydligt mer näring.

De kom in på vad Zivvel förväntade sig av väktarlivet. Hon erkände att möjligheten att få se mer av världen nog var det som lockade mest.

– Nyfikenhet på olika samhällen är inget dåligt skäl. Man kan aldrig hjälpa någon om man inte först är intresserad av att ta reda på hur den andre tänker.

Upplivad gick Zivvel därifrån, och tog sig nerför trapporna i långa skutt.

– Ovärdigt en kvinna i min ålder, sa hon till sig själv, men vad jag är glad att jag kan hoppa.

Väktare

Ajo befann sig redan i rummet när Salve ledde in sina tre adepter. Hon väntade inte ensam, fyra vältränade personer de inte träffat förut sprang omkring och kastade en boll lite planlöst fram och tillbaka.

– Uppvärmning, Ajo avbröt leken, vi börjar med att springa runt i cirkel.

– Det blir mer övningar, förklarade Ajo, innan vi ska spela pnarboll. Vi ska gå igenom det träningsprogram alla väktare ska utföra tre gånger dagligen. Kala, Mary, Piet och Kim visar, ni borde kunna göra det här i sömnen vid det här laget.

– När ska man annars göra dem, frågade en av männen och Ajo fnös.

Av alla bollspel var pnarboll Zivvels favorit, förutsatt att skaftet på pnaran var oskadat och inte skavde i handen. Hennes snabbhet och smidighet kom till sin rätt. Hon behärskade konsten att smita under armen på större och starkare motspelare och få bollen genom pnaran innan de hann fånga den. Men så snabbt som spelet gick här hade hon inte varit med om förut, bollarna kom farande ur bollrören med våldsam fart och med kortare intervall än i träningslokalen hemma.

Varma och utpumpade efter matchen, slängde sig alla ner på rygg på golvet.

– Femton minuters paus, även Ajo andades häftigt, innan vi startar självförsvarsövningar. Våra nya vänner här ska bli väktare om allt går vägen, kan någon av er veteraner berätta någon historia från er långa erfarenhet.? Det är bra för dem att få veta vad de kan råka ut för.

– Först ska vi se vem som vann, jag fångade hundra bollar med min pnara säger räkneverket. Är det någon som har mer?

– Jag har aldrig gillat bollspel, sa Ader, men det här var ganska roligt, fast jag fångade knappt trettiofem.

– Du hindrade oss andra att fånga bollen synnerligen effektivt.

Kim

En kort, satt man, lika bred som lång, tog till orda:

– Jag var iväg till en by, ett enkelt problem föreställde vi oss, någon eller några försökte utnyttja systemet för egen vinning. Misstänker vi att det är på det viset brukar vi leta rätt på en anledning att komma inkognito.

Han gjorde en paus och nickade.

– En grupp hade mutat några i kantinpersonalen att få ut en större del av ransonerna än övriga invånare. Deras kock blev lägligt sjuk så jag ersatte honom. Då var det lätt att påvisa att oegentliga uttag hade gjorts ur skafferi och frysar. Man försökte förlöjliga mig genom att säga att jag var en fyrkantig fåne, och att jag var för ung för att förstå mig på bokföring.

Han fnös till så häftigt att Ajo kvickt plockade fram en näsduk och höll den mot honom. Den nästan rycktes ur handen på henne, innan han fortsatte:

– Jag kunde inte berätta min verkliga ålder, jag är ju väktare, och inte heller att jag är en välutbildad ekonom. Jag anser att det är mer opassande att äta mer än man behöver och det sa jag till dem. Bättre fyrkantig än rund om magen. Han nickade igen, denna gång mer eftertryckligt och utan att fnysa.

– Hur slutade det då, undrade Ader.

– Ganska naturligt fick förskingrarna hela byns invånare på sig när jag hade informerat om de faktiska förhållandena. Jag hade behövt hjälp av fler väktare i tid, de skyldiga hann bli nedslagna och skadade innan de hunnit bli dömda i en lagenlig rättegång. Vi fick tag i dem som tog rättvisan i egna händer, flera av byborna försökte frita dem senare. Det blev obeskrivligt rörigt. Till slut förklarade vi hela byn som korrektionsanstalt.

– Korrektionsanstalt? Vad innebär det? Zivvel ritade av vana ett frågetecken i luften, syskonen nickade.

– Invånarna märkte kanske inte av det, men där fanns flera väktare som arbetade med motivation. Det synnerligen effektiva redskap somliga roar sig med att kalla propaganda eller manipulation!

Kims röst skärptes och han fick lite högre ansiktsfärg.

– Barn och ungdomar fick utökad tid i skolan för moraliska frågor, de mest aggressivas nativitet begränsades. Han talade åter behärskat. Vi lärde oss mängder om hur man lämpligen hanterar asociala element diskret och framgångsrikt.

Kim sträckte på sig, höjde huvudet och log stolt med mungiporna neddragna.

– Vi lär oss allt eftersom, den här incidenten ledde till att samtliga invånares konton är kopplade till en decipenqvet, vi kan spåra allas inkomster och utgifter om vi vill.

– Vill man inte alltid det? undrade Zivvel.

– De flesta människor är tämligen hederliga om de får en hygglig lön och standard i nivå med sina grannar. Finns det inget extravagant att köpa är majoriteten ointresserade av att ha många kompensationsenheter. Det är enbart om någonting inte verkar stämma som systemen larmar.

Ader hade viftat med armen en lång stund och nu tog hon hjälp av pnaran för att synas. Kim nickade nådigt mot henne.

– Har du som kock några bra recept att dela med dig av till vår kantinpersonal. Maten hos oss …

Mary hann i sista stund hindra Kim från att ramla baklänges. Han samlade sig snabbt, utvidgades en storlek och spände ögonen i Ader.

– Jag föreslår att adepten i fortsättningen lyssnar. Jag är ekonom. Hon ska vara tacksam att det finns föda till alla.

– Hemma i min by säger man att Världsstyrelsen vältrar sig i lyx medan vi inte ens fick ihop en ordentlig Midvinterfest.

– Det där handlar om att någon försöker få några extra kompensationsenheter i din by, råkar jag veta, svarade Ajo. Men vänner, vi är här för att lära oss hur viktigt det är att hålla kroppen i trim. Hoppa på stället!

– Vad? Vem?

Zivvel fick svårt att lägga någon själ i jämfotahoppen, men hon förstod av Ajos min att det inte var någon idé att insistera. Uppenbarligen blev Kim provocerad av hennes påstående, han hann knappt avsluta sitt studsande innan han utbrast:

– Styrelsen lever precis som du och jag, äter i kantinen, sover i standardiserade sovmoduler. Jag anser att man ska veta vad man pratar om.

Både Piet och Mary klappade om Kim, vi vet att du är hängiven, Kim, men förlåt Zivvel, hon upprepar vad hon har hört i sin by. Det är väl bra att vi får reda på det. Kim lugnade ner sig men han gav både henne och Ader sneda ögonkast emellanåt resten av dagen.

– Jag tror vi kan starta självförsvaret nu när alla är uppvärmda, vi börjar försiktigt med fallövningar. Slappna av. En spänd kropp löper större risk att skadas. Håll ner huvudet och dra in armar och ben och rulla ihop er. De tränade på att ramla tills Ajo stoppade dem.

– Avbrott för födointag och vätska, mot kantinen.

Mary

Under lunchen berättade Mary, hon påminde till utseendet om Kim, kort och satt men med ljusbrunt hår istället för mörkt:

– Jag skulle medla i en konflikt mellan två byar. Just de här låg på var sin sida om en å men hade odlingarna på samma sida. Världsstyrelsens ekonomi hade inte hunnit bli särskilt stark då. Numer skickar vi dit några ingenjörer och socionomer, som väljer bästa lösningen efter diskussion med invånarna som accepterar förslaget. Alla vet att styrelsen vill vårt bästa, eller hur. Av den här historien lärde vi oss att det är bättre att stämma i bäcken än i ån. På den tiden skulle byarna klara av sina konflikter själva, här byggdes verkligen en fördämning i ån, hon skrattade ett kacklande skratt.

Övriga väktare log överseende.

– Ena byn ansåg alltså att staka sig över ån i båt för att ta sig till åkrarna tog för mycket energi. De hade tid och råd att bygga en bro. Den andra byn ville ha bron på ett annat ställe än där den första byn planerade. Dammen fylldes och fördämningen kunde brista när som helst, ni förstår. De som behövde bron, ByA, var rejält ilskna. De ordnade att någon utförde något högljutt arbete i närheten av förhandlingen när man befann sig i ByA och delegater från ByB talade. Det var inte svårt, det fanns åtskilligt att lappa och laga efter allt elände.

– Omgivningen var alltid tyst när ByA hade ordet. ByB:s delegation fick högt blodtryck och huvudvärk. De hämnades genom att beskriva invånarna i ByA som självbelåtna kretiner med storhetsvansinne. Jag får tillägga att ingen från ByA vågade sig in i ByB med risk för livet. Dels för allt förtal från ByB:s delegation, men ledningen i ByA spred också rykten om vad den elaka befolkningen i ByB hotat med. Hänger ni med? Det är knappt att jag gör själv, hon kacklade till igen.

– Jag hann bli så irriterad på dem att jag hotade med att jämna området med marken. Flera i rummet hoppade till när Kim högt drog efter andan.

– Förlåt Kim, ibland är det roligt att retas. Det var sega förhandlingar men till slut fick jag med alla invånare i båda byarna till en neutral plats, vi satte oss mitt i åfåran. Det hade hunnit bli juli förstår ni och i den här delen av världen sinar åarna på sommaren. Jag hade långa förtroliga samtal med invånarna i byarna, och som jag sa förut det fick dem att tänka själva. Jag planterade in några tankar om vilka som i framtiden borde ingå i delegationerna. Det är för det mesta viktigt att folk tror att de kommit på svaren själva. Visa av den här typen av erfarenheter läggs byar om möjligt långt ifrån varandra. Allt för att undvika att det blir konflikter.

Kala

– Som Kim förklarade, det brukar ju inte stå en hurrande välkomstkommitté och ta emot en när en kommer.

Kala, en mager bredaxlad man med stor näsa och glitter i ögonen, övertog berättandet.

– Jag ska berätta om en gång när det stod en samling som mottog oss med stora famnen, Kala bredde ut armarna.

– Vi var inbjudna till en av de tropiska öarna i Atlanten. De hade alldeles nyss gått med i Världsfederationen. Fy vilken resa, jag var så sjösjuk så att jag inte var människa på flera dagar efter vi kom fram. Hur som helst, en härligt ö, färska kokosnötter som ramlade ner från palmerna och en fick äta så många bananer en ville. Visste ni förresten att det finns bananer som måste kokas för att de ska bli goda? Han såg frågande på Zivvel, Ada och Ader, en i taget. Jag skulle kunna berätta åtskilligt om deras underliga seder men det får vara till en annan gång. Kala log med hopknipna ögon och gjorde ett stopptecken med högerhanden.

– Vi inbjöds till ön för att invånarna ville börja exportera en korv alla använde, ingen undantagen, på ön. Man kunde tro att de blev upplärda som dibarn. De rullade ihop någon slags jästa blad, efter man torkat dem, som skulle tändas på och sen drog man in röken genom munnen. Vi fick prova på att tugga på bladen också, jag blev lika yr som när jag var sjösjuk. Kala höll händerna för pannan medan han gungade överkroppen.

– Luktade illa också. Röken alltså. Korvarna hade en intressant arom. Det här ville man byta mot minst trettio kreatur i månaden. För oss från styrelsen föreföll det vara ett superdåligt byte. De på ön menade på att man blev lugn av röken. Det finns bättre sätt att bli lugn på tänker jag. Vi skickade ett prov av de där bladen på analys, det visade sig att man blir beroende av ämnen i dem. Det var väl ett fult försök att få ut mer av våra gemensamma resurser.

Beroendeframkallande produkter kan vara svåra att ransonera. Detta apropå det Kim sa, ”finns det inget extravagant att köpa”. Det kom till grymt hårda förhandlingar, de ville inte byta bananer mot smågrisar, de ville byta torkade blad mot hästar, typ. Han skakade på huvudet.

– Hur som helst, när vi sa nej, vid isranden, vad synd det var om dem. Vi skickade dit en agronom som lärde dem att förbättra bananodlingen i stället. Det var efter den resan som varje by får en bananstock emellanåt. Vi upptäckte att de klarar transporter bra om man skördar dem ett tag innan de är fullt mogna. Jag har ju undvikit resa dit, en vill inte bli sjösjuk på det där viset men vad jag har hört av andra väktare är befolkningen bitter.

– Ibland är vårt jobb djupfruset otacksamt.

– Jag instämmer, inflikade Kim stelt, jag åker mest till ställen där man misstänker ekonomiska oegentligheter, det är otroligt vad uppfinningsrika en del människor är för att få större andel av våra gemensamma resurser än vad som är motiverat. Jag måste säga att det har blivit bättre, de nya generationerna har fått lära sig att Världsstyrelsen ger allt de kan efter behov.

– Men alla har ju inte samma behov överallt …

Längre hann Ada inte innan Kim avbröt:

– Menar du att Världsstyrelsen inte gör allt för jordens befolkning, du hädar. Jag föddes under de sista onda tiderna, vi hade kläder med stora revor, ingen mat, hade vi tak över huvudet behövde vi hinkar under hålen när det regnade. Vi lever i ett paradis min unge vän. Vi har kläder, bostäderna är varma och sunda. För varje år blir maten bättre, för alla.

Åter en som har haft glädje av vissa medicinska framsteg, misstänker jag mumlade Zivvel tyst för sig själv.

– Jag kan inte sluta tänka på den där ön i Atlanten, funderade Ader, det måste bli oerhört tråkigt att bara ha några enstaka grödor att äta. De behövde verkligen få mat från resten av världen, för att få i sig alla näringsämnen.

– Det är ingen fara med dem svarade Kala. När det gäller mat har de det förspänt. Fisk i havet och maten växer så det knakar.

De kan odla alla möjliga tropiska frukter, jag kan inte namnen på hälften av dem. Däremot har de inte många tillgångar som de kan få kompensationsenheter för. Utom bananerna då. De bor ju isolerat, de slapp undan de sista krigen som i stor omfattning raserade vårt samhälle. Samfundet fungerar även om det skiljer sig markant från vår kultur här vid isranden.

– På isen om jag får be, Ajo harklade sig.

– Vi hade inte ens vetat om dem, fortsatte Kala oberörd, om vi inte hade startat operation Ösök för femton år sedan, och letat igenom världshaven.

De har en prästkung och det är omöjligt att övertyga dem om att det är bättre att varje by har ett byråd. De vill byta till sig levande djur som de kan offra till den där guden. Vi försökte med den förste skaparen, men en sån mesig gud var de inte intresserade av. Det fanns en massa inhemska djur men de har tagit slut på grund av det här offerraseriet. De har till och med hotat med, att de måste offra människor igen. Agronomen jag berättade om förut anser att han kom därifrån i sista minuten.

Piet

– Jag måste nog protestera mot mina kollegors negativa beskrivningar av väktarlivet, Det är härligt att hjälpa människor med deras problem. Piet kliade sig i skägget som nådde ned till midjan på honom.

– Jag vill berätta en fortsättning på historien om de två byarna vid ån. Min intervention emanerar från ett något senare tillfälle. Den där bron vi talade om var färdigbyggd. I by A, de med odlingsmarken på sin sida, kom ett par på en snillrik idé. Eftersom by B måste frakta sin skörd på by As mark var det inte mer än rätt att de skulle betala för att få göra det.

– Det systemet finns i gamla sagor.

– Då vet du Ader, att det ofta leder till konflikter.

– Oftast handlar sagan om knep att slippa betala.

– Precis. Vad behövs då? Vakter, soldater, eller hur. Har ni adepter funderat på var kommer kompensationsenheterna ifrån?

Och vem vinner på att samla extra kompensationsenheter.

– Någon i vår by försöker få mer än oss övriga påpekade Zivvel, varför det?

– Det var dumt att jag sa det, svarade Ajo kort.

– Ja men nu sa du det, och jag undrade vad man har för nytta av det?

Ajo skruvade på sig.

– En del människor vill ha mer än Världsstyrelsen vill erbjuda. Det kan vara någon som vill ha finare kläder, men å andra sidan, när ska man ha på sig dem. Hon skakade på huvudet. Andra drar nytta av att tillhandahålla värdelösa ting. Här i UP ser jag ibland tokar med en sten hängande från örat. För det mesta går den typen orättfärdiga kompensationsenheter till brännvin.

– Ni kan tänka dig hur det kunde gått om vi släppt ut de där rullade bladen bland befolkningen, inflikade Kala. Men jag är glad att några tog sitt förnuft tillfånga och släppte ölen fri.

– Hur kan man få för sig något sådant, undrade både Ada och Zivvel.

– Jag hoppas ni inte talade om ölen. Kala log. Ni hörde Kim prata om korrektionsanstalt förut. Vi är naturligtvis övertygade om att det vi gör är för världens bästa, jag citerar; ”barn och ungdomar fick utökad tid i skolan för moraliska frågor”

Han härmade Kims lite entoniga sätt att tala, och log ursäktande mot honom. Det värsta är att man kan lura i folk vad som helst, och det är bra att börja tidigt. Missförstå mig rätt, jag anser självklart att det är bättre att alla lär sig att bidra efter förmåga till samhället och att hela jordens befolkning så gott det går lever på samma standard, men det kräver att alla motiveras och märker att de tjänar på det.

– Dags att gå tillbaka till institutet, Ajo reste sig och försökte fösa upp de övriga runt bordet. Vi bör ta det försiktigt med att vädra våra åsikter, våra adepter kan förlora tron på samhället.

– Den bästa väktaren är den som är övertygad om fördelarna med vårt system men också förstår nackdelarna. Ta det lugnt, Ajo! sa Mary.

– Titta noga hur Ajo tar sig ur det här greppet, fortsatte hon och tog ett stryptag på Ajo som elegant avvärjde anfallet.

– Hoppsan, så här olämpligt ska vi inte bete oss i kantinen.

Avslutning andra dagen

Tillbaka i träningslokalen låg Zivvel, Ada och Ader efter några sekunder på golvet med varsin angripares fot mot bröstet. Allt eftersom timmarna for förbi blev de skickligare på att förutse motståndarens finter.

– Du är vrålstark, konstaterade Ada när Zivvel hindrade honom från att ta strypgrepp på henne.

Väktarna var svårare, hon fick hänga sig med hela sin tyngd på deras armar och sänka hakan ordentligt för att hindra dem från att göra samma sak. Det blev många armbågar i mellangärdet, många krokben. Tur att de börjat med att lära sig falla mjukt.

Mot slutet av dagen stod Zivvel själv triumferande med en fot på Piets bröst. Ögonblicket senare låg hon visserligen själv på golvet igen, skrattande, det var länge sen hon hade haft så roligt.

– Ni tre stannar en stund till, ni andra kan gå, tack för idag.

Till och med Ajo verkade upplivad när hon gav varje väktare en klapp på axeln.

Ajo vinkade med sig sina adepter till en alkov i rummet. Hon tecknade med handen att de skulle sätta sig på bänkarna där. Hon blundade, lutade sig tillbaka och frågade:

– Har du en saga som passar för den här dagen också Ader?

Ader funderade, röd om kinderna av all exercis, sen började hon:

– Långt härifrån, på en plats så långt bort att ett människoliv inte räcker för att ta sig dit satt solen och månen djupt försjunkna i samtal.

Ada, Zivvel och till och med Ajo lyssnade sömniga men med spänning på Aders röst som ömsom viskade, ömsom höjdes, när hon berättade om den gången när solen och månen var oense.

– Och därför, avslutade hon, är månen och solen fortfarande skilda åt, solen lyser på dagen och månen gör natten ljus.

Det knackade på dörren, den gamla kvinnan steg in i rummet.

– Jag har lyssnat på er då och då under de här dagarna, meddelade hon, förutom några samtal med er enskilt, hon gav var och en av dem en liten nick, och jag har några förslag som törhända framför allt inte du Ada uppskattar, men det är nog dags att du och din syster delar på er. Se inte förskräckt ut, det är inte för evigt.

– Ader du är redan en skicklig berättare men vi tror att du har glädje av att lära dig ännu mer. Salve härutanför kommer att föra dig till ett annat blomblad av staden medan Ada och Zivvel stannar här. I morgon har vi en överraskning som vi tror ni två kommer sätta värde på.

Det gick inte att ta miste på Aders glädje, även om hon försökte dämpa sig inför Ada.

– Jag lever min dröm, kramade hon Ada, du kommer att klara dig fint.

Ada och Zivvel

Zivvel och Ada promenerade långsamt ner mot centrum.

– Vi har aldrig varit skilda åt en hel dag sen Ader föddes, förklarade Ada, och vi har berättat om allt som hänt oss under dagen, varje kväll. Det känns redan tomt, han sparkade till en sten som låg på vägen.

– Berättar ni verkligen allt? retades Zivvel, även om pojk- och flickvänner?

– Jodå, men vi recenserar dem inte, men ve den partner som är dum mot min syster.

Ada fortsatte tigande med smått släpande steg.

– Men jag är orolig för henne, hon är alldeles för känslig. Vem ska nu skydda henne?

Hans huvud hängde så den svarta luggen täckte ögonen. Precis som Yao. Zivvel ville sträcka ut handen och smeka bort hans hår från pannan. Ada tystnade och svarade enstavigt när hon försökte få igång samtalet igen.

De närmade sig kantinen och sovmodulerna.

– Jag känner mig lite osynliggjord, sa Zivvel till slut i ett försök att skämta, Ader är ju ingen fånge, om hon inte trivs eller saknar något kommer hon tillbaka.

– Förlåt, Ada sträckte upp sig, jag vet inte vem av oss som kommer att sakna den andre mest, men det ska inte du behöva lida för. Jag är inte på humör men något kan jag nog få i mig om du vill ha sällskap.

De steg in i den halvtomma kantinen där belysningen redan dämpats. I ett hörn stod ett ledigt bord för två. Adas dysterhet minskade allt eftersom kvällen led. De fann beröringspunkt efter beröringspunkt att prata om. Ölet gjorde dem fnittriga. Framåt natten gick de till sina moduler med armarna om varandra. Adas krypin låg först, varför gå längre, Zivvel följde med in.

Matseven

Den åldriga kvinnan satt i fönstersmygen och betraktade Byblad2. Inte vackert men ändamålsenligt, estetiken får de ta hand om när ekonomin tillåter. ”Jag har hjälpt till att skapa en stad.” Som alltid gjorde den tanken henne varm inombords. Hennes riktiga liv började vid sjuttiosju.

Dörren in till rummet öppnades och en småväxt kvinna kom in med en bricka.

– Vad roligt att det är du Ajo, du tillagar den bästa Mbathan.

– Vår välgörare förtjänar att man är omsorgsfull.

Lilla tillknäppta Ajo, så hängiven, man måste känna henne väl för att förstå att den lilla ryckningen i mungiporna betydde att hon blev stolt över berömmet. Ajo lämnade henne tack och lov ensam med tallriken. Men haltade hon inte när hon gick ut?

Idag för etthundrasextiotre år sedan serverades hon sin första Mbatha. Det var nära att hon berättat det för Ajo, men nu skulle hon i stället tillåta sig att vara sentimental och minnas i enskildhet. Hon blundade och såg tillbaka, den stora matsalen i härskarkomplexet, hela släkten som satt runt ett långt, svart glänsande bord och betraktade henne förväntansfullt när fatet med den gröna röran sattes framför henne.

– Familjerådets kvinnor har beslutat att du Matseven är den mest lämpade att ta över i samarbete med Gorbanken.

Hela hennes kropp skrek nej, jag vill ha familj, jag vill bo med vanliga, riktiga människor. Men som den lydiga ungdom hon uppfostrats till åt hon upp portionen. Släktens behov måste tillfredsställas i första hand. Med långsamma välavvägda tuggor man efteråt berömde henne för. Imbecilla anhöriga som inte förstod att hon ätit försiktigt för att inte kräkreflexerna skulle ta överhanden.

Falska lyckönskningar från släktens yngre som hade svårt att inte dölja lättnaden över att de slapp bli den utvalda. Efteråt, ensam på sin kammare grät hon, först skrikande med huvudet djupt begravt i kudden, följt av mer stillsamma tårar, medan hon ansträngde sig för att acceptera sitt öde.

En vagn gnisslade till ute på gatan och återförde henne till verkligheten. Hon tittade förvånat ner på sin tallrik, vattendroppar låg som små glaspärlor runt det gröna innehållet. De smakade salt. Hon manövrerade med svårighet sin sked med sina stela kalla händer. Ett skäl så gott som något att få inta sin föda i ensamhet. När jag inte kan äta själv längre får det vara slut, det kommer inte att dröja mer än något år innan hon skulle bli tvungen att amputera händerna precis som när hon blev av med fötterna.

Samarbeta med Gorbanken. Ett självbelåtet, inbilskt, vidlyftigt, slösaktigt, narrsträck till individ, totalt ointresserad av vägledning. Samarbeta! Vilka av familjens äldre herrar som valt ut honom och varför fick hon aldrig reda på.

Matseven blev städare, det drog i vänster mungipa, man måste skratta åt hur livet kom att utveckla sig, om det inte var så tragiskt.

– Du var den enda vi kunde tänka oss som kunde hantera vår galna överkucku hade modern förklarat, och hon hade rätt i det.

Han ställde till och hon la till rätta. Rätt snart lärde hon sig att fjäska och smickra honom. Han genomskådade aldrig att det var hon som avstyrde många av hans vildare projekt. Med tiden vände sig härskare och folkvalda över hela planeten i första hand till henne. Hon fick vänner och bundsförvanter. Men, och det gick inte att förlåta sig, hon missade att han lyckades utveckla de här enorma bomberna som lade största delen av Jorden i ruiner. Hon blundade.

Skräcken och skammen hon erfor när hon insåg omfattningen av förstörelsen fick henne, efter mer än ett sekel, att darra. Tomheten överväldigade henne, nu som då, när hon förstod hur många av hennes vänner i alla världsdelar helt enkelt inte fanns längre.

Och skulle man vara ärlig tjänstgjorde hon som städare även nu, denna gång i samarbete med sina makalösa väktare. Vem anade att livet skulle ta en sådan vändning. Döma de där små ovårdade, sjuka, magra barnungarna till döden och hävda att han tillintetgjort en fientlig invasion! Den filmen blev aldrig visad, till och med Gorbanken begrep att folket inte skulle gå på den historien. Där i fängelset, med tårarna rinnande för första gången efter sin premiärportion av Mbatha, skänktes hon en värdig livsuppgift. Hon städade, mörklade, räddade de små människospillrorna.

På den lilla ön i Mazonanfloden började den lyckliga delen av hennes liv.

De kunde knappt läsa. De visste inget om hygien. Men de vände motgångar till möjligheter. Med deras uppväxt var det enbart de riktigt begåvade som överlevde. Hon skrattade många gånger när de löste problem långt ifrån hur hon och utbildarna väntade sig att det skulle utföras. Sakta, sakta började en förtröstan växa fram. De ville rädda planeten och alla dess invånare.

– Jag gillar inte ormar, de hugger, spottar och väser men de har en plats i naturens system, menade en av de unga männen. De bestämde att krigsförbrytare fick fortsätta leva, oskadliggjorda. Det finns många sätt att avväpna banditer. Man måste få slut på hämnd och dödande. Matseven rätade på ryggen och lät stoltheten över vad de åstadkommit fylla sitt sinne.

De talade mycket om att det skulle ta tid att vrida tiden rätt. De luskade ut varför hon åt Mbatha till frukost, lunch och middag.

Hon visste inte om det var en god sak, men hon var tacksam att många av dem var kvar, det blev mindre ensamt.

Första steget mot en ny ordning. Få Ilias befolkning att dela med sig. En djup suck, innan hon drömde sig tillbaka. Hennes syster betraktades förr som den vackra, en nyutslagen kamelia. Nu var hon över åttio, rynkig och bitter. Alla föds inte till mångudinnans älskling, som vår mor brukade säga. Hon ville inte ge bort någonting gratis.

– Du kan inte mer än äta dig mätt.

– Vi måste ha något att ta till om vi svultit ihjäl. Ett rätt typiskt exempel på hennes ologiska sätt att resonera. Matseven log bedrövat.

Hon tog sig utrymme att uppvigla folket, men det löste sig när vi ordnat den artificiella verkligheten för min medhärskare, vi låste in även henne där. Hon märkte ingen skillnad och sen dog hon. Den gamla suckade igen, djupare den här gången. Jag saknar henne trots allt.

Mina gamla vänner är försvunna sedan länge. Jag föreställer mig att vi grävde upp dem och vi stode bredvid varandra vore det inte säkert att man skulle se vem som levde eller vem som legat begravd. Hon klämde på sina lår. Det är inte mycket mer än benstommen kvar. Ännu en suck, hon fick se till att skärpa sig. Hon ställde försiktigt undan sin tallrik, och tog med ålderns rätt en liten middagsslummer och drömde:

Matseven var tillbaka i sitt arbetsrum i Ilia. En blek dager lyste upp ansiktena på de två som kommit på besökt i gryningen. De flesta i staden sov fortfarande.

– Ni får ta till vilka knep ni vill, men opinionen i Ilia måste vända.

Hon vaknade. Ilias befolkning omvändes, och var nog fortfarande lika stolta som henne när skeppen med förnödenheter till sist seglade iväg mot svältande i andra sektorer.

Vi kom med mat, vi blev uppskattade, ja älskade. Vi kom med tak över huvudet. Vi gav alla arbete. Vi tillhandahöll skolor. Vi införde en ny ekonomi, ny religion. Vi vill väl, och vi har hållit oss vid liv för att få det som vi tänkt. Vi byggde våra övervakningssystem. I mina mörka stunder funderar jag på konsekvenserna om någon tar över vår organisation av egen maktlystnad. Den personen kan förslava hela världen. Jag kan inte mer än hoppas att säkerhetssystemen larmar.

En liten skampust sprang över axlarna på den gamla. Hur kunde hon varit så förblindad att hon föreslagit Simo som M:Alfa? Mitt fel, jag blev svag för honom, han var så kavat som liten pojke. Allt är inte gener, uppfostran är minst lika viktig. Vi behöver nog ha bättre kontroll på hur föräldrar beter sig, jag får ta upp det på nästa större möte.

Ultimas hjärta

Salve tittade frågande på Ada och Zivvel nästa morgon när de kom gående hand i hand i morgonsolen. Han log sitt sneda leende, öppnade munnen som för att säga något. Just då hördes en högljudd, ilsken röst borta vid buffédisken.

– Jag tar vad jag vill ha, ingen sate bestämmer vad jag får eller inte får äta.

En lång smutsig man med overallen i trasor och håret spretande åt alla håll stod med en skål högt över huvudet. Två sekunder senare var han borta. Både Zivvel och Ada stod med ögonen vitt uppspärrade.

– Vad hände, viskade Zivvel till Ada, såg vi det jag tror att vi såg?

Ada vände sig mot Salve.

– Blev han skadad?

Salve tittade förvånat på honom.

– Den stackarn får ett spel varje vecka, du behöver inte vara orolig. För det mesta är han lugn. Då äter han hur mycket han vill av den allmänna maten och nöjer sig med det.

Han tog på sig sin officiella lite viktiga min.

– Ja mina vänner, det är ni två som får förmånen att bese vårt allra mest vördade. Men vi börjar som igår vid Världsstyrelsens hus. Men först en rejäl frukost, eller hur, adepter?

Salve låste upp en mindre dörr på gaveln av det stora stenhuset. En trappa ledde ner mot underjorden och slutade i en bred upplyst gång med grå plattor på väggarna. Det luktade fuktigt av instängd betong. De mötte en och annan men de flesta rörde sig åt samma hålla som de själva, klädda i grågröna eller beigefärgade overaller. Ada i blått och Zivvel i grönt lyste som tropiska fåglar i myllret.

– Vi ska nog få åka i den gamla tunnelbanan. Salve menade verkligen Nordvästra sektionens hjärta. Ada viskade fram orden.

Just då kom de till en konstruktion som Zivvel skulle kallat en hamn om hon inte vetat att de befann sig under jordens yta. Med ett gnisslade och rasslade kom snart ett rostigt, tillknycklat fordon krypande ur en öppning i berget. Det stannade framför dem, två dörrar gled upp, några beiga overaller gick ur vagnen. Salve tecknade åt dem att gå in och sätta sig. De trängde sig in tillsammans med alla övriga som väntade. Fordonet accelererade ansträngt iväg igen.

– Det här är vad som återstår av Ultimapolis tunnelbana. Innan storkriget bodde här en hel miljon människor som fraktades till sina arbeten i sådana här vagnar bland annat. Nu har vi bara den här lilla stumpen kvar.

Ute ur vagnen och etthundra trappsteg senare stod de åter vid jordytan. Salve underhöll dem med siffror efter de gått ur tåget.

– Vi har byggt om hela Ultimapolis gamla fästning till en modern sambandscentral för i stort sett hela världen. Ovan jord är byggnaden en kvadratkilometer och det finns nog ingen som längre vet hur stor yta vi har i berget under fästningen. Administrationen är inte fler än ca 1 000 personer, vi har decipenqveterna, de fem stora och åtskilliga små till stöd. Nu räknade jag inte in alla som har uppgifter ute på fältet. Det är där det mesta arbetet utförs.

De gick genom en annan lång bred korridor, han öppnade en dörr och de steg ut på en läktare. Där satt en kvinna, intensivt studerande skärmar infällda i bordet framför henne. Nedanför läktaren stod blinkande ljusgrå lådor. Hela rummet luktade varm metall.

– Får jag presentera M:Alfa och hennes partner D:Alfa.

Salves röst sjönk ett tonläge och flera decibel. Zivvel blev alldeles svettig, skulle hon få träffa en legend … Kvinnan tittade upp.

– Nämen, hej och välkomna, nya adepter. Visst fick jag tåget att gå ovanligt smidigt idag Salve, för er skull. Kom närmre och hälsa på D:Alfa.

De gick fram och hon visade dem på skärmarna. Ada rynkade pannan och kliade sig på hakan, medan Zivvel bara såg en massa krumelurer. Ada och M:Alfa började skratta.

– Du behagar skämta med oss, D:Alfa.

De vände sig mot Zivvel.

– Hon föreslog att vi skulle sätta dig här framför skärmen, då skulle hon få arbeta i lugn och ro utan någon mänsklig inblandning. Ta inte illa upp, Zivvel, D:Alfa och jag retas ofta när vi är för oss själva. Det verkar som du hoppas på en framtid här i bunkern, Ada. Jag förstår att du kan läsa glyfer.

Ada nickade. Zivvels humör sjönk några grader, hon hade redan börjat se Ada som sin Yao. De som tjänstgjorde i Ultimapolis bunker brukade vara borta från världen i flera år.

Resten av dagen fortsatte på samma sätt. Salve öppnade en dörr. Innanför satt en eller flera kvinnor eller män med skärmar i bordet framför sig. Den enda Zivvel kom ihåg tydligt efteråt, förutom M:Alfa, var en orimligt fet ung man. Vad han sysslade med var lite oklart. Man förklarade att den unge mannen var skicklig på att leva sig in i antisocialt beteende. Vad nu det skulle betyda.

Salve överdrev inte storleken av fästningen. Både Ada och Zivvel svårt att stå på benen av trötthet efter en sen hemfärd i den skakiga vagnen. De gick gemensamt till Adas modul, kröp ner i den smala sängen, slog armarna om den andre och sov.

Två Byblad

När Zivvel drog på sig sina kläder nästa morgon kom hon ihåg fläcken som hon fått när hon spillde sås på sig vid lunchen dagen innan. Hon gav Ada en snabb kyss och sa:

– Jag springer över till min modul och byter, kommer snart.

Hon flyttade över sin lyckosten till den rena overallen medan hon kramade den och tänkte ”det där fixade du bra lilla sten” när den fick sin plats i den nya fickan. Jag hoppades på ett litet äventyr under min resa hit men tänk att jag mött min Yao. Fötterna rörde sig lätt över golvet, Ada väntade utanför. När hon la handen på dörrvredet kom hon ihåg brevet kvinnan från fjärdegården gav henne i smyg kvällen innan avresan. Med stränga order att inte visa det för någon utom mottagaren.

Salve kom till kantinen och beskrev vägen till experimentfältet.

– Det är en bra bit att gå förklarade han, först måste du ta dig till navet av våra sex kronbladsbyar. Du ser det därborta vid änden av gatan. Du befinner dig i Byblad2. Ta hissen upp, åk ner i Byblad5, följ motsvarade gata, till där det kunde varit ett nav, om du förstår vad jag menar. Ta trappan upp, gå försiktigt den är ranglig. Uppifrån den platån ser du en samling bostäder, i bortersta änden av stigen ligger ett stort växthus, dit ska du. Det kan ta en timme eller två. Ta med dig ett kärl med vatten. Det finns ingen trappa ned till den bosättningen, man får klättra, se till att du inte trampar snett.

Zivvel travade på, hon passerade Världsstyrelsens hus, och reflekterade över vad de blivit visade dagen innan. En hel värld av maskiner som lagrat allt mänskligt vetande. Hon fick inte ihop det med väktarnas berättelser. Vad gör en väktare egentligen? Den gamla kvinnans ord dök upp i huvudet ” det finns plats för många skiftande talanger”.

Att det tog en stund att ta sig till hennes slutstation, märktes mest på att solen steg högre på himlen och hon måste knäppa upp de översta knapparna. Hon köade några minuter innan hon fick plats i hissen från Byblad2. Av gammal vana lyfte hon foten lite extra när hon klev ur, och snubblade till. Det kryllade av människor omkring henne, alla med riktning mot någon av hissarna Marken låg slät, utan snö, och var täckt av något vävt material hon aldrig träffat på tidigare. Hon måste ha gått på det efter att hon landat häromkvällen, kom hon på, men inte lagt märke till det i sin förvirring.

Ljuden från lufthamnen, luckor som slog igen, utrop om avgångar hördes medan hon skådade ut över Ultimapolis Byblad. Sex identiska stadsplaner med olika riktningar låg utbredda under henne. Nu förstod hon varför man jämförde staden med en blomma. Hon hade gärna stått kvar och tittat en längre stund men vinden kylde och hon hade ett ärende att uträtta.

Som enda passagerare åkte hon ned i hissen till Byblad5. Genom hissens glasvägg studerade hon schaktets bruna färg. Inte gråskimrande is? Sedan kom hon ihåg att UP grundades i några bombkratrar kring det som var kvar efter en gammal huvudstad. Hon tog sikte mot blombladets andra ände. Inte lika många människor rörde sig i den här delen. Träden var annorlunda med vita stammar. Hon letade i minnet men kom inte på vad de kallades.

Omgivningen förändrades. Först la hon märke till att vissa hus var en smula väderbitna. Det förvånade henne inte, ett hårt klimat sliter på ytor utsatta för väder och vind och man har varken tid eller råd att måla om varje år. Träden försvann och vägen smalnade av. Halvvägs övergick den till något som bättre beskrevs som en bred stig. Ju längre bort från navet hon kom desto tydligare blev förfallet. Byggnadernas målning flagade. Över många fönster satt träskivor, andra täcktes av ett tjockt lager ingrodd smuts. Det kittlade i magen. Hon saktade ner stegen och funderade på om hon skulle vända.

Från en av gränderna kom en boll farande. Efter kom en pojke som artigt bad om ursäkt för att han nästan sprungit omkull henne. Då kunde väl omgivningen inte vara så farlig!

Hon kom fram till trappan som Salve beskrivit som ranglig. Han hade snarast underdrivit. Vem eller vilka i byledningen ville utsätta henne för fara?

– Vågar man klättra upp för det här lappverket frågade hon några väl påpälsade magra åldringar som slagit sig ner i solgasset. De betraktade henne förvånat.

– Egentligen var det inte en retorisk fråga, men jag kan inte tvinga er att svara, Jag måste försöka, Zivvel pratade högt för sig själv som hon brukade när hon blev ängslig. Det är dumt att inte fortsätta när jag kommit hela den här vägen. Hon tog ett stadigt tag i handledaren, drog och tryckte med all sin kraft. De här hoprafsade brädorna är stabila nog, bestämde hon och började klättra. De flesta av trappstegen tvingade henne till obekvämt höga kliv. Ett och annat borde bytts ut för länge sedan, och knakade när hon hävde sig upp. Konstruktionen gungade stundtals till men färden gick stadigt uppåt. Andfådd klev hon ut på en brun, sörjig, tilltrampad platå.

Obygden

Några hundra meter framför henne stod en tätt sammanpackad samling tält och skjul i botten av en enormt vid grund grop. Om hon fått se en illustration av forntidens människobyar bredvid en bild av det hon tittade ut över, var det inte säkert att hon kunnat ange vilken som var nutida.

Men något stack av, något som inte fanns förr i tiden, ett jättestort glänsande glashus. Målet för hennes vandring. Från den här höjden urskiljde hon inte några stigar än mindre någon väg och huset låg placerat nästan längst bort i gropen i förhållande till där hon stod. Det måste finnas något annat sätt att komma fram än att ge sig ner i trängseln. Hon gav snabbt upp försöket att ta sig fram ovanför byn. Utan snöskor eller stövlar sjönk hon ner i sörjan och smutsvatten rann ner i skorna.

Då återstod Salves förslag att klättra ned, och hon upptäckte snart en väl upptrampad stig. Den slingrade sig smal och brant, här och var avbruten av mindre stenblock. Benen värkte, hon tröstade sig med att det ändå gick förhållandevis lätt att ta sig fram. Halvvägs nere fick hon syn på ett spår som verkade leda runt området, fram mot hennes mål. Om det gick, grep hon gärna chansen att slippa kryssa sig fram bland alla tältkonstruktioner.

Även denna lilla stig mynnade snart ut bland några mer avsides belägna kojor. Zivvel stoppade handen i fickan, kramade sin lyckosten och tog ut kursen mot växthuset. Hon hann höra något prassla till bakom sig och sen blev allt svart.

Dålig planering

– Hur kan ni släppa iväg henne utan eskort? Vintern närmar sig och vi vet att utanförfolket alltid blir desperata framåt hösten! Ajos röst var skarp och hetsig.

– Vi placerade en sökare på hennes overall igår och har beredskap att ta oss dit bort på tre röda sekunder. Jag kontrollerade att den fungerade det sista jag gjorde igår. Det har inte förekommit några incidenter därborta på flera månader.

Salve ryckte obesvärat på axlarna. Han tog fram sin mottagare för att visa att Zivvel var utom all fara. Han stirrade förbluffad på skärmen. Signalen från sändaren kom från stadens tvättinrättning.

– Hon borde vara framme vid det här laget. Jag är orolig även om inte du är det, Salve. Ajos röst var fortsatt skarp, jag kontaktar Flo med en gång.

Fånge

Zivvel slog upp ögonen. Det var skumt där hon låg, men en smal solstrimma lyste på väggen framför henne. Det gjorde ont att se på den, hon blundade igen. Huvudet smärtade. En svårplacerad lukt stack i näsan. Blåsan värkte. Vilken hård madrass hann hon tänka, innan någon brutalt tog tag i hennes arm.

– Jaså, det passar att vakna nu din lilla spionråtta. Smart. Försökte smita in bakvägen minsann. Slippa betala tull, jojo.

– Jag måste kissa, stönade Zivvel, omedelbart.

– Service ska hon dessutom ha, fint ska det vara, det står en hink i hörnet. Vassego!

Det brådskade, hon struntade i om någon tittade på, knäppte upp byxan och sjönk ner på spannen. Inget att torka sig med, inget tvättvatten, vilket primitivt ställe. Hon rörde försiktigt vid bakhuvudet, en rejäl bula och hårstråna kändes stela, fingrarna blev blodiga.

– Är hon klar? Jag kommer in igen, en man av obestämbar ålder med vildvuxet hår och skägg stack in huvudet genom tältöppningen.

Zivvel sjönk ner på bädden, lite yr men framför allt hungrig. Irriterad och arg, hon hade inte utrymme för någon rädsla.

– Vad ger dig rätt att banka ner mig på det där viset? Vad tror du att du kan vinna med det?

– Lilla råttan sticker upp, lilla råttan tror att hennes lagar gäller här, men där tar lilla råttan fel, vad jag kan vinna, hon är inte fet men lite torkat kött till vintern säger vi aldrig nej till.

Han slickade sig om munnen.

– Jag tror inte du skulle vara så artig om du anser att jag ska bli mat, vad vill du egentligen.

Röster hördes utanför tältet, öppningen drogs åt sidan. En kvinna i prydlig röd overall kröp in, med huvudet invirat i en enorm, färggrann packe sjalar. Efter henne kröp ett par män, båda med håret lika vildvuxet som hennes fångvaktare. I dunklet var det svårt att se vems huvud som var störst.

– Du kan inte hålla på och slå ned mina kunder Ber, hur ska jag då kunna betala för ditt beskydd. Kvinnans ord dröp av ironi men det bekom inte Zivvels värd, han ryckte lätt på axlarna.

– Ta den här lilla råttan, men jag kommer att höja priset nästa gång.

– Vi får väl se vem som vinner den förhandlingen, svarade kvinnan. Jag kommer att behöva hjälp med skörden om någon månad och några som vaktar odlingarna redan nästa vecka. Du kommer att klara vintern som kommer i den mån det beror på mig.

Hon vände sig mot Zivvel. Bakom henne försökte flera skäggprydda individer få sig en titt in i tältet och de tunna väggarna svajade betänkligt.

– Orkar du komma med till mitt ställe, Kum och Vela här är med för att stödja dig, vi ska se om din skada. Du kan ta en dusch om du vill.

Zivvel började skaka. Det gick upp för henne att hennes räddare kanske kom i sista minuten. Hon ryggade instinktivt bakåt när Flos medarbetare böjde sig ner mot henne. I dunklet liknade de mest ett par vilddjur. De la sina armar mjukt under ryggen på henne och stödde hennes spända kropp, försiktigt, så hon kom upprätt. Någon slog upp tältduken, i dagsljuset såg hon att de hade snälla ögon, de luktade rent. Hon slappnade av och lät sig hjälpas upp och ut.

Utanför tältet sa kvinnan med låg röst:

– Jag vill inte såra Ber, men vi får se till att du blir avlusad innan vi kan släppa ut dig bland hyggligt folk. Jag heter Flo förresten.

En odlarvän

Omskött, nybadad och med en stadig måltid i magen kände sig Zivvel någorlunda återställd, även om marken gungade lätt och tankarna rörde sig segt i huvudet. Det hade gått upp för henne att hon sovit bort hela dagen. Hon borde starta sin promenad tillbaka till Byblad2 men den utsikten lockande inte. Bara att föreställa sig trappan i Byblad5 fick det att vända sig i magen. Inte bara trappan skrämde, först måste hon ta sig igenom tältstaden och sen den skumma delen av Byblad5.

Hon blev visad in på ett kontor där Flo satt med Zivvels brev i handen, utan huvudbonad den här gången, med rufsigt kort hår.

– Där ser man. Ryktet om mina experiment har nått bort till din by. Hon noterade Zivvels förvåning.

– Du vet inte vad brevet innehåller? Det är en beställning på frö till din by, inget konstigt förutom att jag normalt brukar få den beställningen som meddelande. Sen vill man ha några av mina specialfröer, men det ger jag enbart till utvalda kunder.

– Kom med ska jag visa dig runt anläggningarna.

Samtalet flöt lätt, båda lika intresserade av odling. Zivvel blev imponerad, både av storleken på planteringarna och kvaliteten på grödorna.

– Nu ska vi till det allra heligaste, anledningen till att jag har företaget på en sådan gudsförgäten plats.

Flo öppnade dörren till ett mindre växthus bredvid det stora. En bänk med diverse apparater stod utefter ena långsidan, och mindre odlingsboxar med ovanligt kraftiga plantor mitt emot.

– Det här är mitt laboratorium, och anledningen till att du

lurades komma hit. Jag säger lurades, för någon trodde den var smart, men det hade inte varit nödvändigt med sådant hemlighetsmakeri. Världsstyrelsen vet vad jag håller på med. Jag kan tycka att det var bra att du kom, jag vill gärna se hur mina förbättrade grödor beter sig i miljö som din, men jag vill att ni följer ett mycket strikt protokoll.

Flo ritade upp ett utkast, Zivvel föreslog några förbättringar, till slut kom de överens och Zivvels fickor fylldes med fröpåsar.

– Du orkar nog inte mer idag, jag har ordnat att du får transport tillbaka.

De steg ut på gården, även här låg marken klädd med det vävda material Zivvel noterat i "Blombladens" nav. Hela området lyste varmt orangefärgat i solnedgången. Hon huttrade ändå, det blåste en svag nordan. En liten luftsläde körd av en botgivare väntade utanför dörröppningen. Belåten över Flos omtänksamhet kröp hon upp på britsen i det lilla minifarkosten och somnade.

Förklaring?

Hur hon sen hamnade i sin säng hade hon svaga minnen av när det knackade på dörren. In kom Salve och Ada med en frukostbricka så välfylld att den borde räcka till ett helt arbetslag.

– Vi har varit så oroliga, ömkade Ada medan Salve generat tittade bort.

– Vad skulle du därborta att göra, muttrade Salve, det är farliga trakter. Och när du nu envisades var du absolut tvungen att gå bakvägen in i byn, naturligtvis blev de misstänksamma.

I detsamma kom den gamla kvinnan in, hon fnös åt Salve:

– Skyll inte på Zivvel att det gick tokigt, jag anser att hela utflykten var helt felaktigt planerad, men nu är det som det är och vi är så glada att du är tillbaka. Lilla Zivvel, hur är det med huvudet?

Zivvel hann inte svara innan Ajo och Kala också dök upp, den där jättebrickan behövdes! Snart blev det obehagligt varmt med många människor i sovmodulen. Alla utom den gamla kvinnan försvann efter att de försäkrat sig om att Zivvel mådde bra. Innan de gick passade de på att plocka till sig av de ovanliga läckerheterna på brickan.

– Tropiska frukter, jo jag tackar jag, kommenterade Kala med munnen full. Jag kanske också ska se till att bli nedslagen bland busar. Han låtsades som han inte märkte Ajos sötsura blick.

– Vi ber om ursäkt, sa den gamla kvinnan, jag vet inte vad du har för åsikt om oss efter din strapats, vi borde ...

– Vad går alltihop ut på? avbröt Zivvel. Hur kommer det sig att folket där borta bodde i tält? Flo svarade väldigt undvikande när jag frågade henne. Varför verkar det som det finns det personer i min by som vill lura mig.

– Det måste finnas utvägar för människor som inte vill anpassa sig till våra samhällens hårda regler. Jag hoppas att vi med tiden kan ta hand om dem på ett bättre sätt. Ett reservat för kreativitet.

Hon tvekade lite innan hon tillade, vi vet ju inte vad vi avlar bort om vi enbart tillåter saktmodiga människor att föröka sig. Det finns en Obygd till på andra sidan av staden. Du kan vara lugn för att vi har många väktare som bor bland invånarna och ser till att allt inte går överstyr. Flo är en av dem, men där finns också de som bor i tält, går i slitna kläder och inte kan särskiljas från övriga avhoppare.

– Har vi väktare i min by också?

– Jag tror att Ajo nämnde att någon i din by försöker få mer än sin andel av inkomsterna. Då kan både den personen och den som avslöjar otidigheten drivas till onda handlingar. Vi har lärt oss att det för det mesta är bäst om personer som inte anser att lagar och regler gäller dem med mildhet förs till en tillvaro där de inte kan ställa till förödelse. Kommer du ihåg vad väktarna berättade häromdagen om hur de arbetar? Vi planerar en intervention och där hoppas vi på god hjälp av dig. Vi ska språka mer om det senare. Men, nej i vanliga byar har vi inte normalt väktare placerade.

Zivvel svalde, sen försökte hon uttrycka sina tankar men det kom bara otydliga stavelser.

– Jag förstår att det är kaotiskt för dig, ta en lugn morgon nu.

Vi ses vid middagstid vid institutet i Blad4. Du ska ha möte med Avdelningen för utveckling.

Förhandling

– Vi har fått en begäran från By4854 i Nordvästra segmentet om extra tilldelning av ljusarmaturer, utbyggnad av därvarande kantin samt ytterligare sovmoduler. Ordföranden, en välbyggd, brunbränd ung man med yvigt ljust skägg, stort rufsigt hår, artikulerade varje ord tydligt. Om Zivvel mött honom i Obygden skulle inte hans utseende vara avvikande från övriga invånare, förutom att han framstod som betydligt mer ren och välvårdad. De andra medsittarna, en kvinna och två män tog sig mer alldagliga ut, välkammade i prydliga grågröna overaller, men alla fyra hade ett örhänge sin vänstra örsnibb. En droppformad glittrade blå sten. Det blev tyst och åtta ögon tittade uppmärksamt på Zivvel.

– Kan damen motivera denna begäran? Ordföranden artikulerade dessa ord om möjligt ännu tydligare och talade i näsan som om han hade snuva.

Hon motstod en impuls att artikulera på samma övertydliga vis som honom.

– Vi har problem …

– Ja, annars skulle du inte kommit hit, det gick inte att missta sig på den hånfulla tonen.

Zivvel bestämde sig snabbt för att uttala varje stavelse även hon.

– Vi har fått lära oss att Världsstyrelsen tar hand om oss, fortsatte hon och struntade i suckarna från ordföranden, men det har vi inte märkt av de senaste åren. Vår by ligger allt djupare ner i förhållande till istäcket, hon fortsatte att beskriva svårigheterna att odla under sådana förhållanden initierat och livfullt. Tre av de fyra tjänstemännen blev intresserade, till och med beklagade att de inte hade möjlighet bifalla hennes önskan om ytterligare armaturer.

– Vi har brist vi också, vi ber om din förståelse, det finns en fabrik men vid kontroller har vi upptäckt att den använder sig av slavar vid tillverkningen och det kan vi naturligtvis inte godkänna, förklarade mannen till höger om ordföranden.

– Slavar?

– Ja slavar, du kanske inte är bekant med begreppet, människor som arbetar utan lön ofta under klassiskt påvra förhållanden, avbröt ordföranden. Fabriken är föremål för åtgärder. Nästa fråga, utbyggnad av kantin? När en kantin blir för trång beror det oftast på att det är obalans mellan inflyttning och utflyttning. Vi kan erbjuda jungfrulig mark om någon eller några vill flytta, vi …

– Vi behöver all arbetskraft vi kan få, annars får vi inte mat till alla.

– Som du så riktigt har påpekat har ni problem med odling där på grund av snön, om det går åt mer arbetskraft behövs självklart mer mat, kroppsarbetare behöver mer kalorier än kontorsarbetare. Varför vi ska hjälpa till för att ni slagit er ner på en oländig plats saknar jag förmåga att förstå. Lite eget ansvar får befolkningen ta. Störa oss med sådant här strunt.

Ordföranden gav henne en lång blick i, lyfte överläppen i en min av avsmak. Zivvel blev smått road av att se hur örhänget pendlade allt vildare. Mannen till höger om honom harklade sig, men ordföranden lät sig inte hejdas.

– Din lilla by är visst medelpunkten i universum för dig. Vi har betydligt större frågor att ta hand om än en oansenlig bondby på isen. Vi ska skicka en delegation med information om platser med högre potential för odling, det är mer än du förtjänar …

I det samma öppnades träpanelen bakom honom, en dam kom in och viskade något i ordförandens öra, han for upp och ställde sig nästan i givakt innan han följde med ut genom dörren. Spåren av dörren försvann på ett nästan kusligt sätt omedelbart när den stängdes. De övriga tre försökte verka oberörda men man märkte att axlarna sjönk ner när mannen försvann.

– Ska vi återgå till ordningen, vi talade om er kantin och fler sovmoduler. Det behövs extra arbetskraft på grund av intensivt snöfall de senaste åren och vi vet knappast något om hur det kommer att fortsätta och i vilken takt. Man tror att istäcket vid förra nedisningen var ca tre kilometer tjockt och där är vi inte tillnärmelsevis än. Mannen till höger talade också överdrivet tydligt men på ett stillsamt sätt. Han var betydligt behagligare att lyssna till.

– Vi har möjlighet att bygga ett genomskinligt tak över byn men det är svårare med sommarodlingarna på isen, men om jag förstod rätt föreslår du att en bättre lösning kunde vara att inte ha dessa fast installerade utan på någon form av slädar i ett täckt förråd om vintern? Skulle det innebära, tror du, att behovet av ytterligare arbetskraft skulle minska? Du talade dessutom om en eventuell ökad avkastning om de nya grödorna du fått fröer till fungerar hos er.

Samtalet utvecklade sig till att bli både intressant och spännande med mängder av idéer för utveckling av bosättningarna i norr. Kanske tak över odlingarna i stället?

Zivvel var nöjd med vart diskussionerna lett till men det pirrade lite i magen hur resultatet skulle komma att mottas i hemma i byn. Kantinen skulle byggas ut med en kantinenhet, inga fler sovmoduler, och under tystnadsplikt hade hon fått reda på att isgruvan måste stängas endera året. Hon blev inte särskilt förvånad över det sista, gruvarbetarna talade ofta och högt om att gruvan blev allt svårare att säkra och att det man fick ut kostade mer än det smakade. På sikt räknade man med att invånarantalet behövde minska. Det fanns planer på en kampanj för att få folk att emigrera. Samtalet avslutades och Zivvel dristade sig till att fråga varför man infört att man måste ha tillstånd från byledningen för att resa mellan byarna.

– Det har vi aldrig hört talas om. De tittade på varandra, och skakade på huvudet. Någon har missat att rapportera, vi försäkrar dig om att den typen av regel inte finns.

Tjuvlyssnat

Hon blev placerad på en stol i korridoren i väntan på Salve. Han tog tid på sig innan han kom och efter att väntat en stund bestämde sig Zivvel för att resa sig och gå iväg. Nog hittade hon tillbaka till Blad2 på egen hand, när hon fick höra upprörda röster genom en dörr som stod på glänt.

– Jag trivs bra här i Ultimapolis och har ingen anledning att vilja flytta. Visst var det den nedlåtande ordförandens stämma? Han blev allt mer agiterad. Vad den han pratade med svarade gick inte att höra. Till slut blev hans motpart tvungen att försöka överrösta de högljudda motargumenten. "… hållit dig om ryggen och försäkrat oss om att du utvecklas väl, men ditt uppträdande idag …"

– Hej Zivvel, förlåt att du fått vänta, Salve kom med andan i halsen.

– Jag hade gärna suttit här en stund till, svarade Zivvel, men avstod att tala om varför.

Ett erbjudande

– Nu är din tid hos oss snart över, konstaterade Salve när han nästa dag förde henne till kliniken, för den här gången i alla fall, tillade han. Jag har blivit ombedd att fråga om vi uppfyllt dina förhoppningar på veckan. Vanligen brukar vi visa Obygden för besökare som dig men den har du säkert sett nog av.

Zivvel petade på sin bula i bakhuvudet och ryste till.

– Jag skulle gärna komma och arbeta med Flo en hel säsong, men en enstaka dag ger inte någonting just nu.

– Just därför, Salve blev rakare i ryggen och rösten sjönk en halv oktav, vill vi erbjuda dig om du har lust, och även Ada och Ader en kort resa ännu längre söderut. Jag vill understryka, en kort resa. Vi behöver vara tillbaka i kväll. Skulle det passa?

Han vände sig emot henne efter att ha öppnat porten till kliniken.

– Jag drar slutsatsen av ditt stora leende att det skulle det. Gör dig beredd att fara iväg efter mötet. Vi tar med oss allt som behövs. Du behöver inte packa med något.

Ett oväntat besked

Efter att ha fyllt i ett otal frågeformulär fick Zivvel till slut ett muntligt samtal med en preventist som gick igenom hennes värden.

– Du har lika många mutationer som befolkningen i genomsnitt, din far är din far och din mor är din mor, kan vi konstatera. Du har ett recessivt anlag till sjukdom, som måste kontrolleras om du tänker att föröka dig. Det har inkommit ett förslag på matchning som är olämpligt då den personen har samma anlag, dessutom rekommenderar vi inte att sysslingar bildar par. Det är visserligen inte lika olämpligt som kusiner men...

Preventisten noterade Zivvels min.

– Visste du inte det?

– Inte att han skulle vara min syssling hackade Zivvel fram.

Hon svalde.

– Vad menar du med att min mor är min mor och min far min far?

– Tiderna har varit onda och då fungerade inte folkbokföringen tillfredsställande på länge. Men du har rätt, din generation har vi bättre koll på.

Hon rynkade pannan åt något i ett dokument, muttrade Marur, innan hon tittade upp mot Zivvel.

– Genetik är tack och lov inte allt, miljön betyder en hel del också.

Utredaren fortsatte att gå igenom protokollen från gentypningen och psykologutvärderingen. Zivvel följde med så gott hon kunde, syssling, syssling snurrade runt i huvudet. Varför såg preventisten fundersam ut när hon nämnde hans namn?

Zivvel konstaterade till slut att hon genetiskt nog tillhörde normalvarianten. Ville hon bilda par någon gång fanns det säkert någon som skulle passa. En glimt av Ada for genom hjärnan. Alla ansåg inte att det var viktigt att par delade sovmodul för att de hade barn ihop. Han fick väl leva bland sina decipenqveter om han ville. Just nu intresserade hon ändå sig för annat än avkommor.

Hon fortsatte att fundera på sin tilltänkte. Syssling? Pappa talade sällan om sin familj. Farmor och farfar var döda innan Zivvel föddes. Hur kom det sig att han inte sagt något om släktskapet?

Utanför kliniken väntade Salve med en mindre grupp människor. Ader tittade aningen skrämt på henne.

– Varför ser du sammanbiten ut? frågade hon när Zivvel gav henne en tryckning mot armen som hälsning.

Zivvel grimaserade.

– Inget allvarligt, men min far har en del att förklara.

Utflykten

En snabb promenad till Lufthamnen, det lilla spolformade flygskeppet gled iväg så snart alla satt på plats. Med ett stygn av besvikelse noterade hon att Ada inte syntes till någonstans. Ader förklarade att de måste säga adjö till honom innan han reste vidare. Han skulle få arbeta med övervakning på annan nivå.

– Han är blyg, det märks inte när vi inte är så många. Det brukar vara jag som står och pratar, han smyger sig till nåt undangömt hörn om han får chansen. Han skulle aldrig klara att göra ingripanden i byar som Kim och de andra.

Hon var tyst medan flygskeppet accelererade.

– Du kommer väl med till kantinen ikväll, vi har planerat en liten avskedsfest? Jag har skrivit en saga bara för det här tillfället, Ada kommer inte att tro sina öron, det kommer att bli jätteroligt. Men du, titta ut …

De såg ut genom fönsteröppningen och drog efter andan. Knallblått hav bredde ut sig under dem, stilla med små krusningar på ytan. Utspritt stötte de på båtar med vinkande fiskare. Med förundran såg de hur snabbt båtarna blev en prick i fjärran.

– Vi är snart framme, surrade en röst i högtalaren i fören. Alla som går iland måste ha skyddskläder. Inga föremål får medföras tillbaka ombord på skeppet.

– Det här området är kontaminerat, förklarade en kortklippt äldre kvinna i diskret mörkbrun overall med ovanligt många fickor, för flickorna. Det leddes av en härförare som hellre sprängde sig själv i luften tillsammans med sina undersåtar, än att hon gav upp striden. Vi kommer hit och mäter gifthalter varje år, vi vet ju inte riktigt vad hon har spridit, det verkar dessutom som om det finns behållare med skadligt innehåll som rostar sönder allt eftersom åren går. Vi hoppas kunna öppna upp här inom en inte alltför avlägsen framtid, vi behöver ju ytor för alla er som inte kan stanna uppe i höga nord när isen blir tjockare.

Se men inte röra

Zivvel och Ader skrattade åt varandra när de fick på sig sina stora klumpiga skyddsdräkter.

– Du ser ut som en riktigt fet isman.

Skratten fastnade i halsen när de steg ur skeppet och betraktade förödelsen. Naturen brukade inte tillverka jämna stenblock, för övrigt fanns inte några tecken på att där legat en stad. Tjockt tufsigt gräs stack fram vid stenkanterna på sina ställen och när de gick närmare märkte de rörelser bland stenbumlingarna. Katter, myriader av katter som fräste och slank iväg när de nalkades dem.

– Stopp inte längre, det är för farligt, en ”Skyddsdräkt” med provrör i handen stoppade dem.

De vek av åt vänster i stället, där lyste stenarna annorlunda, täckta av någon gul, tjock lav. Runt dem fanns det minst lika många ilskna katter. De kom inte långt åt det hållet heller innan en annan ”Skyddsdräkt” med provrör och något instrument i handen hindrade dem från att ta sig vidare. De gav upp och klättrade ner till stranden. Resten av uppehållet höll de sig nere vid vattnet, Zivvel önskade att hon kunde fått känna på havet. Ader plockade fumligt upp några vackra snäckor med sina tjocka handskar. En tredje ”Skyddsdräkt” tog dem snabbt ifrån henne och skakade på huvudet. Knappt hade Ader blivit av med sina snäckor förrän det surrade till i dräktens nödradio.

Sabotage?

– Lystring: alla till skeppet.

Alla Skyddsdräkter fick bråttom och drog med sig flickorna till landningsplatsen. Där stod kvinnan i den mörkbruna overallen med rynkad panna och räknade in passagerarna. De föstes mer eller mindre in i kabinen. Dörren stängdes så fort den siste stigit ombord. De hann inte plocka av sig sina fodral innan skeppet flög ut över vattnet. Motorerna, som normalt knappt hördes, gnisslade allt högre. Så snart de stod i sina egna overaller rapporterade piloten att de måste vända.

– Nödlandning, pilotens röst ekade genom högtalaren.

– Sitt framåtlutade med huvudet mellan knäna. Jag går ner på vattnet.

Nu dör jag, hann Zivvel tänka innan skeppet smällde i havsytan med två ljudliga dunsar. Hon grep tag i närmaste person och de dråsade tillsammans ner på durken. De hjälptes åt att kvickt ta sig på benen igen och lyckades undvika den inredning som gnisslande kanade kring i rummet. En kvinna kved skräckslagen, fångad under en stol. Några män svor och fångade in några glidande instrument. Allt blev stilla och tyst.

Kvinnan som räknat in dem stod sammanbiten stödd mot väggen med sitt kommunikationsverktyg och kallade på förstärkning. Piloten kom ner från bryggan. Han ropade att de blivit utsatta för ett sabotage. Sen vände han omedelbart tillbaka upp. Kvinnan i den bruna overallen tog till orda:

– Det tar en stund innan insatsstyrkan kommer, vi driver mot land men om det inte blåser upp borde vi klara oss tills vi får hjälp. För säkerhets skull letar samtliga upp en flytväst. Vi kan ha utsatts för ett sabotage fortsatte hon …

– Vid istäcket! Så här beter sig inte ett luftskepp som är normalt trasigt, hojtade piloten ifrån bryggan.

– … eller om det är ett ”naturligt oturligt fel”.

Kvinnan återtog oberörd ordet.

– Det fanns tecken till mänskligt liv i området vi just besökte.

Ett häpet mummel fyllde skeppet. Piloten hade stannat på bryggan när de övriga gått iland. Han hörde ett ljud som om någon kommit tillbaka ombord. När han gick ut på däck försvann en liten människoliknande varelse bakom en klippa.

– Vi har inte resurser att ta kontakt och frågan är hur någon skulle kunna överleva här.

Sjögången ökade, skeppet gungade, passagerarna hjälptes åt att försöka surra all lös inredning. Det började bli sent, solen skulle snart gå ned. Stranden närmade sig otäckt mycket snabbare än beräknat. Det här kommer inte att gå bra, insåg allt fler. Klipporna väntade vid stranden, kantiga och hårda. Skulle skeppet hålla för att kollidera mot dem? Gick det att påverka driften så de istället skulle grundstöta mot någon av vikarna med sandstrand? Var där tillräckligt grunt för att gå iland i skyddsdräkter? Dräkterna sög åt sig vätska, på djupare vatten skulle alla ofelbart sjunka även med flytväst.

Gick det att överleva på land utan skydd? Sist, men inte minst, vilka varelser väntade dem där? Någon snyftade till, allt samtal avstannade. Zivvel famlade i fickan efter sin lyckosten tills hon kom ihåg att den försvunnit i Obygden. Hon sände en ovänlig tanke till Ber som tagit henne till fånga. Tjockhuvud!

Mitt under fören fanns ett minimalt utrymme där gungningen inte märktes på samma sätt. Där hade man på nolltid satt upp ett provisoriskt laboratorium. Nu kom en av de före detta skyddsdräkterna ut därifrån med ett försiktigt leende.

– Vi har goda nyheter. Vi kan inte hitta några skadliga ämnen i omgivningen. Om vi strandar behöver vi inte ta med skyddskläderna.

– Vi tackar för det beskedet, en sak mindre att oroa sig för. Kvinnan i den bruna overallen lät vänlig men ändrade inte en min.

Mörkret föll. Allt tätare hördes skrapande ljud från skeppets undersida och lutningen ökade.

– Nu dröjer det inte länge innan babords vägg kan kallas golv, pustade en rund kvinna, det viktiga är inte hur man har det, utan hur man tar det.

– Måste du vara så jobbigt positiv? stönade piloten där han gled ner mot de andra på babordssidan.

När småningom det svaga surret från motorer signalerade att räddningen anlänt, halvlåg samtliga passagerare med ryggarna mot det som förut varit golv. Fötterna spjärnade mot väggen och några hängde i armarna, andra klamrade sig fast i inredningen.

Strandade

Det hann bli midnatt innan alla evakuerats och fått en plats i tältlägret som blivit uppställt på stranden. Runt en flammande brasa vid vattenbrynet samlades de skeppsbrutna och torkade sina kläder. Bakom dem skymtade vältränade skepnader med gevär på ryggen. Luftskeppet med räddningsstyrkan hade landat direkt på stranden. När de skeppsbrutna sent omsider genomblöta kom iland, möttes de av skuggor i mörkret, som sa:

– Överste! Området säkrat och vakter utsatta.

– Bra svarade kvinnan i mörkbrun uniform, vi fortsätter rekognosera när det blir ljust.

– Jag visste inte att vi hade en armé, viskade Zivvel till Ader där de stod i eldskenet.

– Inte jag heller, viskade Ader tillbaka. Jag har jättemånga gamla sagor om soldater, nu kan jag använda dem.

Någonstans hade någon tänkt till och muggar med värmande soppa delades ut. Zivvel tömde snabbt sin portion och märkte hur spänningen och oron började ta ut sin rätt. Benen kändes lika svaga som en alltför snabbvuxen blomstängel. Folk omkring henne började dra sig tillbaka till tälten, hon kröp in i sitt. Det blev ändå inte mycket till sömn. Vad var det för varelse piloten hade sett? Liten och människoliknande hade han sagt. Hade strålningen förvandlat människor till småfolk? Utvecklat en apart?

Under hennes barndom fanns det en gammal kvinna i byn som påstod att det fanns pysslingar som man bara kunde se på torsdagar. Igår var det torsdag. Gruvarbetarna hemma utförde alltid en kort ceremoni innan de gick på sina skift. De brukade skratta generat om någon frågade varför.

– Dumt att reta ismännens larver, svarade de om man pressade dem.

Stenarna på marken trängde upp genom madrassen. Omöjligt att hitta en någorlunda bekväm ställning, hur hon än vände och vred sig. Tältduken prasslade eller smög något utanför? Hon försökte intala sig att här var tryggt, soldater vaktade. Pysslingar finns inte, att tro på dem var vidskepelse. Ändå bubblade det i hela kroppen av obehag.

Framåt morgonen stördes tystnaden av små smällar mot tältduken. Lät det så här när pilar eller kulor träffade tyg? Hon vågade inte röra sig. Varför reagerade inte soldaterna? Hur länge hon legat som förstenad visste hon inte när en gong-gong ljöd och en röst ropade "första frukost serverad" Hon lirkade sig ur filten. Det där lät ju som en riktig människa.

Hon fick något vått i ansiktet omedelbart huvudet stack ut genom tältöppningen. Hon blinkade upp mot himlen. Regn, det måste vara regn. Hennes första möte med ofrusen nederbörd. Under morgonmålet, blöt in på bara skinnet, bestämde hon att hon alla gånger föredrog snö.

Förutom regn hade denna morgon bjudit på fler överraskningar. Den första, att regnet inte släckte brasan på stranden. Hon hade fått lära sig att hällde man vatten på eld slocknade den. För det andra ankom ytterligare ett luftskepp med sju personer i beige overaller av samma snitt som soldaternas bruna. Den tredje överraskningen, Kala ledde den beige gruppen.

Zivvel och Ader satt i en tältöppning och försökte undvika droppandet från himlen. Kala kom fram till dem och meddelade medan han slängde ut armarna i en av sina vanliga vilda gester:

– Ni två har blivit utsedda att delta i expeditionen. Att kunna visa nya väktare vad vi tror är en missad boplats och hur vi hanterar det är en chans som troligen aldrig återkommer. Har vi tur kommer vi att träffa på mutanter, eller vad ska vi hoppas på? Han låtsades rysa. Bilder av ismanslarver och småfolk ploppade upp i huvudet på Zivvel. Magen började knyta sig, medan Kala oberört började pricka av saker på en lista. Oron ersattes av en våg av spänning. Ett äkta äventyr väntade.

– Vi har meddelat din akademi, Ader, att du blir borta ett tag. Zivvel din biljett är ombokad, du skulle ju åkt hem idag. Gå bort till skeppet får ni ut era uniformer.

– Men jag har nyss köpt ny overall, jag har inga kompensationsenheter, protesterade Zivvel.

Kala vände sig mot henne och blinkade med ena ögat:

– Ingen fara, kostnaden kommer att dras på lönen.

När Zivvel packade upp sitt paket, låg där, alla hennes tillhörigheter från UP ihop med två beige overaller! Härligt att få borsta tänderna! I packningen fanns bland olika märkta förpackningar, även små påsar med ett ljust pulver i som hon inte visste vad det bestod av. Kanske någon torkad dryck?

Uppfräschad och i torra kläder tog hon med sig en påse ut till elden och frågade Ader, som inte heller hade sett något sådant förut. De öppnade paketet och rörde ut det med varmt vatten i en mugg. Lösningen bubblade och luktade kemiskt. Ingen av dem kände sig frestad att smaka på vätskan. En av väktarna från expeditionen betraktade dem överraskat och undrade om de verkligen skulle tvätta nu och i en så liten behållare?

– Tvätta?

– Det är tvålpulver i påsen, vi kan naturligtvis inte ta med en hel tvättinrättning på expeditionerna. Zivvel sneglade på Ader med huvudet djupt nedböjt. Kinderna hettade. Att döma av Aders rodnade kinder var de lika varma som hennes egna.

Himlen endera öppnade sig eller nöjde sig med att småläcka hela den dagen. Vätan tvingade dem att kura i tälten ända till kvällen. De lyssnade på droppandet mot tältduken medan Ader beskrev utbildningen hon gick på i UP. Hon hade längtat efter att börja där, sen hon upptäckte att den fanns. Den var ännu bättre än hon någonsin kunnat föreställa sig.

– Du ska få höra sen, jag ska berätta om vår olycka igår vid maten ikväll. Jag har lärt mig massor bara på några dagar.

Vid solnedgången satt de åter på stranden, i sällskap med de övriga skeppsbrutna och väktarna. Det hade slutat regna. Skymningen föll. Stjärnor tittade fram mellan molnen. Havet mörknade. Soldaterna, de som fått stanna och vakta på stranden, blev skuggor med gevär igen.

Stocken Zivvel satt på gjorde byxbaken fuktig. Ett mindre obehag, livet var härligt just nu. ”Jag sitter vid en brasa på en strand.

Jag äter något obestämt men gott ur en burk. Det är mer än jag kunnat drömma om."

Som hon lovat gjorde Ader om deras resa som slutat i en krasch, till en fars, fylld med skräck och humor. Deltagarna kring elden skrattade och nästan grät om vartannat.

Har vi verkligen varit med om samma händelse, undrade Zivvel för sig själv, när hon åter lagt sig på sin knöliga sovplats. Hon klämde på sina blåslagna knän och mindes hur skärrad hon var över att livet skulle ta slut alldeles för tidigt. Om hon blundade närmade sig klipporna för varje våg. Hon hade gruvat sig för vad som skulle möta dem på stranden. På något sätt fick ändå Aders beskrivning av hur folk reagerade Zivvel att fnittra för sig själv. Hon blundade igen och bilden av klipporna hade blivit mindre skrämmande.

Ut i det okända

Det dröjde till långt in på nästa dag, innan spaningsgruppen kom tillbaka. Skeppsbrutna och väktare hade samlats på stranden för att titta på bärgningen av det förlista luftskeppet. Därför tog det en stund innan spanarnas ankomst uppmärksammades. Någon hojtade så småningom till, "De är tillbaka!" Det behövdes inte mer än en blick på rekogniseringsgruppens ansikten. Nittio procents passivitet byttes i en handvändning mot hundra procent aktivitet.

Zivvel hann nätt och jämnt hämta sina tillhörigheter innan tälten var rivna och väktarna, med eskort, var på marsch längre in i landet. Första stycket, genom ruinerna, gick lätt, där hade man redan röjt en väg samma morgon. När den tog slut och övergick i stenigt land med torra stickiga örter och buskar blev det svårare att ta sig fram. Nu förstod hon varför de fått rejäla kängor tillsammans med väktaroverallerna.

Terrängen blev brantare och ännu stenigare och snart klättrade gruppen mellan spetsiga svarta klippor. Hitta ett hack i berget där foten fick plats, häva sig upp, hitta lämpligt utsprång till nästa fot samtidigt som handen tog tag i en skreva som knappt gav stöd. Även på de mest erfarna väktarnas pannor glänste svetten, kinderna var röda av ansträngning och de andades tungt. Vid en särskilt svår passage fick Ader nog.

– Visste jag hur det skulle bli hade jag aldrig följt med, grät hon. Zivvel sköt på nerifrån och Kala tog tag i hennes armar från en avsatts ovanför. Ader knep ihop ansiktet, räknade till tre och lyckades till slut häva sig upp.

Väl uppe på toppen skådade man ut över en dal med täta snår av buskar och småväxta träd. På västra delen stod buskarna glesare och de med skarpa ögon anade en hög gräsbevuxen backe i fjärran. De tog rast strax nedanför krönet. Väktaren som förklarat vad det var för pulver flickorna undersökt hjälpte dem att röra ut en påse med ett annat pulver så även de fick i sig mat. Hon presenterade sig:

– Jag heter Amin, tveka inte att fråga om ni undrar något. Vi har alla varit nya väktare någon gång.

Hon visade också var i packningen skavsårsplåstren låg.

Stela och trötta började de nedklättringen. Lårmusklerna protesterade. De ovana lärde sig att det är svårare att tag sig ner från en höjd än att ta sig uppför. Till slut stod gruppen nere bland de stickiga örterna på andra sidan berget.

Soldaternas anförare pekade på ett grönt område, ett stycke längre bort. Han föreslog att ställa tälten där. Zivvel följde efter med sin packning men det var något som inte stämde. Områdets gröna färg var alldeles för jämn jämfört med marken omkring. När anföraren tog ett steg ut på ytan kom hon på det. En kall nordan blåste henne i nacken och hon ropade:

– Men snälla, det där är ju ett odlat fält. Vi blir inte populära om vi förstör deras gröda.

Konfrontation

I detsamma tog sig anföraren för huvudet. Han skrek ”soldater bilda mur” samtidigt som fler av de övriga i gruppen skrek till när de träffades av stenar. Väktarna sjönk ner på knä bakom soldaterna och famlade fram sina hjälmar ur packningen.

– Upp med händerna, ropade Kala, le och visa att vi inte vill något ont.

Från en höjd i närheten hördes en metalliskt förstärkt röst säga något på ett okänt språk. När ingen reagerade kom en ny längre harang, vilket fick en soldat att vända sig mot Kala:

– Jag förstår en smula, det påminner om det språk mina morföräldrar talade. Jag tror han säger att den som tar ett steg till blir skjuten. Om vi vänder om ska de låta oss gå i frid.

– Jag tror nog att då riskerar vi att bli nedmejade bakifrån.

En ny omgång stenar föll över dem.

– Vad kan du säga på deras språk? Kan du säga att vi kommer som vänner?

Zivvel och Ader satt med armarna om den andra och viskade:

– Hur kan de andra ta det lugnt?

Förhandlingen drog ut på tiden. Båda sidor hade stor användning av frasen, jag förstår inte. Högtalarrösten lät mindre aggressiv i tonen medan kvällen övergick i natt. Gruppen var redan inställd på att de skulle få sova under bar himmel. I en okänd natur där man inte visste vilka faror som hotade. Förutom en fientlig stam som redan försökt att stena dem. Då meddelade högtalarrösten att de skulle ledas till en lämplig lägerplats. Det blev tid att samtala mer när solen gått upp igen. Ett lågmält sorl gick genom gruppen medan de spände på sig sina packningar.

– Vi får visa tillit och göra som han föreslår, sa Kala, men ha beredskap att ta skydd. Att soldaterna skulle gå med osäkrade gevär behövde han inte påminna om.

Fortsatt konfrontation

En mer perfekt lägerplats var det svårt att föreställa sig enades de om när gryningen kom med ljus. De hade snubblat fram över trädrötter i mörkret i vad som kändes som en evighet innan deras guide, en man med håret i en fläta på ryggen, utan ett ord lämnade dem i natten. En jämn gräsyta i en glänta och en bäck med klart vatten som stilla porlade i ena änden. Ännu en nyhet för både Zivvel och Ader: göra morgontoalett i ett vattendrag.

– Nykomlingarna tar kökstjänsten, övriga väktare tar kontakt med högkvarteret. Soldater röjer upp i lägret. Avvakta med att riva tälten. De började vänja sig vid att Kala inte alltid skämtade. Ibland lät han oerhört bestämd.

Alla i gläntan stelnade till och vände öronen mot en avlägsen hornsignal. Den första signalen följdes snart av flera gnisslande läten och trumslag. Missljuden hördes långsamt närma sig genom skogen. Zivvel och Ader avslutade frukostdisken. De sista muggarna stuvades inte in i behållaren lika prydligt som de första. De rörde sig stelt efter klättringen dagen innan, men de hann, samman med övriga, samla sig till en distingerad välkomstkommitté. En soldat med snedknäppt överdel smög in längs bak i ledet och rättade till sin klädsel med små diskreta rörelser.

Ut ur skogen trängde sig först tre män med stora trummor hängande ner till knäna. Efter dem dök fyra andra personer upp, Framför munnen höll de glänsande metallrör. Var gång deras bröstkorgar utvidgades kom de gnisslande tonerna strax efter. Orkestern åtföljdes av något obestämt, skorstensliknande på en plattform, buren av tio stadiga män. Mellan dem och musikanterna gick ett småväxt par i något slags fotsid högtidsdräkt, båda med en lång grå fläta ner på ryggen och mannen även prydd med ett långt grått flätat skägg. Processionen rörde sig framåt, anslående högtidligt, ett steg, kort paus, nästa steg.

Musikanterna delade upp sig när de närmade sig väktargruppen och lämnade plats för paret som ställde sig framför Kala. Statybärarna stod sammanbitna bakom dem fortfarande med plattformen på axlarna. Nu när de kommit nära förvandlades skorstenen till en fumligt huggen kvinnlig gestalt, klädd i ett trådslitet tyg med inslag av guldpärlor. Den gråskäggige mannen höll fram en stav, den lilla kvinnan lyfte på hakan, med markant rak rygg höll hon ett anförande som fick samtliga i hennes följe att humma instämmande.

Elis, soldaten som till del förstod språket gjorde sig beredd att översätta. Kala hejdade honom och lät honom lyssna i Kalas kommunikationsinstrument.

– Verkar detta korrekt?

Elis rynkade pannan, nickade ändå jakande och över gläntan hördes från instrumentets högtalare:

– Oss, fria folket i Galtar, främlingar er friska, säga oss ni komma med vänskap. Oss vara lediga folket och oss komma inte acceptera försöka oss förslava, oss hava medel oss försvara och hava resurser utplåna infektion. Oss skyddsmoder vara med oss vår dag, hon komma förfölja oss fiender intill tionde led.

– Vad, vid istäcket, svarar man på sånt, muttrade Kala. Han talade in i apparaten:

– Vi hälsar det fria folket i Galtar, vi kommer med fred, vår önskan är att ge er kontakt med resten av världen. Att döma av reaktionen som apparatens tal medförde, kunde man önskat sig en bättre översättning.

– Värld vara ondska, här vara hälsa, försvinn, den lilla kvinnan stampade med foten.

– Galtar, viskade en väktare, så kallades det här området innan det utplånades, det kan omöjligt ha överlevt någon levande själ.

– Får jag försöka tala med dem, bad hon Kala.

– Avsevärt värre kan det inte bli, svarade han och lämnade över instrumentet.

– Förlåt min nyfikenhet, började väktaren, men hur kommer det sig att det finns ett fritt folk i Galtar, jag måste säga att det gläder mig ofantligt, att den onde härskaren Idi utplånades. Tog hon inte allt folk med sig?

– Idi, Idi, det grå paret föll på knä med korsade underarmar över huvudet, musikerna likadant. Även statybärarna men först efter att försiktigt satt ner skyddsmodern på marken.

Försiktigt närmande

Zivvel vandrade runt bland det fria folkets åkrar tillsammans med ett par av odlarna. Solen stekte, marken doftade kryddigt och av torr jord. De samtalade med hjälp av översättningsprogrammet i Zivvels platta, hennes hade inte tillräckligt avancerad teknik att den återgav tal till tal men det fungerade hyggligt. Programmets svåraste barnsjukdomar var sannolikt passerade, båda sidor visste vid det här laget att man måste ha överseende med konstiga uttalanden. Som när väktarna, med hjälp av programmet sagt att de gladdes att Idi kommit hit för att förgöra ett fritt folk. Inte konstigt att invånarna upplevde sig hotande. Det tog någon timme med stenkastning att rätta till den fadäsen.

Åkerlapparna låg utspridda, små tegar, jorden stenig, mager och torr. De höga bergen fick regnet att ofta ta en omväg förbi dalen. Idis förbannelse fick hon veta. Det sas att förr samlade man regnvatten i dammar i berget för bevattning av fälten. Två gånger hade man skickat ut en expedition för att finna dem men ingen av expeditionsmedlemmarna kom tillbaka.

– Det hände för snart hundra år sedan, jag tycker vi ska göra ett nytt försök …

En ung man med en lång svart fläta på ryggen orsakade att några av de övriga i gruppen föll på knä med armarna korsade över huvudet som processionen dagen innan.

– Tygla din tunga, fräste en av männen medan de övriga två kved "Idi, Idi".

Den unge mannen gav Zivvel en blick, skakade på huvudet, ryckte på axlarna. Han vände ryggen åt de kvidande och gick sin väg med långa steg.

Att odla direkt i marken hade Zivvel självklart läst om. Det var spännande att få se hur det fungerade i verkligheten. Ju mer hon upptäckte av insektsangrepp på grödorna desto mer trodde hon på drivbänkar i snö. Växterna här blev grova och smaken mer utpräglad, inte alls de mjälla, milda, lättuggade grönsaker hon och hennes odlingar levererade. Ader fann sig väl tillrätta på sitt håll, hon samlade historier och sagor i sällskap med historikern i gruppen.

Det hade tagit någon dag för väktarna att förstå att de befann sig nästan mitt i byn efter att invånarna låtit dem komma dit. De fördes till en ny glänta, mindre än den förra, utan bäck men med ett smalt vattenfall i närheten. Gläntan låg nedanför en sluttning med gulgrönt gräs i glesa tuvor. Stora stenbumlingar låg utspridda i backen. I skogen bakom den öppna ytan stod tre små stenhus, som invånarna uppsökte flera gånger dagligen.

– Det kan inte vara där de bor, resonerade väktarna, kan det vara avträden?

Men när de diskret spanade in i husen fanns där enbart statyer och redskap. Stormodern i det största och de övriga två innehöll varsin lika illa huggen staty som hon, men utan något skynke kring sig.

Oväder

– Det här bådar inte gott, sa Kala när de kröp ur tälten, andra dagen på den senaste lägerplatsen. Värmen hade gjort det svettigt och svårt att sova under natten. De övriga väktarna anades som grå skuggor. Enligt tidsmätaren hade solen stigit upp men av ljuset att döma var det fortfarande tidig gryning. Himlen täcktes av tjocka svarta moln, långt i fjärran mullrade åskan. Tunga regndroppar började falla och inom några minuter blåste det upp en full regnstorm, vinden tog tälten, medan de försökte rädda sina ägodelar hann gläntan bli en damm. Sjöblöta med håret klistrat mot huvudet, och ryggsäckarna i famnen stod väktarna med vatten till fotknölarna medan blixtarna korsade himlen.

– Det finns stunder när jag förbannar min nyfikenhet, sa Kala, nu kunde jag suttit i en varm torr kantin i UP och druckit en sval öl. En halvtimme senare lyste solen från en spricka i molntäcket.

Byns invånare kom springande och fördelade de nedkylda väktarna mellan sig och tog in dem i sina bostäder. Allt eftersom försvann några in i tidigare osynliga öppningar gräsbacken. En ung kvinna förde med sig Zivvel. De kröp in bakom en av de mindre stenbumlingarna längst bort på sluttningen. Zivvel drog efter andan, hon kände igen en gruvgång när hon träffade på en. De fortsatte krypa och kom in i en utgrävd grotta. Hon fick en ren, fint hopvikt trasa med stora hål i att torka sig med. På en hylla utefter väggen brann en låga i ett fat. De slog sig ner för varsin ångande kopp. Ögonen vande sig sakta vid det svaga ljuset. Ett spädbarn sov i en hängmatta. Hon pekade på kvinnans runda mage, och höll upp två fingrar.

Kvinnan sa något på sitt språk och visade fingrarna på hela handen, man kunde omöjligt se hennes ansiktsuttryck i dunklet men rösten lät ledsen. Hon hämtade en sliten filt och svepte om Zivvel, som huttrade trots att hon blivit både torr och ombytt. Zivvel tände sin platta. Kvinnan fortsatte tvekande, plattan översatte: Våra barn dör, vi inte alltid mat, vi snart inga kläder. Hon höll upp handduken som Zivvel torkat sig med. Se hålen. Stormodern räddade oss, nu vi försvinner, Idi ville.

– Om jag bara honom, hon pekade på det sovande barnet, men nu kommer, hon pekade på magen, till vintern. Då det kallt, brist mat, jag kanske dör vid förlossningen, hon ryckte på axlarna, jag ger stormodern alla gåvor, hon kanske hjälper mig. Kom, vi sätter oss, ingången, värmer solen dig. Vill du mer te?

Inte för inte var Zivvel fertilitetcensorns dotter, hon beskrev alla metoder hon hade lärt sig om barnbegränsning. Kvinnan, som presenterat sig som Ezedez, läste storögd.

– Tillåter Stormoder att använda? Hon fnittrade och tillade: Metoden avhållsamhet effektiv men längtar efter min man.

En efter en kom folk fram ur gräsbacken och det samlades två grupper nere vid stormoderns hus. Vattnet stod fortfarande över fotknölarna och det blev svallvågor i kölvattnet där de tog sig fram. Ezedez blev ivrig.

– Du upplevt femårsregnet. Farligt mer än fem år sedan förra gången. Vi vågar elda fram nytt fält. Mera mat ett tag.

Hon klappade i händerna.

– Ni tur med er.

Svedjebruk? påminde sig Zivvel, bra ett år eller två, i längden oerhört ineffektivt. Aska innehöll en stor mängd näringsämnen ett kort tag.

Upprörda röster nådde dem nerifrån gläntan. En av grupperna hämtade ut redskap som liknade stora gafflar från stenhyddan bredvid stormoderns. Den andra gruppen försökte hindra gaffelbärarna att röra sig mot fälten. Den unge mannen med den långa flätan vände gaffelspetsen mot den som försökte hindra honom. Ezedez drog efter andan. Motståndaren föll på knä i blötan med händerna i kors över huvudet. Zivvel gissade att han ropade på Idi.

– Många i vår by lyda Idis förbannelse och dö bort, läste Zivvel på sin platta. Ezedez visade med min och gester vad hon tyckte om det.

– Slutar vara rädda, börjar leva, fortsatte hon.

Hon tog tag i Zivvels hand och höll den hårt medan gaffelbärarna gick iväg mot snårskogen. Alla fem motståndarna låg kvar på knä med armarna över huvudet och vaggade överkropparna fram och tillbaka.

Ezedez och Zivvel fortsatte sitt samtal med hjälp av plattan medan vattnet nere i gläntan sjönk undan. Det gick hackigt till en början, ingen av dem kunde låta bli att snegla på de knäböjande borta vid kapellen. Ezedez blåste ut luft mellan läpparna när de reste sig och gick mot sina bostäder.

– De förstöra, viskade hon, rädd de hindra svedjan. Åkern väntat med fällda träd och torkat i flera år.

De uppfattade en svag doft av brinnande trä när vinden tog i. Hon kramade Zivvels arm.

– Elden tagit sig, sa hon med ett leende, svårt med nytt grönt bland det fällda.

– Hur har du lärt dig läsa? undrade Zivvel och fick en lektion i hur lågteknologisk utbildning fungerade. Skriva i sand i en grund låda? Om det knep fick man värma vatten med ett brännglas, brukade hennes mor säga.

Ezedez i sin tur frustade av skratt när hon fick hantera Zivvels platta.

– Vill ha, förklarade hon, ditt språk konstigt. Jag måste lära.

Utvärdering

– Jag tar tillbaka, nu välsignar jag min nyfikenhet, sa Kala, men en kall öl hade inte varit i vägen.

Hans blick vandrade runt väktarna där de satt och värmde sig i den sena eftermiddagssolen.

– Hur kan vi bistå den här folkspillran?

De fick ägna eftermiddagen åt att rädda utrustningen och byta till en högre belägen lägerplats. Enligt den lilla gråhåriga kvinnan med fläta godkände Stormodern att väktarna röjde en ny glänta. Tälten hade blåst upp och fastnat i några träd. En stor del av tiden gick åt till att försöka få ner dem, men de blev i alla fall torra och lätthanterliga efter att ha blivit utsatta för vinden. Ader saknade sin sovsäck.

– Inga problem, jag tar din, sa hon till en av teknikerna, är du snäll får du sova ihop med mig. En väktare saknade sin kommunikationsplatta, den hittades nedtrampad i gyttjan, och gick inte att starta igen. Hon fick klara sig, de räknade med att få mer utrustning, och mat, om några dagar.

– En i taget, ordning om jag får be, hojtade Kala när det bildades smågrupper som jämförde sina upplevelser i grottorna.

– De bor trångt och det finns inte utrymme för fler grottor. De har svårt att få maten att räcka. Barnadödligheten är hög. Ingen har blivit vaccinerad på flera generationer. De har jättefin elektrisk utrustning i flera grottor men ingen el.

– De är otroligt vidskepliga, kommenterade en tekniker, de skyller allt, både bra och dåligt på Stormodern.

– Helt naturligt när ett folk är utsatta som dessa, svarade en kvinna i glasögon, det går att inlemma Stormodern i kulten av den förste skaparen, så småningom blir det en ofarlig kulturell tradition, det har jag sett på andra platser.

– De tror de lever under en förbannelse, inflikade Ader. När härskaren Idi samlade sitt folk, förste samman är nog rätt ord, människor, kreatur och husdjur, råkade en invånare härifrån fösas med. Hon blev bortjagad från slottet med orden: Jag vill inte ha kräldjur med mig, ni kan försmäkta i era hålor. Hon lär ha sprungit hit, i sista stund räddat sig och de övriga här, de ska knappt ha kommit in i grottorna förrän jorden skakade följt av ett fruktansvärt dån. När de till slut vågade sig ut var skogen, marken, allting nedbränt.

– Inte konstigt att deras kläder är slitna, de har använts i hundra år!

– De som tog hand om mig visade ett foto på den första Stormodern, hon som brann upp. Det var en vacker, välgjord staty, klädd i dyrbara tyger.

– Vi måste börja i någon ända, sammanfattade Kala, du Sara, det var kvinnan i glasögon, tar kontakt med religionsvetarna, vi behöver en strategi att hantera Stormodern. Vi övriga visar respekt för deras tro, vad vi än anser om vidskeplighet. Jag ska se hur de kan betala för bättre kläder, ingen uppskattar i längden sånt de får gratis. Zivvel har du sett något sätt att förbättra odlingarna? Du får kontakta avdelningen för agrikultur. Ader, du får ta reda på vad de levde av innan bomben, det måste varit hög kvalitet på tyger som kunnat användas så länge. Vi får ta hit några hälsovårdspersoner och, inte att förglömma, fertilitetcensorer. Vi kan inte riskera att det skapas tiobarnsfamiljer. På något sätt måste vi få med Stormodern i den ekvationen.

Hot eller möjlighet

I flera dagar hade en kortvuxen tanig pojke smugit omkring bland träden runt lägren. Han närmade sig ibland, sprang iväg när någon tittade åt hans håll. Till slut la sig en av väktarna i bakhåll och efter en stund kom han bärande med den sprattlande pojken under armen.

– Alla är arga på mig, för att ni är här, skrek pojken när han sattes ned på marken. Åk tillbaks till ert land.

– Var du den som gjorde sönder vårt luftskepp, utbrast Ader och Zivvel med en mun. Vad hade du där att göra?

– Jag behövde en grej, och nu bråkar alla med mig, ni kunde väl bara åka hem. Pojken fortsatte högljutt prata på, med ansiktet så tillskrynklat att väktarna förstod att det var hotelser han kom med, i en takt som översättningssystemen inte hann med.

Efter mycket lirkande, och inte minst en nygräddad ostbulle som fick tyst på hans hotelser, kom det fram att detta var en ytterst teknikintresserad ung man som hade brist på allt som kunde tillfredsställa hans hobby. Hur pojken kunde räknade ut vad han behövde på luftskeppet förstod inte någon.

– Killen är ett geni eller så visste han inte vad han gjorde, vi tar hand om honom sa teknikerna, han kanske vet hur de fick el här tidigare.

– Det där är min son, en man kom fram ur skogsdungen, förlåt att han stör.

Sådan far, sådan son, eller ibland tvärtom, menade teknikerna och drog iväg tillsammans med paret.

– Vi övriga fortsätter att socialisera, funderade Kala högt, men försiktighet är som alltid en dygd. Den unge mannen kan ha överdrivit.

Det plingade till i Kalas platta. Han blev mer och mer sammanbiten, medan han läste översättningen av pojkens hotelser. ”Prästinnan säger att stormodern kommer att döda er en och en, vi ska fånga er ensamma i skogen, vi kan ge er mat så ni sover för evigt.”

– Vi borde satt en spionkamera i stormoderns koja, slarvigt av mig att inte tänka på det. Håll er kring byn, ingen absolut ingen, går utanför byn utan en annan väktare med er. Teknikerna, mumlade han …

Ezedez igen

Zivvel stötte ihop med Ezedez, den gravida kvinnan nere vid kapellen. I famnen bar hon med sig en hög mörkgrön växt med taggiga frökapslar.

– Vad ska du göra med den, undrade Zivvel, och knäppte ett foto.

– Gåva till Stormodern, bara jag som vet platsen de växer.

Hon sträckte på sig av stolthet.

– Jag kan visa dig om du hjälper mig, fortsatte hon viskande, snälla följ med mig.

Hon tittade så bedjande på henne att Zivvel inte ville tro att hon blev lurad i en fälla.

– Vi låtsas vi går hem till mig först.

Vad har jag gett mig in på, betänkligheterna for genom huvudet på Zivvel för fjärde, femte gången där de snabbt smög sig fram i snårskogen. Hon ryckte till för varje ljud, smög någon efter för att döda henne? Var gång hjärtat lugnade ner sig efter ett skrämskott, kom nästa skrämskott. Än hördes en fågels varningsläte, än prasslade en ödla i den torra marken.

Snåren öppnade upp sig och de stod framför en öppen yta, full med täta snår av växten som Ezedez hade haft med som gåva till stormodern. Spikklubbor, Zivvel hade varit i kontakt med botanikerna medan Ezedez hämtade sin son, extremt giftiga.

– Hittat många gåvor till Stormodern, nu svårt med magen och pojken. Kan du hjälpa mig sen, bad hon, jag vill inte föda fler barn som dör. Du har medicin?

Zivvel nickade samtidigt som en, av ljudet att döma, stor torr gren brakade till i buskarna bakom dem. Kvinnorna flög ihop, slog armarna om varandra. Pojken på Ezedez rygg började gråta. Zivvel hörde hur Ezedez drog efter andan. Hon viskade något på sitt språk. Zivvel vände på långsamt på huvudet, fullt beredd att få en sten i skallen. En björn stod och vädrade mot dem i skogsbrynet. Den tog ännu ett steg mot dem, nös högljutt och vände sen tillbaka in i snåren. Tysta höll de den andras händer medan hjärtklappningen avtog, båda med svettpärlor i pannan. Ezedez mumlade något som Zivvel börjat känna igen som en bön till Stormodern.

– Vi måste tillbaka nu, de inte saknar oss, sa hon när de hämtat sig och satte fart genom undervegetationen. Zivvel hade svårt att hänga med. Hon rusade efter och försökte undvika att ramla över rötter och grenar. Hon han ändå tänka:

– Om det här inte visar sig vara ett bakhåll får det mig snart att tro på den förste skaparen. Eller är det stormodern jag ska tacka?

Ezedez såg allvarligt på Zivvel innan de skildes åt.

– Märkte du björnhona? Hon lämnade oss ifred. Ett tecken från Stormodern.

Hennes brunbrända ansikte sprack upp i ett lyckligt leende.

– Hon välsignar dig och dina gåvor.

Gift?

– Vi har fått mer information, hojtade historikern och Ader. Vi har lagt pussel med det vi fått reda på av invånarna och källor i akademin. Det fanns ett hemlighetsfullt folk i Galtar. De höll sig för sig själva. De lär ha varit förmögna och någon författare kallar dem föraktliga.

– Vet var det växer giftiga örter, tillade Zivvel.

De blev avbrutna av ett hojtande på hjälp från skogsdungen.

– Teknikerna, stönade Kala, jag kan inte förlåta mig själv.

Men det var inte lika illa som han befarade, en av teknikerna hade skurit sig djupt i handen.

– På en glasskärva, av ren oförsiktighet framhöll han själv, med huvudet i Aders knä, medan han blev hopsydd. Även de hade tagit sig igenom snårskog, men de spåren visade att det en gång varit en bredare väg. De kom fram till en bergvägg som inte verkade naturlig.

– Det var på det viset jag skadade mig, förklarade teknikern, vi blev ivriga. Det såg ut som smält glas med spår av metall; solceller. Vi försökte gräva för att se om ledningarna låg intakta, men vi märkte att mitt sår var för djupt för att fortsätta.

– Hur fungerade samarbetet med pojken och hans far?

Kala försökte låta lika sorglös som vanligt men lyckades inte helt.

– Idealiskt, jag tror inte alla här vill att härskaren Idis profetia ska gå i uppfyllelse.

– Vi kan nog se till att ingen vill det. För att återgå till vad vi pratade om innan, vad hade ni kommit på tillsammans med akademin?

– Från Galtar exporterades, parfym, smink och i hemlighet tror vi, gift.

Kala tittade på något långt i fjärran som ingen annan än han kunde se och han bet sig i underläppen.

– Från och med nu äter och dricker ingen något som de bofasta bjuder på. Har någon tänkt på att ingen av oss blev omhändertagna av det gamla paret?

Återfärd

Låda efter låda firades ned från luftskeppet. Kala öppnade den första nästan innan den nådde marken, ropade till sig barnen och gav dem varsin persika. Med fruktsaft i hela ansiktet och kletiga händer sträckte de sig efter ytterligare en när de ätit upp den första och Kala var inte nödbedd.

– Finns inte många saker som slår högre om man vill få föräldrar på sin sida än att vara snäll mot deras barn hade han sagt under diskussionerna dagen innan.

Det gick ett sus genom publiken när besättningen övergick till att hissa ned människor. Zivvel stod beredd med Ezedez för att presentera henne för fertilitetcensorn som skulle tjänstgöra i byn om allt gick som planerat. Med den detaljen avklarad slappnade Ezedez av. Hon hade inte varit glad när hon förstod att Zivvel skulle resa.

Zivvel frågade den nyss nedfirade om det kändes otäckt att hänga i luften mellan flygskeppet och marken.

– Du har inget val om du vill hem, blunda om du har anlag för svindel. Det kommer att gå bra, han klappade henne lugnande på ryggen, medan hon krängde på sig selen.

Medan yrseln efter upphissningen lugnade ner sig for skeppet iväg. Zivvel fortsatte vinka tills det inte gick att urskilja människorna på marken längre. Hur långt tänkte sig det gamla paret gå i sin hängivenhet för stormodern? Skulle byn välja att ledas av Världsstyrelsen eller skulle de föredra att stå utanför? Förstod de att de i så fall ändå blev övervakade utan att ha glädje av fördelarna? Skulle Ezedez få en flicka och kalla henne Zivvel som hon sagt?

När de närmade sig Ultimapolis började hon istället se fram emot vad civilisationen hade att bjuda på. En varm dusch. Hon hade inte fått håret tvättat på en vecka. De där små blodsugarna som gett henne röda kliande bett överallt fanns inte i UP.

Med ränseln på ryggen hoppade hon ur skeppet och möttes av stadens doft, dammig torr sand, och Ada. Det värkte i kinderna av det leende hon inte klarade att hejda när hon fick syn på honom, men hon hade gärna varit prydligare.

– Vi kan ta en gemensam dusch, förslog Ada i hissen, när hon beklagade sitt yttre. Du behöver någon som kan tvätta dig på ryggen. Sen kan du berätta vad det är för en typ som Ader skriver entusiastiskt om.

Molnen hängde tunga över staden, men inget gråväder kunde fördärva Zivvels upprymdhet. Ada funderade på hur Ader hade utmålat Zivvel i sina meddelanden. ”Hon är dedikerad saken, men hon har respektlösa åsikter om vägen dit, jag vet hur förtjust du är i henne men ta det försiktigt”.

Arm i arm vandrade de bort mot badhuset.

Ny gruvfogde

Det talades överallt i byn om att Världsstyrelsen äntligen beviljat en ny gruvfogde. Efter att den förre försvann ryktades det att Världsstyrelsen helst ville stänga gruvan men enligt många var det ett önsketänkande av gruvarbetarna. En ny gruvfogde, utvald för att klara trånga kalla förhållanden. Sedan Martas far dog fanns ingen naturlig kompetens i byn. Gamle Grime menade att den kompetensen nog hade hunnit bli ganska utvattnad, Martas far var mer intresserad av att spatsera omkring på kontoret än visa framfötterna i gruvan.

Man hade fått vänta i flera månader, sommaren led mot sitt slut, innan flygskeppet med den nye gruvfogden dök upp. Fler än vanligt samlades vid lufthamnen för att få en skymt av nykomlingen. Senare på kvällen, när familjer eller rumskamrater samlades i sina enskilda sovmoduler viskade invånarna om sin besvikelse – en blek, blond, småväxt flicka.

Hemma igen

Zivvel kom hem från sin resa någon vecka senare, precis lagom till middagsmålet. Näsan retades av doften av stekt fisk och hennes redan hungriga mage kurrade lite extra. Hon slog sig ner vid sin vän Oros som sköt undan sin tömda tallrik och sa:

– Välkommen hem och du kan inte ana vad som hänt medan du var borta! Det har kommit en ny gruvfogde, en liten speta men vid istäcket vad hon är stark och uthållig. Om alla jobbade som hon har vi tömt gruvan på ett år. Jag har fikat med henne, hon är jättetrevlig dessutom, och lika gammal som du och jag.

– Jaha du Oros, du tycks ha smält som snö i vårsolen, kan hon vara din Yin? Hon log i mjugg. Ada med luggen ner i ögonen! Hon hade träffat sin Yao. Vi ses igen, hade de sagt. Adas händer som darrade när han höll om henne. Att även han menade allvar var hon helt övertygad om. På hemfärden idag hade hon provat att se om sin älsklingsfilm igen. Förtrollningen var borta. Ada var snyggare, roligare och smartare än filmens Yao. Min första kärlek är min stora kärlek och honom överger jag aldrig, viskade hon för sig själv och stängde av plattan utan att titta till slutet.

Oros bubblade på om den nya flickan och Zivvel förstod att det hon hade att berätta fick vänta till kvällen.

Mentor?

Klockan klämtade att kvällsskiftet var över. En vanlig veckodag, men första höstmånadens första dag hade personalen bytt dekoren från middagstidens vita väggar och sommarkvällarnas blomsteräng till nyskördade frukter och grönsaker. Höstbilderna kändes vemodiga även om de lyste i mjuka färger. Vemodigt att bli påmind om att dagarna blev kortare och att snötäcket troligen skulle bli ännu högre i år. Hur ska vi kunna bo kvar här länge till, funderade Zivvel, säkert för tusende gången.

Hon vinkade till Oros som satt med en kortklippt blond flicka men slog sig ned vid ledarnas bord. Denna gång kändes det naturligt, hon måste ju redogöra för sitt uppdrag i Ultimapolis. Som förväntat utsattes hon för försåtliga frågor. Världsstyrets beslut ifrågasattes:

– Hade hon verkligen hört rätt? Inga fler sovmoduler?

Illvilliga slutsatser drogs.

– Är du säker på att det var det lägsta priset vi kunde få, eller fick DU något extra där för besväret?

– Såg du till att ha en ren och struken overall på dig? Kom du i tid?

Zivvel berättade om överfallet.

– Men lilla vän varför gick du den farliga vägen?

– Hur kom det sig att du stannade borta längre än planerat?

– Jasså, men vi har inte hört om någon flygolycka?

Zivvel svarade och bemödade sig att mildra ledargruppens slutsatser. Med svårighet ansträngde hon sig för att inte explodera. Hon märkte att några av byrådet tyckte att stolarna blev allt mer obekväma och det tröstade henne till en del. Efter en timme som kändes som två avslutades förhöret med Martas ord:

– Du är ju ung och mer än så här kan vi väl inte vänta oss av dig, du kan gå nu.

Hennes ben ville springa från bordet, men hjärnan uppmanade dem till lugn. Fröerna skulle hon avvakta med att berätta om. Flo hade inte bestämt om hon skulle skicka en mindre påse till fjärdegården med ordinarie sändning. Egentligen ville Zivvel konfrontera dem med att hon visste att vem som helst i byn när som helst fick resa iväg utan byrådets välsignelse. Enligt instruktionerna hon fått i Ultimapolis var det bra om hon kunde ligga lågt i de frågorna. Hon tänkte tillbaka på vad hon lärt sig under den tid hon inte ville redogöra för, och förstod att hon ikväll utsatts för åtskilliga härskartekniska finter hon blivit tränad att genomskåda och att hon nog klarat det bra.

Vilken lättnad att ingen hade frågat hur hon faktiskt lyckats utföra hela uppdraget. Förstod de inte att det utan hjälp utifrån skulle hon aldrig ha klarat det. Jo, självklart om hon ramlat på en ande i en flaska. Klockan hade hunnit bli ganska mycket och många städade sina bord för att gå hem. Hon tog sikte mot Oros och den nya flickan. Oros gäspade stort, reste sig och sa att nu kallade hans säng på honom, gav nykomlingens hand en lång tryckning och försvann mot dörren.

Flickan reste sig tog Zivvel i hand och sa:

– Jag heter Pio samtidigt som hon tog ännu ett steg närmare och viskade i Zivvels öra:

– Jag är här för att hjälpa dig.

Den förste skaparen

Morgonen efter hemkomsten vaknade Zivvel sent. Hon måste ha glömt att aktivera väckningen när hon lade sig igår. Skönt att få sova ut. Det gick en stöt genom henne när hon kom ihåg; Pio. Väktarna skickade en flicka, yngre än hon själv för att stödja henne! Snabba ryck av folket i Ultimapolis, Pio måste ju redan rest iväg till byn innan väktarna berättat för Zivvel om hennes uppdrag. Tanken var att få ledningen i byn mer lyhörd för invånarnas behov än Martas. Hjälp och hjälp förresten, av det lilla hon de pratat i går kväll blev det nog snarare bli Zivvel som fick stödja Pio. Hon föreföll otroligt ung för att vara utbildad gruvfogde.

Hon fick syn på klockan när hon stigit upp, morgonen var ännu längre liden än hon insett. Zivvel sköt bort sina funderingar, magen längtade efter frukost. En snabb morgontoalett innan hon skyndade iväg till kantinen.

– Hej, kan jag få ta lite frukostmat i köket bad hon, förlåt att jag är sen, det tar på krafterna att vara ute och fara.

– Förse dig själv, svarade Linne bakom disken. Välkommen hem, jag är vansinnigt avundsjuk på dig som fått åka till Ultimapolis.

– Äh det såg ut ungefär som här, jag hade väntat mig något lite mer storslaget, hon drog efter andan för att fortsätta, du kan …

– Du får nog sätta dig i hörnet där borta, avbröt Linne, de där som tillber ”Den förste skaparen” ska ha möte här idag.

Zivvel tittade förskräckt mot dörren och drog sig på snabba fötter mot ett lugnt hörn där hon hoppades förbli osynlig.

– Zivvel, hon nåddes av en gäll stämma som skar genom märg och ben. Uppgiven försökte Zivvel sig på en intet förpliktigande hälsningsfras, men Pstor Man lät sig inte hejdas.

– Vad roligt att du kommit hit, du har ju varit ute i stora världen. Har du förstått att det finns något högre än vi?

– Du vet att jag inte uppskattar tillbedjan och böner, jag skulle ha frukost, låt inte mig störa.

– Den förste skaparen välkomnar också tvivlare.

Pstor Man gav sig aldrig, det visste Zivvel som inte kunde tugga i sig sin brödbit snabbt nog innan hon skyndade ut. Hans röst fick hennes trumhinna att kännas sårig. Hur stod församlingsmedlemmarna ut?

– Vi ska be för dig, hörde hon församlingen unisont ropa genom den halvstängda dörren.

Lådorna flyger

Hon gick mot växthuset. Nu skulle fadern få förklara sig. Syssling! Lämplig som partner till mig! Irritationen steg från magen och upp mot halsen och hon upptäckte att hon gick med hårt knutna nävar.

Fadern stod i bortre änden av växthuset. Han kliade sig i huvudet medan han undersökte extrabelysningen. Han tittade upp när Zivvel steg in genom dörren.

– Så det passar dig att komma nu. Vad hade du för skäl till att inte ordna så att alla lampor fungerade innan du la undan den här i våras?

Zivvel bet sig i läppen för att inte fräsa tillbaka. Hon mindes mycket väl att det var fadern som monterat ner belysningen. Hon mindes också hans motivering: ”så det blir ordentligt gjort.”

Hon blundade och drog ett djupt andetag. Doften av fuktig luft och jord. Det luktade hemma och hon älskade den doften. Pappa är lika vresig som en vinterstorm men jag vill ändå arbeta här i vårt växthus. Hon tog ett djupt andetag till innan hon sa:

– Vad menar du med att försöka tussa ihop mig med min syssling? Och varför har du inte berättat att du har släktingar som lever?

– Försök inte byta samtalsämne.

Han fortsatte koppla ihop lamporna och tog ett steg bakåt när alla tändes på en gång. Zivvel vände sig bort, ljuset gjorde ont i ögonen.

– Kan du svara nu? Lamporna fungerar ju.

– Jag har mina skäl som du inte begriper. Du har varit borta längre än överenskommet. Passade du på att kontakta det där förrädarbandet av väktare? Jag har ingen anledning att redovisa något för en dotter som försöker lura sin far.

Han sparkade till en stapel med planteringslådor så den föll omkull. Den understa lådan låg kvar, han gav den ytterligare spark. Den flög mot Zivvel och landade bakom henne. Vinddraget kittlade kinden när den for förbi hennes huvud och lådan knakade till när den landade.

– Se nu vad du ställt till med. Röj upp och montera belysningen när du är klar. Respektlöst kallar jag ditt beteende!

Han gick med bestämda steg mot dörren och försvann.

Zivvel stod stilla, hon rörde tvekande vid kinden där hon känt vinddraget. Hon betraktade högen med lådor. Efter en stund sneglade hon på den trasiga lådan bakom henne, så lät hon blicken återvända till högen. Tomma lådor ska vara staplade, då tar de mindre plats. Varje låda passades perfekt ihop med föregående innan hon ställde raden extra prydligt nära väggen.

Belysningen. Hösten var här, växterna behövde ljus. När hon monterat den sista lampan sneglade hon en gång till på den spruckna lådan. Hon tog ett steg mot den, släppte fram tanken: Den får han ta hand om själv.

”Jag har mina skäl som du inte begriper.” Vad betydde det? Hon tog fram sin platta och slog fram sidan för lediga tjänster. Hon stängde av innan hon började läsa. Inte riktigt dags än, här fanns hennes mor, och arbetet med Pio lockade. Han kan få ett tält och biljett till någon vildmark! Helst till andra sidan jorden. Han har gått för långt för många gånger.

Planer

Zivvel satte sig så hon kunde se filten Pio lagt ut över sin bädd i sovkabinen. Den var vävd i större fält i varma ljusa och mörka terrakottafärger med smala mjukt blå och gröna inslag.

Pio lade ut den på sängen det första hon gjorde när hon flyttade in på ett nytt ställe, förklarade hon första gången Zivvel besökte henne.

– Kan du tänka dig att den här är kvar sen före storkriget, sånt här görs inte längre. Mitt hem är där mitt överkast är. Hon vek in ett extra trådslitet hörn.

– Nu ska vi lägga pussel, började Pio.

Lägga pussel, funderade Zivvel, lät det bekant på något sätt?

– Vi måste bli av med Marta, hade Zivvel föreslagit vid deras första möte.

– Kanhända, svarade Pio, vi kan i alla fall börja i den änden. Men saker och ting är inte alltid som det verkar vid första påseendet. Du kan väl prata med din mamma, de har båda vuxit upp här, jag kan fråga runt som en nyfiken nykomling. Det är ju i alla fall det jag är.

För sig själv reflekterade Pio, ungdomar är kortsynta. Vad ligger bakom Martas makt och varför lyder alla henne? Tror denna lilla adept att de där mjäkiga jasägarna i byledningen blir rakryggade ledare enbart för att en stark ordförande försvinner? Det ska bli roligt att inviga henne i hur man hanterar olämpliga styrelser.

Zivvels mor hade inte bidragit med några större mängder information. Enligt henne hade Marta nog lidit tillräckligt. Efter samtalet slutade hon att hålla slussen mot Zivvels modul stängd på tider som hon tidigare varit noga med. Modern tycktes inte alls vara så tillbakadragen som Zivvel tidigare trott. Flera gånger under veckorna hade modern besök av kvinnor i sovmodulen någon enstaka gång en man.

För det mesta tillbringade nästan alla bybor all ledig tid i kantinen. Sovmodulerna tillverkades för att få plats med en bädd och ett par bekväma karmstolar, inte mer. Zivvel mindes särskilt en gång när alla barnen i byn hade influensa och samtliga krupit upp i sina mödrars knä, utom hon. Frusen och snuvig smög hon hem på darriga ben. Skickade mamma av en besökande kvinna den gången? I moderns famn med en filt omkring sig och varmt honungsvatten att dricka frågade hon varför hennes mamma så gott som aldrig stannade kvar efter att alla ätit.

– Mitt arbete kanske inte slutar samtidigt som de andras pass.

En kväll sprang Zivvel till och med på den runda tvillingen i moderns hall. Rödmosig med svullna ögon stod hon och väntade.

– Är det mig eller mamma du vill träffa? kände sig Zivvel tvungen att fråga.

Tvillingen blev ännu rödare i ansiktet.

– Välkommen in Andine, inbjöd modern innan det kom något svar. De försvann in till Sandrin.

– Vad handlade det där om, frågade Zivvel när de blev ensamma igen.

– Unga människor ställer gärna till det för sig, svarade modern kort.

Hon gick snabbt in till sin modul och stängde dörren.

Den bästa av världar

– Gamle Grime är lite betuttad i mig, skrattade Pio, visste du att han jobbade i isgruvan redan innan den blev exproprierad. Och vet du vem som ägde den när den var privat? Martas familj. Du borde vara tillräckligt gammal för att komma ihåg Martas man? Som tur är för oss är Oros mor en pratglad kvinna. Hon har bidragit med en hel del pusselbitar.

– OK, fortsatte hon, vi vet att Marta är 57 år, hon är enda barnet och föddes sent i äktenskapet. Föräldrarna var närmare femtio båda två. Hennes far Olaf ägde isgruvan. Gamle Grime är den ende som fortfarande är i livet sen den tiden. Han tror att Olaf härstammade från en släkt av hårdföra gruvägare. Martas mor var, enligt honom, en mycket viljestark kvinna.

Hon, Marta alltså, gifte sig ung med en man som kom skidande över isen. Honom vet vi inte heller särskilt om. Deras förhållande ska i alla fall ha varit bra, de verkade trivas med att småkivas. De fick inga barn och där tror jag din mor har ett finger med i spelet. Jag hittade nämligen ingen barnafödarutredning på Marta och inget godkännande av partnerskapet när jag sökte på henne. Det är nästan ingen som vågar göra på det viset nuförtiden, men regeln infördes ungefär samtidigt som de träffades. Marta och hennes man kan ha ansett att de inte behövde följa påbudet.

– Har du funderat på hur det kommer sig att inga familjer

utom en här har max tre barn? Vi hör ju historier om att våra förfäder ibland hade betydligt fler eller hur?

– Det finns många metoder för barnbegränsning, Zivvel tänkte på ”lektionen” hon hållit för Ezedez.

Pio var inte säker på att Zivvel på det har stadiet i sin utbildning klarade av att höra om baksidorna av avelsprogrammet.

– Tillbaka till Marta, hur kommer det sig att hon inte har några barn? Oros mor antydde att Marta nog var ledsen för det men varför gjordes det ingen utredning? Jag hoppas jag inte chockar dig nu men vet du hur vi hanterar att vissa inte anses lämpliga att avlas på? Misstänker fertilitetcensorn, fortsatte Pio, att en icke sanktionerad eller på annat sätt olämplig förbindelse bär frukt, ser hon till att graviditeten avbryts och där tror jag din mor kommer in i leken.

Hon tystnade, vid alla förisade, vad jag föreläser! Hon fortsatte, alla bybor känner inte till att de blir manipulerade att följa reglerna. Är man godkänd så är man godkänd eller hur? Kvinnan kanske hinner börja hoppas att hon är gravid men det är normalt att gå över tiden några dagar ibland, eller hur.

Nu orkade inte Zivvel längre. Hon lutade sig tungt bakåt och blundade. Hon trodde att bestämmelser och lagar fanns till för allas bästa. Man gjorde som man ville inom ganska vida ramar. Vi lever i den bästa av världar brukade hennes mor säga och hon hade aldrig övervägt att hon eventuellt uttryckte sig ironiskt.

Pio bestämde sig för att fullfölja, endera hade Zivvel tillräckligt mod för att höra sanningar annars var det lika bra att hon fick återgå till att enbart vara en lovande agronom.

– Det kan vara därför hon vill att du ska upptäcka att hon har ett hemligt liv. Ett led i din väktarutbildning. Många kvinnor kan även få hjälp av henne. Ibland för att avbryta graviditeter som de inte vill att någon ska veta om. Det finns par som skulle vara utmärkta föräldrar men inte anses kompatibla avelsmässigt och jag vet inte vad jag anser om det här men i en del fall kanske det är bra. Några barn har helt andra drag än sina föräldrar eller hur.

– Nu blev det lite mycket för mig, konstaterade Zivvel.

– Jag behöver smälta detta och ta ett snack med mamma.

Det kom upp en bild i huvudet av preventisten i Ultimapolis som konstaterat att ”din mor är din mor och din far är din far” och hon påmindes om hur chockad hon blev av att hennes tilltänkte dessutom var hennes syssling. Tänk om hon hade halvsyskon någonstans.

– Gör det något om vi fortsätter i morgon?

Räddad

Kantinens fönster lyste frestande i höstmörkret. Zivvel smet in. Hon skulle ändå inte kunna sova i det här tillståndet. Räckte det inte med de insikter hon fått i Ultimapolis?

Är min mamma ett monster? Vill jag verkligen bli väktare? Om jag inte gillar det jag lär mig om Världsstyrelsens lagar är det bäst att fortsätta så jag kan påverka dem? Alltså vill jag?

Inne i kantinen sjöd det av aktivitet, folk hojtade i munnen på varandra. Det skrapade och gnisslade när stolar och bord sköts mot väggarna. Man höll på att göra plats för dans. En vanlig vardag? Redan började lekändar formas.

– Vi firar att Andine ska bli Marurs partner, hojtade Linne.

På hedersplatsen stod Andine och Zivvels tilltänkte. Andine åter högröd i ansiktet men med klara, lysande ögon denna gång.

– Vi fick ju hans utredning som visade att han måste ha en synnerligen speciell partner, pappa blev upprörd och ville överklaga, mumlade Zivvel tyst för sig själv. ”Om nu inte ungdomarna får välja själva utan det ska vara någon kanalje till partnerutredare som ska bestämma så borde en förälders åsikt väga tyngre” hade han gormat, när han läste partnerutredarnas utlåtande. Uppfyller Andine kraven?

Zivvel letade med blicken i rummet efter sin far och blev full i skratt: Hans mun såg ut precis som öppningen till gruvan, stor, rund och svart. Vid sidan av honom stod hennes mor med ett sammanbitet uttryck i ansiktet.

– Vad var detta? Mamma ska väl stå på min sida!

Jag är för korkad för den här världen, konstaterade Zivvel

när hon la ihop minnet från Sommarfesten och Andines besök härom kvällen. Tack Andine du har räddat mig. Men om Pios berättelse är korrekt borde Andine inte vara gravid längre. Vi har en del att tala om mamma. Zivvel bestämde sig för att dras med i festyran och hakade beslutsamt på närmaste lekända. Att röra på sig är den bästa medicinen för upprörda känslor. Vad hindrar att man samtidigt dessutom har roligt?

En deklaration

Det tog några dagar innan något samtal med modern blev av. Deras skilda arbetsuppgifter gjorde att de hela tiden gick om varandra. Zivvel hade starka aningar att modern dessutom undvek henne. Till slut tröt hennes tålamod och lade sig i bakhåll en förmiddag när modern var tvungen att gå förbi växthuset. Hon tryckte upp sin mor i ett hörn. Modern gjorde motstånd men Zivvel hade lektionen i Ultimapolis i färskt minne. Hon tränade dessutom som hon skulle tre gånger om dagen.

– Det är bara du och jag här just nu, ingen lyssnar.

– Zivvel lilla, det är alltid någon som lyssnar överallt.

– Jag vill veta om Andine och vad har du för dig egentligen mamma, och förresten visste du om att min tilltänkte, Zivvel klarade fortfarande inte av att använda hans namn, också är min syssling? Jag skiter i om de lyssnar i Ultimapolis. Om jag förstått rätt vet de i alla fall vad du sysslar med för du gör det på uppdrag av dem, eller hur?

Modern satte sig tungt på närmaste lastkorg, blek och hopsjunken satt hon tyst en lång stund innan hon började tala, så svagt att Zivvel blev tvungen att flytta sig närmare för att höra.

– Jo, det stämmer. Hon rätade på ryggen, lyfte blicken.

– Vi ville få fram en ny mänsklighet. Efter de senaste krigen låg stora delar av världen i ruiner. Man skulle tro att alla katastrofer som drabbat oss skulle fått oss att tänka efter. Titta på djuraveln. Para godmodiga djur och de får ännu mildare avkomma, aggressiva får aggressiva ungar. Otrygga barn blir gärna asociala ungdomar och vuxna. Vi ville förändra världen. Vi var entusiastiska.

En glimt av stolthet och iver lyste för en sekund upp hennes ansikte.

– Vi uppfann partnerutredningen. Vi införde obligatorisk utredning för barnafödsel. Jag hamnade här i min hemby. Och går och förälskar mig i din far! Där står jag med all min tro på att bygga en bättre mänsklighet, gravid med en olämplig partner. Jag älskade honom. Jag ville föda hans barn. Han vägrade utreda sig. Jag lurade till mig provmaterial av honom. Han blev med tvekan godkänd för en avkomma, förutsatt att det var en flicka, på grund av hans vilda temperament och lite annat som vi inte ska ta upp nu. Det är tur att det bara blev du, Zivvel, jag är inte säker på att jag skulle klarat att skydda fler barn mot hans sarkastiska uppfostringsmetoder. Han har svårt att hejda sitt humör.

Modern såg in i sin dotters ögon och smålog.

– Det är kanske därför jag föll för honom, ibland är det tröttsamt att vara präktig. Det är väl den här erfarenheten som gjort att jag orkat fortsätta. Även jag har fått offra något. Med åren har jag dessutom börjat fundera på om att allt vi gjorde, och gör, var helt genomtänkt.

Hon sträckte på sig och övergick till normal samtalston:

– Dina misstankar är korrekta, jag håller noggrann kontroll på nativiteten i byn. Tro inte att det enbart handlar om avbrytande av havandeskap mot moderns vilja, jag hjälper till så det blir barn om det behövs. Sen tar jag emot dem till denna värld och hoppas på det bästa.

– Du undrade om Andine, jag förstår förstås inte vad hon ser i den där pajasen. ”Hon älskar honom”. Hon hade dåligt samvete för att han är din tilltänkte, men det tog jag ur henne. Marur är olämplig på flera punkter, han är aningen dum, men han är snäll. Jag har inte sett några tecken på att han har din fars mindre lämpliga egenskaper. Jag tror att hon blir en utmärkt mor. Det tror jag du blir också, min Zivvel, om du någon gång gör mig glädjen att få bli mormor. Du kan ju fundera på om det nödvändigtvis måste vara den partner du är förälskad i som är den lämpligaste fadern.

– Varför såg du så sammanbiten ut på festen för dem häromdagen? Jag trodde du höll på mig?

Modern höll tyst en stund som om hon övervägde att säga något eller låta bli. Hon tog sats.

– Vet du ibland blir jag trött på att sitta som domare, den sorg man orsakar människor i ens närhet och som man tycker om. På grund av dåliga gener, för låg IQ, udda personlighet, Jag kände mest ilska mot mig själv, samhället och mitt öde. Jag borde se till att det där barnet inte blir fött. Jag funderade på hur jag skulle försvara mig inför mina överordnade. Hon log och grimaserade på samma gång.

Hon reste sig:

– Nu har vi arbete att utföra båda två. Det känns skönt att berätta det här, även om jag oroat mig för hur du skulle ta det. Hon tog ett par steg mot utgången, hejdade sig, vände sig om:

– Du vet att jag är glad att du vill bli väktare, men det är ett enormt ansvar, lätt att missbruka. Din far vet inget om mitt uppdrag förstår du nog. Oss emellan, Andine har godkänt och undertecknat att om hon ska ha fler avkommor får det bli en annan far. Jag sa ju att hon är en klok kvinna.

Samtal på glaciären

– Du hade rätt om min mammas uppdrag här i byn, sa Zivvel.

Hon och Pio skidade sida vid sida i höstens första nysnö på istäcket ovanför byn.

– Jag frågade inte om Marta, mamma har ju varit tydlig med att hon inte vill tala om henne.

– Vi har teorier om varför hon är bitter, men vi kan inte förändra det förflutna, reflekterade Pio, hon lär inte flytta härifrån även om vi får henne avsatt. Det enda jag tror skulle hända är att hon blir ännu bittrare och en ännu värre plåga för omgivningen.

Båda skidade tysta på medan de funderade.

Zivvel distraherades av bänkgårdarna, hon hade ägnat hela förmiddagen åt att borsta bort snön från kåporna över planteringen och nu verkade det som det var dags att sopa av dem igen.

Nej, det fick vänta till nästa dag, hon återgick till frågan Marta med full koncentration.

– Hon behöver en partner som sturskare än henne och som kan sätta henne på plats, föreslog Zivvel.

– Du är tokig, en stark personlighet som hon skulle bli ännu bittrare. Jag minns en före detta härförare som man gjorde så mot vid krigsslutet och jag lovar dig, det tog en ände med förskräckelse.

Hur kunde Pio minnas krigsslutet? Var Pio en sån som haft glädje av medicinska framsteg? Hon orkade inte fråga, all ny information hon fått senaste månaden räckte både för detta året och nästa. En bild av Pstor Man for genom huvudet på henne:

– Vad tror du om att få henne frälst? Anser inte de som tror på den förste skaparen att människan ska vara mild och foglig?

– Du skämtar, genmälde Pio, men efter att ha skidat på ett stycke till, stannade hon.

– Vet du, det kanske är en jättebra idé. Du berättade ju om Ader, och jag har flera gånger haft god hjälp av den sortens väktare, de är fantastiskt bra när man har tid på sig att vända en opinion. Det finns några jag hört talas om som kan linda en hel by kring sitt finger. Pstor Mans församling kommer nog att utökas på kuppen men det har han säkert inget emot, han är en äkta troende.

– För tron på den förste skaparen är väl uppfunnen av Världsstyrelsen, Zivvel kunde inte hejda att hennes ord dröp av ironi.

Pio som var helt uppe i sin egen planering svarade frånvarande:

– Ja, men det är väl självklart. Då har vi resten av byledarna att fundera över, om vi gör så här …

De hade nästan utarbetat hela strategin när de kom tillbaka till utgångspunkten. Vi får ta en ny tur imorgon bestämde de, klockan började bli för mycket för att vara ute på glaciären.

– Jag ska göra en sökning på någon lämplig predikant ikväll, Pio hoppade vigt ur hissen med skidorna på axeln, och travade iväg med raska steg. Det är omöjligt att hon skulle fyllt minst hundra år, jag måste missuppfattat henne, funderade Zivvel, på vägen till sin modul i en annan ände av byn.

Övervakare

Vad har de hittat på nu då? M:Alfa och D:Alfa studerade Pios sökningar, hon hade hållit på en bra stund, hon verkade inte finna det hon var ute efter.

– Hon är en gammal veteran, hon blir inte rädd för att du tar över D:Alfa.

”Vad kan jag hjälpa dig med” kom upp på skärmen framför Pio, som tacksamt skrev: ”kan vi övergå till talkontakt?”

Hon beskrev sina och Zivvels planer.

– Vilken kreativ idé, vi måste tipsa M:Gamma och D:Gamma, det kan fungera borta i deras problembosättning också.

– Du behöver en predikant. Vi har några jätteduktiga som vi kan be öva in rollen, säg att de behöver en dryg månad på sig.

D:Alfa invände: men vi har ju Moris.

– Han är oerhört skicklig men jag är rädd att han har börjat tro på sin lära själv och det kan innebära komplikationer. Pio, vi ordnar detta. Du tror att det behöver vara en man? Lång och muskulös? Vi ska leta.

– Då kan du ta en annan intervention medan ni väntar. Förra M:Alfa planterade in spänningar i vissa av sina byar, kanske påverkade han även Marta, det är inte helt tydligt. Men närmaste grannby, de som har avsagt sig regelbundna stopp av flygskeppen för länge sedan, där är en ledare som är ute efter något fuffens. Vi har inte varit oroliga, folket trivs, men nu har vi indikationer på att flera övervakningsverktyg är manipulerade. Alla mår hela tiden lika bra, det är inte normalt. På något sätt går inte inkomsterna till byborna heller och vi ser inte vart de tar vägen.

– Inte ens med min kapacitet, tillade D:Alfa och spelade upp en fanfar.

– Där behövs några rutinerade mänskliga ögon. Ta med Zivvel, det blir en erfarenhet för henne.

En lång skidtur

Som ursäkt för att tränga sig på, Pios uttryck, förslog hon att de skulle undersöka om det fanns några möjligheter att starta en gruva även i grannbyn. Det hade inte varit lätt att komma i kontakt med byledningen men med hjälp av D:Alfa fick de till sist fram ett meddelande. Extremt intrikata brandväggar signalerade han, hur har vi kunnat tillåta det? De var välkomna, svarades det, men eftersom byn inte hade någon flygtrafik fick besökarna, om de önskade komma, ta sig till byn på skidor.

Enligt sektorns meteorologer såg utsikterna till klart väder med svaga vindar närmast hundraprocentigt troliga de två kommande dygnen. Pio och Zivvel stod i full glaciärutrustning och väntade på Oros som erbjudit sig att följa med.

– Man behöver vara minst tre för en sådan tur, hävdade han, dessutom skulle det vara intressant att få se en annan by än den här.

– Vänta dig inte för mycket, varnade Zivvel, alla byar är byggda efter samma mall.

– Nu får han komma, vi ska långt idag och dagsljuset är inte som sommartid, Pio försökte dämpa sin irritation.

– Men där är han ju.

Oros dök upp bakom närmaste knut.

– Jag var tvungen att sätta in min vikarie i jobbet, ursäktade han sig, fiskar är levande väsen och sådana kan man inte lämna vind för våg. Vad säger gruvarbetarna om att chefen blir borta flera dagar?

– Jag är bra på att delegera, log Pio, nu sätter vi fart.

Oros tog täten till en början, men snart blev han omåkt av Pio och framåt eftermiddagen hade hennes följeslagare svårt att hänga med.

– Det skymmer snart och vi har några mil kvar, Pio stannade upp. Det är farligt att vara ute på isen i mörker därför ska jag bjuda er på något förbjudet.

Hon tog upp en fyrkantig vit kaka ur fickan.

– Ni borde utan vidare klara en kvarts bit, ni kommer att vara tröttare än vanligt i morgon men det skulle ni nog känna er ändå efter denna färden. Jag är imponerad av er kondition, båda två.

Kakbiten smakade ingenting, konsistensen var gummiaktig och helt tvärt försvann den utan att ens lämna någon eftersmak. All trötthet rann av dem, de skidade på snabbare än de någonsin klarat tidigare och på nolltid kom de fram till målet. Lika hastigt rann extraenergin av dem, de hann bli anvisade sovplatser, innan de stöp i säng.

I By6897

Pio föreföll helt opåverkad nästa dag, hon gjorde sig bara ännu sötare än vanligt. Oros påstod att anledningen till han var stel och gick som på styltor var att han inte lyckats ta sig till sängen utan slocknade på golvet på väg dit.

– Nu ska gruvfogden fjäska med byledaren, proklamerade Pio, sen får vi se vad det kan leda till. Jag har presenterat er som min uppvaktning, så herr överhuvud och jag hamnar på samma nivå. Antyd gärna att jag är dotter till någon högt uppsatt i Ultimapolis om ni får tillfälle inför honom, men inga sådana dumheter inför någon annan. Vi lever i ett jämlikt samhälle.

Zivvel och Oros fick roa sig på egen hand. De kom inte längre än ut genom dörren innan de blev hejdade av en man i brun uniform. Soldater här? hann Zivvel reagera innan de bryskt fick varsin stav mot bröstet.

– Ni ska komma till förvaltningshuset, omedelbart. Vi vill ha en förklaring till varför ni smet in i vår by i skydd av natten.

Mannen tog sig runt och bakom dem, och de föstes framåt med stavarna. Byinvånare i slitna overaller tittade skyggt bort där de kom gående.

Väl framme möttes de av en kvinna som med ett stort leende hälsade dem välkomna och viftade iväg den uniformsklädde. Hon gav dem en karta och förklarade att de skulle inta sina måltider hos olika familjer under vistelsen.

– Vi vill inte vara till besvär, Oros skruvade på sig. Vi äter helst i kantinen som alla andra.

Kvinnan förklarade att de inte hade infört några gemensamma måltider i den här byn. Hon hade hört talas om att man gjorde på det viset i enstaka byar men att missnöjet med en sådan ordning var tämligen utbrett. Byn hade heller inga sovmoduler för resande. Vid de tillfällen byn hade gäster blev de inkvarterade i någon bybos hem. Sen delade övriga hushåll på mathållningen.

– Det blir ju mer personligt på det viset eller hur. Vi har ett hus för gemenskap, vid den här årstiden är det ofta välbefolkat. Ni är välkomna att slå er ner bland våra bymedlemmar närhelst ni vill. Med leendet fastklistrat i ansiktet skjutsade hon iväg dem ut genom dörren.

Oros och Zivvel granskade sina kartor.

– Vilken efterbliven bosättning!

– Ingen kantin!

– Hej främlingar. En grupp yngre byinvånare i kläder med fransiga byxben kom fram till dem.

– Det är inte ofta det kommer resande hit. Vad roligt att ni är godkända och har fått ett matpass.

Hon som förde ordet tog Zivvels karta och studerade den noga.

– Om ni vill kan vi visa er runt i byn.

Zivvels påstående att alla byar var utlagda efter samma mall stämde inte alls. Denna by liknade mer Obygden utanför Ultimapolis men med hus istället för tält. Ruckel kunde vara ett bättre ord än hus. Tydligen fick byborna bygga av vad som fanns tillgängligt. Varför fanns det inte några sovmoduler?

Inte nog med att hela byn luktade som brinnande ved, på alla väggar kunde man borsta av ett lager grått sot. Varje familj lagade sin egen mat. Det spelade inte stor roll hos vem de åt. De blev serverade, vad Oros började kalla dagens bladgryta, i vilken familj de än placerades. Bladgryta till frukost, till middag, som kvällsmåltid.

– Enformigt men det smakar en smula olika i olika familjer, satte han betyg, rätt så gott. Men jag undrar vad vi tycker om vi skulle bo här i ett år.

Höstvädret bet i skinnet, att vara ute på vägarna mellan måltiderna lockade varken Zivvel eller Oros. De tillbringade en stor del av tiden i gemensamhetshuset trots att där endast serverades blaskig öl. Man kan dricka mängder av den utan att något annat händer än att blåsan blir full, konstaterade de.

En annan planet?

Första kvällen höll herr överhuvud en bjudning i gemensamhetshuset, i sällskap med övriga bybor, för att hälsa Pio välkommen. Herr överhuvud paraderade in i lokalen med sin nätta, ungdomliga gäst vid ena armbågen. Pio glänste och log mot festdeltagarna. Vid byledarens andra sida gick en lång, krokig, rynkig och vithårig kvinna. Zivvel slogs av kontrasten mellan deras kläder och Pios, och den ännu större skillnaden mellan byledarparet och övriga bybor. Pio var klädd, som seden påbjöd, i en ren välstruken overall. Helt oväntat hade hon valt en med väktarnas färg och snitt. Byborna stod i sina, säkert rena, men fläckiga, slitna standardoveraller. Letade man på mindre utsatta delar anade man kanske ursprungsfärgen.

Både herr och fru överhuvuds byxor fladdrade runt skorna, och ärmarna pöste ut över manschetterna. Zivvel hade aldrig förut sett ett glänsande tyg, hon hade heller aldrig sett någon med annan nyans på ärmarna jämfört med resten av dressen. Hon kom på sig själv med att stå och gapa, hon knep snabbt ihop munnen och hoppades att ingen lagt märke till att hon gjorde bort sig.

Efter det märkte de inte mycket av Pio, de skymtade henne vid honnörsbordet som helt lagstridigt fått en skiljevägg mot övriga innevånare. Oros tittade långt efter henne där hon satt, första gången han betraktade henne knep han ihop läpparna, nästa gång drog han ihop ögonbrynen, den tredje fnös han och lyfte på ena mungipan men efter det tittade han inte ens åt det hållet. Det fanns i stället många andra som fnös åt extraväggen, herr överhuvud satt inte så säkert som han trodde.

– Vi går hem till oss istället, min partner brygger bättre öl än det vi kan få här, Zivvels värdinna reste på sig, kommer ni med?

Oros vinkade avvärjande, han kurtiserade entusiastiskt en ung dam från orten. De satt med näsorna tätt ihop och han försökte stjäla brödbiten hon höll mellan tänderna med munnen.

– Vi får inte ofta besök av främlingar, flickorna måste tycka att han är hemskt spännande, kommenterade värdinnan.

De vandrade ut i höstkvällen, lukten av brinnande trä låg tung över byn.

– Hur kommer det sig att ni lagar mat över öppen eld utomhus, frågade Zivvel, samtidigt som hon klev in över tröskeln och fick syn på brasan i en öppen spis.

– Värmer ni husen med ved?

Än en gång undrade Zivvel hur man kunde tillåta en efterbliven bosättning?

– Hur ska man annars laga mat och värma husen, undrade värdinnan.

Hon hade inte överdrivit partnerns förmåga, ölen bara försvann ner i halsen. Zivvel var full av frågor denna första dag, och njöt av att hon inte behövde ta plattan till hjälp för att uttrycka sig.

– Kommer du från en annan planet? så mycket som du tycker är underligt, kommenterade värdinnan utmattad till slut och då hade Zivvel ändå inte kunnat med att fråga hur det kom sig folk gick omkring i slitna kläder.

– Då är det din tur att fråga hur jag lever på min planet, svarade Zivvel, och med det blev de tvungna att hälla upp en öl till.

– Din planet verkar som ett paradis, kommenterade värdinnan, efter att ha inflikat många nej men, oh, det kan inte vara sant, när hon fick beskrivet tillvaron i Isbyn. Lätt yra i huvudet kom de till slut överens om att bäddarna väntat länge nog.

Människor i gemensamhetshuset

Andra dagen slog sig Zivvel ner bredvid en ung man som verkade vagt bekant och som under hela deras vistelse hittills hållit sig för sig själv i ett hörn. Han tittade på henne uppifrån och ned när hon kom, höjde hakan, sänkte ögonlocken.

– Jag estimerar att du njuter av att se mig krälande i stoftet i denna omgivning fylld av misär, sa han med överdriven artikulation och med nasalt tal. Den rösten skulle hon aldrig glömma. Det var ordföranden som försökte förödmjuka henne i Ultimapolis. Nu med kortklippt hår och skägg.

– Så du har blivit förvisad hit, hon förmådde inte motstå att reta honom.

– Förlåt att jag störde, hon sköt tillbaka stolen och reste sig.

– Jag hade åtskilligt på gång, nu liknade han en ledsen skolpojke, jag är inte danad för att hålla på med exkrementer i denna miljö, infödingarna är simpla, vet inte ens vad en kantin är, ingen förfining, titta på mina händer, jag har fått valkar.

– Det är verkligen synd om dig, ömkade Zivvel honom utan medkänsla.

Hon flyttade över till ett bord i närheten. Oros satt där redan tillsammans med en samling bybor i sina slitna och lagade overaller. Flera av dem hade hon pratat med tidigare.

– Hej och välkommen, snyggt försök, du fick ju till och med svar, det brukar ingen annan få.

Zivvel trodde att kvinnan, med aningen långa framtänder, hette Rut, men kallades för Lämmeln.

– Många tror att han är någon slags spion, inflikade en herre i svart skäggstubb.

– Han klarar inget jobb vi sätter honom på. Han gick med mig några dagar när han precis kommit hit och aldrig har jag sett någon med tummen mer mitt i handen, fortsatte Rut.

– Han fick fruktansvärt ont i magen när han varit här ett tag. Vi blev tvungna att ta honom till botgivarna. Det är konstigt men efteråt får han samma mat som byledaren. Han är ofta i hans hus också.

– Alvar heter han, väldigt gammaldags namn.

Alla berättade i munnen på varandra.

– Vi har setts förut i Ultimapolis, han betedde sig inte vänligt där heller, svarade Zivvel ut över bordet.

– Har du varit i Ultimapolis? Vi har hört att man får sova i gamla bomber, är det sant?

– Du ser ut som en härskarkvinna, titta vilken fin overall du har, jämfört med våra andrasorteringar. Det är sällan vi får fina färger som din gröna, det bästa är när man får tag i grågröna. De brukar det inte finnas hål i.

– Men man får ha armbågar och se till att hålla sig långt fram i kön för att få de bästa.

Administration, misstänkte Zivvel, de sliter inte så hårt på sina kläder.

– Det låter som ni får begagnade plagg.

– Vi har inte gott om kompensationsenheter i den här byn har byledningen förklarat. Därför har de ordnat så vi kan köpa andrasortering. Detta är en saklig upplysning.

Herrn i skäggstubb försökte lugna ner stämningen.

– När klädskeppet kommer på sommaren då köar vi vid landningsplatsen från kvällen innan, vi sjunger och dansar hela natten. Det är den roligaste festen på hela året, berättade Rut.

– Kan ni inte komma hit då, Oros, vi har ingen som är så bra på flöjt som du.

Flickan som satt sig tätt intill Oros tryckte sig ännu närmare honom.

Sällskapet runt bordet beskrev hur det brukade gå till när lastbåten kom. Riktigt spydiga blev de när de beskrev byledarens tal i samband med landningen.

– Kära medborgare, det är med stolthet och glädje jag hälsar årets lastbåt välkommen, någon härmade hans pompösa tal, sen varnas vi för att umgås med besättningen, men det gör vi ändå.

– Vänner vi måste ha bättre öl, några sprang hem efter några hembryggda krus, andra anslöt. Zivvel måste åter förneka att hon var härskarkvinna, åter beskriva Ultimapolis, åter förklara hur hon själv handlade kläder.

– Du verkar ha varit med om en hel del. Hon vände sig åt sidan. Ett par bruna roade ögon glittrade mot henne. Den snyggaste karl hon någonsin sett, hade slagit sig ner bredvid henne. Brunbränd med felfri hy, regelbundna anletsdrag, fylliga läppar. Han liknade en skådespelare i en bildberättelse. Han var nästan lika vacker som Yao i filmen, grövre och några år äldre, men klart aptitlig.

– Jag har ändå inte berättat hälften av det jag varit med om. Jag skojar, lade hon snabbt till.

Det hon upplevt i Galtar fick inte föras vidare.

– Men jag skulle vilja ha mer att göra här. Vi kom för att stödja vår gruvfogde, men henne ser vi inte ens ryggen av.

– Jag bygger ett hus till mig, du kan komma och hjälpa mig om du vill.

Zivvels förvåning över att han hade möjlighet att snickra sig ett hus, viftade han bort med: så länge det finns virke får vi ta av det. Det lät spännande, hon hade enbart sett bostäder komma i färdiga moduler förut, och han var verkligen behaglig att titta på. Inte minst hans breda axlar.

Hos Perje

Nästa dag stod hon och höll i en hammare för första gången i livet. Han skrattade godmodigt åt hennes tafatta hackande, men med ett fåtal instruktioner gick tretumsspiken in på några få slag. Medan Zivvel spikade fast brädor på ytterväggen, tätade hennes nye vän taket tillsammans med några kamrater. Mot kvällen hade hela ytan täckts med torv. Hennes värd sa hemlighetsfullt:

– Jag har en överraskning, till Nyhusbrasan.

Byggarna satte sig, möra och trötta på marken framför eldstaden. De berättade för henne att den öppna spisen murades upp först av allt.

– Utan själen på plats, blir det inget hus.

Värden satte fram öl, han serverade bladgröt.

– Var är överraskningen? hojtade hans vänner.

– Tyst, någon kan höra, väste han, medan han hämtade något vitt pulver som han blandade med salt och vatten.

– Pinnbröd, viskade kamraterna andäktigt, hur har du fått tag på mjöl?

– En har sina kontakter, ett stort flin lyste upp hans ansikte.

– Det ska vara Perje till att få fram sådana godsaker.

De hade alla slitit hårt under dagen, och var till en början tämligen dåsiga. Folk grillade sitt bröd, tuggade sin gröt, och sa inte många ord. Allteftersom ölnivån sjönk i krusen höjdes stämningen så när den siste gästen gått, värkte Zivvels magmuskler, ömma av allt skrattande för att inte tala om hur hes hon blivit av all skrålande sång. Hon stannade och invigde denne Perjes nybyggda hus tillsammans med honom.

Lika naturligt fortsatte de att spika upp panel nästa morgon, trivsamt småpratande, tills en doft av bladgröt spreds genom byn. Zivvel ville inte vara oartig mot familjen som lagat en extra portion till henne, så hon tackade för sig. Perje la armarna om henne såg henne djupt i ögonen och sa med en nyans av allvar i rösten:

– Du är välkommen att slå dig ner här och dela huset med mig.

– Möjligen, log Zivvel, vi ses.

Jag har ju redan träffat min Yao. Hon skyndade iväg mot middagsmålet. Handen sökte sig mot plattan. Nej, vill absolut inte läsa Adas senaste post igen. Hon kunde orden utantill. "Jag kommer att ha svårt att meddela mig med dig under lång tid framåt. Jag är glad att vi har träffats. Ada." Vad betydde det? Nu hade han inte hört av sig på över en månad. Strupen drog ihop sig. Inte gråta. Jag är på väg till en vänlig familj som ska bjuda mig på mat. Men jag skulle nog inte vilja slå mig ner i den här byn. Den är ännu mer primitiv än Galtar.

Fotoförbud

Zivvel slog upp ögonen, samma ljud som väckt henne varje morgon sen de kom hit hördes genom luckan man använde här i stället för fönster. Det skrapade och pep, högt och irriterande i flera minuter. Värdinnan hade sett oförstående ut när Zivvel frågat varifrån ljudet kom. Hon klämde försiktigt på sin högra underarm, bandaget satt kvar. När de åt dagens sista bladgröt under gårdagskvällen hade Zivvel haft svårt att lyfta skeden till munnen, armen värkte som om någon vred om en kniv. Pio ställde tusen frågor och hade svårt att dölja hur orolig hon blev.

Hon lånade både en gryta och härden utanför huset, mortlade och rörde, tiden gick, värdinnan började vanka rastlöst mellan eldstäderna ute och inne.

– Vi får inte bränna någon eld utomhus efter kvällsmålet, viskade hon desperat.

Pio kom till sist in med något i botten av grytan som starkt påminde om bladgröten.

– Jag hoppas att du har överansträngt dig med spikandet, sa hon medan hon förband Zivvels arm, i så fall kommer du att bli återställd med det här omslaget.

Pio slappnade märkbart av när hon märkte att Zivvel utan problem lassade in sitt gröna morgonmål nästa morgon.

– Vi kan ha glädje av din skada, sa hon eftertänksamt, ingen kommer att tycka det är konstigt om du går omkring med mitella idag. Jag har fått en idé. Kanhända någon retar dig för din flört med Perje, men det tål du, hon stötte till på Zivvels armbåge med sin egen.

– Kom med mig in på rummet. Vi ska koka en soppa på två morötter. Det är något underligt med den här byn, vi behöver bildbevis.

Zivvel kunde inte annat än hålla med.

– Jag har en bitteliten spionkamera med mig. Har du tänkt på herr överledares utseende, han är lika gammal som sin fru, hon är snart nittio och han ser ut som fyrtio, max. Han har varit byledare här i sextio år.

– Han kanske också har haft glädje av medicinska framsteg som dem jag träffade på i Ultimapolis, föreslog Zivvel.

– Absolut inte, det är hårt ransonerat, svarade Pio. Hon rev omilt i packningen och ryckte fram en kamera.

Medan de riggade kameran, dold i mitellan, förklarade Pio att hon närmade sig ett genombrott.

– Imorgon kommer ett flygskepp och jag tänker mig att vår förtryckare då stolt stiger ombord. Jag har fått förmånen att kalla honom vid förnamn. Han heter Marur. Han ska gå i pension söderut, njuta av värme och solsken. Han har skänkt mig sitt rike så vi, jag och min uppvaktning måste stanna och vinka av honom. Han är en aning vankelmodig fortfarande så denna dag går åt till att få honom att stå fast vid denna utomordentliga plan han har kommit på alldeles själv. Jag är rädd att övriga i byledningen överdriver vilken bra idé han klurat ut. Han får inte bli misstänksam. Han stannar om han upptäcker att de ser fram emot att bli av med honom.

Hon noterade sin "uppvaktnings" oförstående miner.

– Vi har faktiskt ett synnerligen välbevakat fäste för diktatorer in spe, de brukar trivas fantastiskt bra. Man måste vara extremt noga med valet av vaktpersonal, fast där kallas de för tjänare. Frestelsen att försöka starta en egen världsregering kan vara oemotståndlig för en del. Det har funnits incidenter …

Hon ryste till men tog snabbt tillbaka sin glättiga min, jag vill ha det här överstökat. Vi måste skida tillbaka innan det blir riktig vinter. Den här boplatsen har en del att ta itu med innan de får regelbunden lufttrafik.

– Varför kallar du honom för diktator?

– Vad ska man annars kalla en förtryckare som inte låter sina medborgare ta del av övriga världens framsteg? Om jag förstått rätt tar han hand om alla byns inkomster för egen vinning.

Zivvel tyckte det var fånigt att ta foton i hemlighet så hon tog med sin platta. Alla hon mötte, ställde glatt upp på bild. Vi får inte fotografera själva så du kan väl skicka oss bilderna på något vis, bad byfolket. Medan hon stod och fotade sin värdinna kom några brununiformerade och krävde att alla bilder skulle raderas. Av vilket skäl använde man sig av soldater? Hur kom det sig att deras overaller inte var slitna som övriga bybors? Den här byn var mer än konstig.

De försökte ta ifrån henne plattan, till slut gick de med på att hon tog bort bilderna själv under deras kontroll. Det kokade inom henne medan hon utförde jobbet.

– Varför går du omkring med bilder av infödingar? De tittade på bilden av Ezedez och spikklubban. Zivvel stod beredd att slå ner vakterna om de skulle tvinga henne att radera den också.

– Ett forskningsprojekt i Ultimapolis, drog hon till med.

– Ja, där är dom ju inte kloka, vakten tappade intresset. Kom ihåg, vi har fotoförbud här, inga fler bilder!

Värdinnan hade svårt att hålla sig upprätt när de gick.

– Du hade tur som är gäst, viskade hon, det är förbjudet att äga en platta här.

Zivvel berömde sig över att hon hade haft förstånd att även använda kameran i mitellan till alla bilder. Även vakternas ilska när de angrep henne fick hon dokumenterat. Så snart de vänt ryggen till tog hon en serie av värdinnans skräckslagna ansikte.

– Det var mig de hoppade på, jag tror inte du kommer att lida för det här.

Pio hade berättade att hon redan fotograferat tyget i herr överhuvud, Marurs, overall och snittet på den. Med lätta steg fortsatte Zivvel sin färd genom byn och tog bilder på precis allt. Perje var inte hemma men dörren stod öppen så hon fick en bild av hans golv. Hon hade reagerat på att han täckt det med något som liknade väven som låg över navet i Ultimapolis.

Nya tider

Nästa dag samlades hela byn tidigt, lastskepp kom jämförelsevis ofta, i alla fall någon gång per år, men ett passagerarskepp, det var första gången ett sådant kom efter att han som nu skulle fara iväg blev byledare. Det fanns invånare som inte bara börjat skolan och gått ut den under de åren utan även deras barn och barnbarn.

– Vi kan se skeppet, vi kan se det, ropade de små som satt på sina fäders axlar. Vi ser en röd prick. Snart blev pricken så stor att åskådarna även såg flaggspelet efter sidorna.

– Jag måste med, jag kan inte stanna här.

Allas uppmärksamhet vändes mot vakterna vid lufthamnen som brottades med en högljudd gråklädd figur vid uppgången till landningsbryggan.

– Det är den där stroppen från Ultimapolis.

– Han är förvisad hit och får inte åka härifrån, viskades det bland åskådarna.

– Varför ska vi behöva dras med missfoster?

Till slut bars en sprattlande kropp bort av vakterna.

Efter den incidenten gjordes plats för byledaren. Han var klädd i en splitter ny kakifärgad overall, lämpad för tropikerna. Innan han värdigt äntrade skeppet vände han sig ut mot byn nedanför. Han sträckte ut armarna och höll ett tal som inte ens de som stod närmast hörde.

– Lika bra det, konstaterade en i klungan.

– Tog han inte med sig sin fru? Kvinnan bredvid Zivvel lät förundrad.

– Jag tror hon mest är glad att slippa, det sägs att hon gick och sjöng i huset med sin spruckna röst i går kväll, svarade hennes väninna.

– Märkte du att det hoppade ut några personer genom en annan öppning i skeppet när han gått ombord? Det är möte vid middagstid, nu kan det finnas anledning att gå på sånt.

Samlingslokalen fylldes långt före mötets början. Det var knappt att snickarna hunnit riva skiljeväggen. Märken efter den syntes fortfarande i golv och tak. Pio stod höljd över mängden på en provisoriskt hopsnickrad låda. Den gulliga lilla flickan hon spelat de senaste dagarna syntes inte längre. Nu framträdde en kompetent kvinna med auktoritet.

– Starka män kan vara mycket lockande som ledare, det har vi full förståelse för, men allt efter att tiden går blir de gärna en smula självsvåldiga. Nu har ni chansen att närma er Världsstyrelsen på riktigt i stället. Världsstyrelsen strävar efter att alla medborgare ska ha mat och tak över huvudet, barnen ska få god utbildning, för att åstadkomma det behöver vi alla arbeta och vi kan inte bli för många för fort. Ni har levt en aning udda, jämfört med övriga medborgare, om jag får säga så utan att ni tar illa upp.

– Jag vill också bli pensionär i ett tropiskt paradis, varför ska bara vår ledare få …

Pio blev avbruten av en ärrig åldring i lappad overall.

– Det går alldeles utmärkt, får jag presentera Mary här, hon letar efter personer som vill komma till två fullt utrustade nybyggda byar av standardmodell, kanhända inte i tropikerna men jag tror att du skulle bli nöjd.

– Skulle någon som flyttat ångra sig är personen fri att komma tillbaka, eller bosätta sig på en helt ny plats, inflikade Mary samtidigt som hon klev upp på lådan.

– Som jag började säga, en aning udda, jämfört med övriga byar i området, fortsatte Pio, men vi vill skynda långsamt. Vissa egna traditioner tror jag att ni vill behålla, medan ni vill ändra annat snabbare. Som exempel vill jag informera att varje medborgare får hand om sitt eget kompensationskonto, vill man, kan man köpa overaller i förstasortering i vilken färg man önskar.

Hon tystnade medan sorlet i salen lugnade ner sig.

– Till samma pris som ni betalar för andrasortering, publikens sorl ökade i styrka.

– Vi kommer att föreslå eluppvärmning, då blir det mindre sot och lättare att hålla rent, för att inte tala om vad ren luft är mycket bättre för lungorna. Jag har lagt märke till att ni har stora problem med hosta här i byn. De flesta byar finner det praktiskt med gemensamma måltider och tvättinrättningar. Vi har några väktare från Ultimapolis här, de informerar gärna om både andra boplatser och Världsstyrelsen. Tänk på saken, vi har inget förbud mot fotografering och ni får gärna äga en platta om ni vill, ni skulle få tillgång till hela vår teknologi, vårt varuutbud.

– Och övervakning, samma åldring som tidigare avbröt Pio, var på hugget igen.

– Jag säger inte mer, fortsatte Pio, det är ert val, men fördelarna kan överväga, fortsättningen på yttrandet höll hon för sig själv.

– "Övervakade blir ni ändå."

– Vi hade det tufft när vi skidade hit och värre blir det hem.

Pio tittade bekymrat på sina följeslagare efter mötet i gemensamhetshuset. Det kommer att vara mulet, snöstorm på väg norrifrån och det ska blåsa flera sekundmeter. Vi måste komma iväg i första dagsljuset.

Hemfärd över isen

De stod huttrande i den tidiga morgonen och betraktade det svagt upplysta monotona landskapet. Vinden bet i kinderna och doftade snö.

– Tur att vi har blåsten i ryggen sa de, nu kör vi.

De skidade på, sammanbitet, stannade till, åt snabbt, alla tre var medvetna om faran att bli fast på glaciären i snöstorm. Precis som under färden till den andra byn kroknade Zivvel och Oros när det skymde. De hade inte många kilometer kvar, men det blev allt tätare mellan snöflingorna. Oros satte sig ner på isen.

– Jag är nöjd med livet så här långt, nu vill jag sova.

– Ni vill ha varsin kakbit förstår jag, Pio försökte skämta, men hennes oro sken igenom, rösten inte helt stadig. Ni ska veta att ni inte kommer att orka stiga upp imorgon, och ni får aldrig mer i livet ta en sån här, hon höll fram en fjärdedel, för det är samma sak som bleka döden för er. Jag är full av kemiska produkter så jag är immun mot biverkningarna. Det är enbart för jag vet att ni är vältränade ni får en bit, Det är lite farligt att Oros redan ramlat ihop här på isen. Jag tror att vi ska passa på att binda ihop oss med rep, en extra säkerhetsåtgärd är aldrig fel.

På samma sätt som förra gången rann tröttheten av dem, sista stycket hem gick snabbt trots ymnigt snöfall.

Nu står jag här igen och väntar på hissen i mörker och snö, tänkte Zivvel när de äntligen kom fram till byn. Tänk vad mycket som har hänt sen förra gången och det är inte ens ett halvår sen. Hon var så inne i sina tankar att hon bara i bakhuvudet noterade vad Pio sa till Oros: ”Jag är så underligt kall om mina fötter”.

Pio hade rätt, nästa dag klarade varken Oros eller Zivvel av att ta sig ur sängen utan hjälp. Med möda stod de på benen andra dagen efter hemkomsten. Vad offrar man inte för mänskligheten stönade de båda två när de med värkande muskler släpade sig till badrummet. De hade gott om tid att fundera på vad de hade fått för medicin. Vad var Pio för en människa egentligen?

Övervakarna

Vi måste ha ett allvarligt samtal med Pio. D:Alfa och M:Alfa var helt överens när de upptäckt att hon använt en kraftkaka för mycket. Har hon tagit en extra eller har hon tappat en? Det är oförlåtligt vilket det än är. För du är säker på att räkneverket är korrekt D:Alfa? Vi gör ett inhopp nästa gång hon går in i systemet, det lär inte dröja många minuter.

Pio slog på datorn för att föra in gårdagens uttag ur gruvan när skärmen lyste röd, vilket betydde meddelande från högsta administratorn.

– Det finns anledningar till att vissa av oss jobbar i verkligheten, blev svaret när de konfronterade henne om den försvunna kraftkakan, jag kunde inte låta en av våra mest lovande väktare på flera år och hennes vän dö på glaciären.

Skärmen återgick till vitt arbetsblad, Pio hann nästan föra in alla komponenter för gruvans bokföring, när Alfaparet bröt in igen.

– Vi har prövat minst hundra scenarier och alla slutade illa utom när vi tillät energitillskottet. Vi bugar oss och säger att en erfaren kvinna som du tillåts gå utanför reglerna någon enstaka gång, men gör inte om det! Vi har märkt deras hälsojournaler med dubbelvarning.

– Vi har en rolig nyhet –vi tror vi har hittat rätt predikant. Han kan komma om två månader, först ska manus skrivas och han behöver komma in i rollen. Han sjunger som en riktig gud, räkna med succé.

– Det låter alldeles utmärkt, jag litar på att ni har gjort ett gott val. Men vart har ni gjort av alla värden jag hade fört in innan ni tog över skärmen igen? Jag har ett vanligt jobb att sköta också!

– Ber om ursäkt, vi var ivriga, fungerar den här modellen ser vi många applikationer, vi återställer. Hörs senare.

Sömnlös

Zivvel vände och vred sig på madrassen. Hon som alltid brukade somna innan huvudet nått kudden. När hon än slöt ögonen fanns där samma bild, Ada på landningsbryggan i Ultimapolis, och hon kände hur mungiporna drogs ut mot kinderna. På det här viset hade hon haft det sen de kom hem över glaciären, och hon blev allt tröttare och grinigare för varje sömnlös natt. Isgubben ta Perje. Hans uppmärksamhet utlöste hennes längtan. Perje var snygg, luktade gott. Perje var omtänksam. Perje var rolig att prata med. Men han var inte Ada.

Alla soldater kommer inte hem, hon satte sig upp, tog tag i sin platta och skrev ett meddelande till partnerutredarna: "Jag skulle vara tacksam om det kom en önskan från Ada", hon fick avbryta för att leta rätt på hans identifikationssiffror, "med nummer 2195, om eventuell partner, att ni inbegriper undertecknad i sökningen. Med vänlig hälsning Zivvel3883." Hon släckte ner och somnade som en klappersten.

Rapport

– Vad jag tycker är konstigt, sa Zivvel, De hade det ganska eländigt med sina trasiga kläder och enformiga, men enligt dig, goda mat.

Hon och Oros hade blivit ombedda att göra en rapport om vistelsen i By6897. Oros rynkade på näsan.

– Men de verkade tro att de hade det bättre än många andra, eller vad säger du?

– Undrar om de är lika nöjda nu, när de upptäcker hur grundlurade de har blivit? Vad har han gjort av alla inkomster, och hur fick han tag på tyget till sin dress. Hur höll han sig ungdomlig?

Oros såg först ut som han ville säga något, men bestämde sig för att låta bli.

– Jag blev förtjust i det lilla förrummet med öppen spis, fortsatte Zivvel, det var fint att det gick bra att träffas några få, inte jämt i stora grupper som i kantinen. De hade högt nöjdhetsindex påstår Pio.

– Jag gillade deras gemensamhetshus, förresten jag tyckte om alla deras hus. Mycket trivsammare med trähus och torvtak än våra slimmade moduler.

– Man kan förstås fråga sig hur de mäter hur nöjda folk är i den byn. Det fanns ju ingen som vågade protestera. Alla var rädda och hur kan någon tro att tystnad är trivsel?

– En faktor är väl om folk stannar.

– Men hur skulle de flytta? De hade ingen luftskeppstrafik. Hur kunde Världsstyrelsen gå med på att de inte skulle ha kontakt med yttervärlden?

– Perje var väldigt belåten med att han fick träet, till huset han byggde, gratis. Men det var använt till annat såg man tydligt. Överallt spikhål och spår av olika färger. Kala påstod i Ultimapolis att man kan lura i folk vad som helst om man börjar i tid.

– Kände du att dina kläder luktade rök i flera dagar efter vi kom hem?

– Jag skickade mina på tvätt med en gång.

– Arve skickade brandskyddet på mig, luftrenaren larmade. Jag var ju så svag att jag inte fick möjlighet att öppna, de bröt upp dörren för att rädda mig. Oros skrattade.

– Jag var så svag att jag inte kunde ropa, det var tur att alla fyra fastnade i dörren. De hade brandsläckarna i högsta hugg men armarna var låsta i trängseln. Det räddade mig från att bli genomvåt.

Mordanklagad

Fadern klev in i Zivvels modul, utan att knacka, högröd i ansiktet, med en åder bultande vid höger tinning.

– Du är inte min dotter.

Hon tittade upp från sin platta. Vad ville han nu?

– Ta det försiktigt så du inte får ett slaganfall, varnade hon samtidigt som hon noterade att hon inte blev det minsta rädd.

– Du har hjälpt till att avrätta min kusin.

Vad pratade han om, hon som hade svårt för att klämma ihjäl lössen på plantorna i växthuset.

– Vem är död, och hur skulle jag ha avrättat honom.

Till slut förstod hon att det handlade om byn de besökt sent under hösten, och det hjälpte inte hur intensivt hon än försäkrade att de inte lämnat några lik efter sig där. Skulle byledaren vara faderns kusin?

– Han följde helt frivilligt med ett luftskepp och lever på en tropisk ö.

– Lilla Zivvel, alltid naiv, avsatta byledare av hans kaliber blir alltid arkebuserade, tro inget annat.

– Jag vet inte hur jag ska få dig att förstå att det är andra tider nu.

Ett litet frö av oro lyckades han få att gro hos Zivvel, hon kanske var lika naiv som han påstod.

Byledaren pappas kusin! Var han far till den tilltänkte? Hon stängde av plattan. Hon hade fått andra saker att tänka på än intrigerna i filmen.

Misstankar

Pio och Zivvel satt molokna uppe på glaciären en dag när det tillfälligt uppstått ett uppehåll i snöandet. Pio bekymrade sig över hur deras planer på att frälsa Marta hade gått i stå. Samtidigt rodnade hon inombords, hur kunde en erfaren kvinna som hon få för sig att erbjuda Pstor Man ett predikantbesök på ett så klumpigt sätt. Naturligtvis blev han kränkt. Hon betedde sig som ett riktigt uselt föredöme inför denna adept.

Zivvel petade håglöst med skidstaven i snön.

– Vi hade en bra plan trodde vi, varför ska den där lille manspersonen med sin gälla röst hindra oss? Pstor Man vägrar ändra sig och om han inte vill medverka blir det absolut ingen frälsning av Marta.

– Det behöver inte ha fungerat ändå. Har vi någon plan B?

– Vi, i alla fall klarar inte jag av några mer motgångar. Pstor Man är ett obetydligt bekymmer jämfört med pappa. Han är säker på att jag varit med och fått hans kusin avsatt och mördad. Har du inte hört hur han luftar sina misstankar vitt och brett överallt och till alla. Ingen rök utan eld, viskar de i byn enligt Oros.

Zivvel suckade. Ytterligare några veckor efter utflykten till grannbyn hade passerat. Det fanns byinvånare som slutat hälsa på henne, andra tittade bort när hon närmade sig. Senaste dagarna hade hon kommit på sig själv med att spana runt så att hon slapp möta någon när hon gick upp till växthuset. Egentligen ville hon inte ta upp saken med Pio men på något sätt måste hon få slut på sina tvivel och alla rykten.

– Är det säkert att herr överhuvud, ja Marur då, är i livet på en ö någonstans, frågade hon, skamsen över att tvivla. Jag kan inte bo kvar här, och ha det på det här viset. Jag vill inte behöva sitta ensam i kantinen.

– Problemet med din pappa är lätt att lösa, det är värre med Marta. Kultcentrum vägrar skicka en ny inbjudan till vår församling. De har blivit så förtjusta i vår artist att de planerar en turné för att sprida ordet som de säger, och den är redan fullbokad. Om vi inte bekräftar vår reservation, kanhända han kan få komma hit om två år. Kulten för den förste skaparen börjar leva sitt eget liv. Vi trodde aldrig det skulle kunna hända när vi hittade på den. Även Pio suckade. Efter att ha bekymrat stirrat ut över landskapet tittade hon upp mot Zivvel.

– Men du gråter flicka lilla. Förlåt, jag förstod inte att det var så illa. Jag har en lösning, vi får kontakta de högre makter som finns i verkligheten.

Ett kärt återseende?

– Kom, det finns något jag måste visa dig.

Fadern följde motvilligt med Zivvel in i ett kontor i kommunhuset. Hon knappade in koden hon fått, skärmen på skrivbordet lystes upp av en bild på något som liknade en terrass i södern kantad av palmer. På terrassen satt en herre i en rottingstol, hon pekade på honom och undrade om fadern kände igen personen.

– Jag har annat att göra än att se en film, ögonen vidgades, han knep ihop dem igen när han vände sig mot Zivvel:

– Det är en inspelning.

– Vill du prata med inspelningen?

Hon knappade in några fler siffror. Snart kom ytterligare en person, i grågrön klädsel, in i bild med ett föremål i handen.

Personen gav föremålet till herrn i stolen. Ett ansikte fyllde strax skärmen och fadern flämtade fram:

– Är det verkligen du kusin?

– Men vid Besains grottor, är det du, min sedan länge saknade släkting.

Zivvel lyssnade fascinerad och bestört över deras prat om gamla anhöriga, deras bördsrätt, vad nu det var för något, och vikten av makten i passande händer. Det glimtade till något i kusin överhuvuds öga, han sa något med en min av förfinad pondus, på ett språk Zivvel inte förstod, och fadern verkade försöka ställa sig i givakt.

– Kom till mitt nya residens, närmast befallde den före detta byledaren, det finns angelägenheter jag enbart vill dryfta med en lojal släkting, öga mot öga.

Överklass?

– Vi har fått hjälp från oväntat håll!

Pio sökte upp Zivvel i växthuset trots att de kommit överens om att undvika att träffas på varandras arbetsplatser. ”Vi behöver inte ge folk mer att prata om än vad som är nödvändigt”, menade Pio när de drog upp riktlinjerna för samarbetet.

En av kvinnorna som arbetade i gruvan hade kommit till jobbet tvär och sur och berättade för alla hur besviken hon blivit av att missa ett fantastiskt tillfälle till att fröjda sig och hedra skaparen. Pstor Man var så irriterad på förslaget om en predikant från Kultcentrum att han luftat sitt missnöje inför några i församlingen. Kvinnan förstod inte varför Man inte tog tillfället i akt för att frälsa fler själar. Det är inte ofta det kom så fint främmande till Isbyn. Skulle det vara på det här viset tänkte hon snart läsa till Pstor och bjuda in gästen själv.

– Jag gav henne några tips om hur hon kunde bearbeta den gode prästen så hon inte skulle behöva vänta för länge, och antydde att Kultcentrum alltid lyssnade på församlingsmedlemmar i nöd. Jag blev riktigt upprymd över att hon planerar ett evenemang för hela byn, då blir det lättare för oss, vi få ju uppmuntra till deltagande förstås. Nu är det dags att hålla tummarna, knäppa händerna och be, gå omkring med en träbit eller något annat skrockfullt.

Pio såg på Zivvel med ett stort brett leende.

– Jag la märke till att du satt med dina vänner igen, igår kväll. Hur gick det med din fars samtal?

– Jag har aldrig sett pappa så exalterad, nu ska han samla enheter till en biljett och hälsa på. Det är kusin Marur hit och kusin Marur dit. Han som inte velat prata om sin släkt förut! Sen började han prata en massa dumheter om att vår förfäder levde som någon slags härskare. Mamma kniper med läpparna som hon gör när hon anser att han pratar strunt. Jag och min tilltänkte ska vara de sista av vår ätt och att det är vår plikt att återta ledarskapet över den här regionen. Han är sur för att vi inte ställer upp och förökar oss trots partnerutredarnas nej, sådant bör vi sätta oss över. Han till och med kallar oss överklass!

Zivvel höjde rösten.

– Jag skulle inte vilja ha avkomma med den där sysslingen även om han var den siste mannen på jorden.

Hon fortsatte lugnare.

– Han upprepar att hans kusin åtminstone blev byledare men själv har han och deras tredje kusin misslyckats. Det är en stor skam att jag förfallit till att ägna mig åt att bli väktare. Jag har svarat att jag inte hade mycket att brås på, med en misslyckad tronpretendent till far. Han är inte alls främmande för tanken att vi ska återta vårt rike med våld. Han är tröttsammare än vanligt. Jag trivdes nästan bättre innan, när ”han hade sina skäl” och inte ville prata om sin bakgrund även om jag var ledsen för det då.

– Tänk om han har rätt om din härstamning, tänk om ni är de sista av en släkt som hjälpt till att lägga världen i ruiner? Inte helt på egen hand naturligtvis, vad jag vet hade den släkten god assistans av övriga regioners ledare, hur ställer du dig till det?

– Jag kan väl inte ta ansvar för vad mina förfäder ägnat sig åt! Vad vet du om det?

Zivvel hörde själv hur retligt hon svarade.

– Byledaren Marur skröt om sin fina släkt och att han fått sitt namn efter sin farfar när vi befann i grannbyn. Jag läste på, farfar Marur styrde eller påstod att han styrde över motsvarade hela Nordvästra sektorn och norra delen av Östra sektorn. Ett rike som mest bestod av snö och is, och en synnerligen glest utspridd befolkning. Han försökte utvidga sitt inflytande söderut. Där fanns motsvarande bördsstolta gamla familjer som var lika angelägna om att få större områden att kalla sina. De slöt fördrag och bröt överenskommelser. Till slut visste ingen vilka som kunde kallas vänner eller vilka de skulle betrakta som fiender. Alla hade vapen till att förstöra jorden flera gånger om. Inte långt ifrån att de lyckades den gången.

Pio tystnade tvärt. Hon hade en gång sett en man bli piskad. Zivvel liknade honom precis förutom att hon var påklädd. Hon reste sig för att lägga armen om Zivvel.

Zivvel i sin tur önskade att hon hållit för öronen, det här ville hon inte veta. Hon frös, samtidigt som hon kände sig svettig. Det här hände innan hon föddes. Pios berättelse kanske förklarade farmors bittra min på fotot?

– Jag tror det är bäst att du går nu. Jag behöver smälta det du har sagt.

Zivvel la sig på golvet när hon blev ensam. Det hjälpte inte. Huvudet snurrade, hon fick svårt att få luft. Efter en stund kom hon ihåg avslappningen de fått öva på i fysträningen. Bara att tänka på den gav lindring.

I en annan tid skulle hon kanske varit en del av härskarfamiljen. Tänk om hon inte hade haft något annat val än att bli partner till den tilltänkte. Denna världsordning är bättre bestämde hon. ”Jag är fullt nöjd med att bli tilldelad tillräckligt stor bit mark för att få plats med ett växthus.”

Marta blir troende?

Församlingsmedlemmarna slet hårt i Kantinen, förväntansfulla inför den berömde predikantens besök. Vartenda bord bars in i förrådet utom de som fick äran att upphöjas till podium. Stolarna ställdes upp i halvcirklar framför den provisoriska scenen. Kastruller och bunkar från köket blev vaser. Musikerna fick ett eget litet hörn. Pstor Man vankade runt i lokalen med tårar i ögonen, stolt som en nybliven far. Han upprepade samma mening gång efter annan.

- Att jag skulle få uppleva den här dagen.

- Det var nära att du inte skulle få det, om inte jag ingripit ...

- Kära syster i vår gemenskap. Betänk hur vår församling vuxit sen jag anlände. Jag fick excellenta vitsord när jag utbildades till Pstor. Min högmodighet fick sig en mindre törn måste jag till min blygsel erkänna.

- Vi får se, jag kanske får lika excellenta vitsord när jag kommer till Kultcentrum. Kan du flytta på dig så jag kan ställa den här vasen på plats?

Kantinen fylldes, det blev nästan lika många deltagare som vid Vinterfesten, men idag behövdes inga uppdukade bord. En mindre del av byborna vägrade komma och lyssna på "sånt där religiöst dravel", så det fanns utrymme att röra sig. De som ändå kom kände knappt igen sin annars välbekanta lokal, väggarna hade blivit omprogrammerad till en mild mellanblå ton, som en vårskymning. Riktiga, levande blommor i alla nyanser prydde podiet. Där uppe fanns Pstor Man, högtidligt vridande sina händer. Hans församling stod stolta nedanför honom, dagen till ära iklädda overaller i samma ton som väggarna.

Byledningen hade placerats för sig själva, en liten detalj organiserad av Pio. Artisten skulle veta vart han skulle söka sitt främsta offer. Oros tillhörde falangen som betraktade tillställningen som "religiöst dravel". Han hade motvilligt gått med på att spela flöjt, på villkor att övriga musiker i byn också ställde upp. Han inledde, till en början enstaka svaga toner. En efter en föll de andra musikerna in medan volymen höjdes till ett mäktigt crescendo. Den förste skaparens anhängare tog upp en hymn. De sjöng entusiastiskt i olika tonarter. Vissa av åhörarna satte händerna för öronen, men ingen kunde ta fel på församlingsmedlemmarnas hängivenhet.

Pstor Man började tala. Inspirerad av det stora antalet åhörare höll han en predikan som borde givit honom höga poäng om Kultcentrum kommit för att lyssna. På något sätt hittade han ett tonläge som var betydligt behagligare att lyssna till än hans vanliga raspiga röst.

De flesta åhörarna kom av nyfikenhet på den nya predikanten. Han borde sparat sin inspiration till ett bättre tillfälle. Byledningen och i synnerhet Marta började röra sig oroligt i sina stolar, men då hade Man äntligen orerat färdigt och presenterade artisten.

– Här kommer han, den store predikanten Stan.

Musikerna tog upp en fanfar, de hade fått noggranna instruktioner. Pstor Man lyfte välkomnande upp armarna. Predikanten Stan sänktes ned från taket. Nu började en uppvisning i ett rasande tempo, inte en död sekund i uppträdandet. Stan inledde med en sång, framförd med en mjuk innerlig baryton. Fortsatte med en uppbygglig historia med en knorr på slutet. Förklarade alla misstag han själv gjort i livet. Uttryckte ändå stor förståelse för sina egna och andras felsteg och hur lätt det är att gå vilse i tillvaron. Beskrev hur lycklig han var nu, försonad med skapelsen. Varje engagerande berättelse avslutad med ett allt mer jublande sångnummer. Mot slutet av föreställningen vände han sig allt oftare mot Marta som inte rörde en min där hon satt.

Stan njöt. Den här rollen var en av de bästa han blivit tilldelad. Tänk att få använda alla sina talanger på en gång. Hela kroppen flödade av adrenalin, det skulle ta tid innan sömnen kom ikapp honom i natt. Den härliga känslan av kontroll. Medveten om sig själv, Stan, som spelade en roll, predikanten Stan. Han iakttog sig själv utifrån och konstaterade att han gjorde rollen strålande. Andra delar av hans medvetande läste samtidigt av gensvaret från publiken. Nästan alla var engagerade och på sina ställen urskilde han hur det tändes en gnista. Där satt en som skulle söka upp Pstor Man efteråt!

Han hade noggrann kontroll på Marta. Hon gav inte predikanten Stan många poäng, det märktes. Uppgiften han fått gick ut på att få över människor till ”den förste skaparen”, vad det nu gjorde för nytta, och i synnerhet få över denna dam som ledde sin by med järnhand. Men kanske att mannen Stan kunde locka henne? Han förändrade diskret sitt uttryck när han vände sig mot henne. Mot slutet av föreställningen fick han se vad han väntat på. Även i Martas ögon tändes den där glimten. ”Jag har lyckats.” Han sjöng avslutningssången med en sådan hänförelse att han förvånade sig själv.

– Det gick inte riktigt vägen, konstaterade Zivvel och Pio där de gick hemåt i natten efter festen.

Pio ryste av obehag. Hon hade suttit med ett grovt papper i handen. Officiellt för att det blev varmt i lokalen men lika mycket för att hålla sig gömd och opåverkad.

– Jag skäms. Det är ojust att pådyvla folk något som inte finns, en förste skapare. Jag förstår varför den uppfunnits. Vissa behöver något att tro på utanför dem själva. Det är viktigt att ha en religion som inte manipulerar människor, men vad har vi just gjort?

– Vi skulle ju bara förändra Marta, invände Zivvel.

– Pstor Man är nog nöjd, han sken som en sol, där han stod och hälsade nya medlemmar välkomna till nästa möte. Pio skakade av sig sitt obehag.

– Men Marta gick hem så fort framträdandet var över. Zivvel sparkade iväg en småsten från vägen.

– Vi tar nya tag imorgon. Vilken fantastisk föreställning, den kan vi lägga till vår lista på upplevelser.

Martas kväll

Vilken karl! Vilken röst! Det var ju uppenbart att den där predikaten inte trodde på det där budskapet själv. Hon hade haft jämt göra att hindra sig själv från att skrika bluff. Samtidigt var hon imponerad, det här ville hon se och studera fler gånger. Skvallret i byn nådde även henne. Oftast i små portioner och inte alltid i rätt tidsordning men att lägga samman ledtrådar hade hon blivit skicklig på. Hon hade räknat ut att det här upptåget på något sätt var riktat mot henne. Hur kunde de få för sig att hon hade intresse av religion? Hon fnös där hon satt med sitt lilla glas tångbrännvin, det exklusiva en kväll som denna. Men den där hannen. Att han vände sig mot henne var tydligt. Det var ingenting som de där småflickorna låg bakom, han hade fått syn på just henne där i publiken. Hon läste budskapet. ”Det är vi två.”

Hon hällde upp ett glas till, det var denna kvällen värd. Inte blev en kvinna som hon trånsjuk för att en karl tittade åt hennes håll. Det kittlade i magen och om hon skulle var ärlig även närmare låren. Hon var inte heller sämre än att hon kunde erkänna att hon var smickrad. Blicken vandrade runt i hennes spartanska modul. Vad håller mig kvar här? Släktens förbannelse?

Hon bestämde sig, men först ett tredje glas. Nu får du allt sluta Marta lilla, sjöng hon för sig själv, du vill väl inte att han ska få för sig att du är beroende?

Iklädd en exklusiv overall, aldrig tidigare använd, med nyborstade tänder och med den exklusiva men halvtomma tångbrännvinsflaskan i ett fast grepp i vänsterhanden knackade hon en stund senare på dörren till predikanten Stan.

Pios morgon

Inne i byledningens rum satt styrelsen med rynkade pannor. Den magra kvinnan från Fjärdegården bet alltid på någon nagel men nu knaprade hon på två, en på varje hand.

– Har ni redan haft ert morgonmöte frågade Pio, jag måste prata med Marta.

– Hon har åkt iväg. Hon följde med predikanten till Ultimapolis när han åkte i gryningen. Fruktansvärt olägligt när vi har rikligt med bekymmer i byn. Vem ska nu vara byledare?

Pio anlade en allvarlig min, för att dölja att hon sjöng inombords.

– Då blir det ni som får ta ställning till mitt ärende, det är därför vi har en styrelse, inte en ensam ledare eller hur? En av de innersta gångarna i isgruvan rasade ihop sent i går eftermiddag. Vi får ut mindre och mindre material, jag tror inte det är lönsamt att fortsätta driften. Pio betonade orden: styrelse, mindre material, inte lönsamt, extra hårt.

Utanför rummet passade hon på att ta några danssteg efter att noga kontrollerat att korridoren var tom. Att byledarna hade blivit upprörda av hennes meddelande och att de sa upp henne som gruvfogde, störde inte hennes glädje. Deras plan hade lyckats!

Eftersnack

Pio och Zivvel utropade samtidigt:

– Vi klarade det!

– Vi klarade det, upprepade de unisont, medan Pio la in Marta i sin lista med lyckade interventioner.

De skrattade där de stod utanför kantinen, Zivvel av lättnad, hon hade klarat sin första uppgift som väktare, nu gällde det att hålla ställningarna i byn. Hon och Pio hade haft många diskussioner med byborna under tiden de förberedde Martas ”störtande”. De hade gjort ett grundligt förarbete. Då borde det gå ganska lätt att behålla en god stämning i byn de närmaste generationerna. Pio hade smålett när Zivvel trodde att förbättringen skulle vara länge.

– Makt kan korrumpera.

De räknade med att vid nästa val i byn skulle nästan hela styrelsen bytas ut.

– Vad tänker du nu? frågade hon Pio vars skratt hade övergått i ett leende samtidigt som hon till Zivvels förvåning faktiskt verkade en aning bekymrad.

– Jag fortsätter naturligtvis i gruvan tills de hittar en efterträdare, jag har trivts rätt bra här men nu är byledningen besvikna på mig.

Hon noterade Zivvels frågande panna.

– Jag har blivit ombedd att sluta, bystyrelsen hade tänkt sig att en gruvfogde utifrån skulle kunna utveckla gruvan men den förre hade helt rätt när han sa att det är för farligt att fortsätta. De kan inte acceptera att gruvdriften måste läggas ner. Jag tror inte att det kommer att gå att bo här i isen länge till. Men jag tänker på Oros, det är inte rätt av mig att fortsätta utnyttja hans förtjusning i mig, jag är alldeles för gammal för honom och lever ett helt annat liv än han föreställer sig.

Zivvel höll tillbaka lusten att fråga efter Pios ålder, hade hon ens firat sin tjugoårsdag?

– Jag skulle vilja att du stannade, sa hon i stället, det tog emot att vara glad samtidigt som hon riskerade att förlora Pio.

Pio hade låtit undslippa sig en och annan ledtråd om sina tidigare erfarenheter som väktare under tiden de arbetat ihop och la Zivvel ihop ett och ett blev det i den här uträkningen betydligt mer än två. Det kunde lika gärna vara nästan hundra som tjugo år i organisationen. Om Pio nu var några år äldre än Oros, vad gjorde det?

– Det återstår alltså en uppgift innan jag är färdig suckade Pio, och det är lika bra att ta tag i den med en gång, kom vi går in och tar oss en välförtjänt öl.

Övervakarna

D:Alfa, D:Beta, D:Gamma, D:Delta och D:Epsilon följde intresserat processen i byn. Det där gick nästan för bra, konkluderade de, vi får köra några scenarier och se vart detta kan leda. De lever rätt hårda liv där uppe på isen och det är risk för en väckelserörelse som kan äventyra hela samhället. Vi behöver mer fakta för att kunna föreslå ett motdrag. Vi måste gå igenom alla inspelningar från byarna i norr.

Ett oväntat förslag

Pio skannade lokalen efter ett ledigt bord med glaset i handen. Kylan från fötterna ville hon inte låtsas om. Med en ansträngning lyckades hon låta bli att fräsa åt gruvarbetaren som trängde sig förbi. Alltid lika obehagligt att avsluta förhållanden på hennes placeringar, lika tråkigt varje gång. Det måste göras när jobbet i princip hade avslutats. Vid det här laget borde vi veta tillräckligt mycket om människors drivkrafter för att klara interventioner utan att såra någon invånare. Om hon lyckades efterträda sin överordnade skulle hon försöka ändra den strategin.

Det måste ju kunna fungera på annat sätt på några platser åtminstone, även om en kärlekshistoria med en ”urinvånare” oftast ledde till en snabb biljett in i samhället. Oros var inte den första och troligen inte den sista och en mängd, långa, korta, smala, ibland rundare mer eller mindre manliga ansikten med och utan skägg, rullade igenom hennes minne. Oros hade kanske inte högst IQ av hennes beundrare men han förtjänade ett mjukt avpolletterande så försiktigt att han skulle tro att han var den som tröttnat och med lättnad skulle vinka adjö när hon for.

När hon vaknade imorgon måste hon höra av sig till partner-utredarna angående honom. En stark och frisk ung mansperson med ett milt sinnelag. Fick han en partner med samma egenskaper och något lite mer hjärnceller fick man säkert räkna med utmärkt avkomma. Tanken sved till i bröstet. Avkomma. För det mesta lyckades hon förtränga att hon hade haft en familj som hon älskade på sitt eget frånvarande vis.

Efter att yngsta barnet fyllt arton blev väktare som hon helt avskilda från sina närmaste. Intellektuellt, förstod hon det. Det fanns många skäl, inte enbart att man som väktare, ganska snart såg ut att vara yngre än sina barn. Frestelsen att jämna vägen för avkomman, låta dem få del av förmånerna var stark. Hon hade full förståelse för de gamla makthungriga ätterna. Hon hade gjort diskreta förfrågningar, trots att det var förbjudet och visste att både döttrarna och sonen fått barn, kanske rentav att barn-barnen närmade sig vuxentiden. Konstigt nog funderade hon mer på dem nu än när hon levde ihop med dem.

Hon stod försjunken i tankar och ryckte till när Oros lade armen om hennes axlar. Han böjde sig ner mot henne och sa, tyst så ingen annan i rummet kunde uppfatta hans ord:

– Ja, du farmor, vad gör vi nu?

Pio uppfattade normalt situationer snabbt men nu tappade hon nästan ölglaset. När hon klarade att fokusera på omgivningen igen såg hon Zivvel hoppfullt se bort mot dem. Pio förstod att Zivvel ville, önskade att Oros och Pio var ämnade för varandra. Lilla Zivvel, begåvad och ändå bedrövligt romantiskt lagd. Risken finns att du går på många minor innan du lär dig. Pio hade fått sin beskärda del av historier om Ada och Yao.

Pio samlade sig, tittade upp mot Oros. Oros gav hennes skuldra en extra tryckning och ropade ut över lokalen:

– Pio har just lovat att bilda par med mig!

Vad håller han på med? undrade Pio, hur ska jag reda upp det här om han är mitt barnbarn. Hur ska väktarna reagera? Genom hjärnan fladdrade stunder när hon tyckt att han liknat både äldre släktingar och faktiskt hennes partner men inte uppfattat det som något konstigt, människor påminde ofta om folk man mött tidigare.

Folket trängde sig omkring dem för att gratulera, Pio spelade med och svarade blygt:

– Jo, men partnerutredarna hade inte godkänt deras förbindelse än. Någon egen sovmodul behövde de inte med en gång. Jovisst hade hon tillstånd till full familjebildning upplyste hon sin blivande svärmor som förvånande blinkade med ena ögat när hon ställde frågan. Det fick Pio att äntligen reflektera, hon hade haft en hel del att göra med Oros far under sitt uppdrag här. Det fanns ingen möjlighet i världen att han var hennes son.

Solvis berättelse

Under veckan som följde försökte Pio bli ensam med Oros mor men så fort de lyckades hitta en mer enskild plats kom någon grupp med kvinnor och slog sig ner i sällskap med dem. Olika varje gång men oftast var Sandrin en av kvinnorna, emellanåt kom hon ensam. Pio tyckte sig ana i Sandrins blick på Oros mor, att hon nog ville uppmana henne till tystnad men Oros mor lät sig inte bekomma. Oros mor förresten, kvinnan har ett namn. En väktare som Pio som stannade ett år eller mindre på sina uppdrag orkade inte, för att inte belasta hjärnan mer än nödvändigt, lära sig namnen på fler än de allra närmaste medarbetarna. Hon letade i minnet, Salve, nej Solvi, Oros mor hette Solvi. Till slut sa Solvi till.

– Sandrin, jag behöver prata med min blivande svärdotter och vi behöver vara för oss själva. Du behöver nog inte oroa dig, hon är lika tystlåten som du när det gäller.

Sandrin, lika outgrundlig som vanligt reste sig, klappade först Solvi på axeln därefter Pio. Pio noterade i ögonvrån att hon svepte iväg med en grupp kvinnor som var på väg mot dem.

– Jag måste be om ursäkt, sa Solvi, jag förstår att du måste vara helt förvirrad.

– Jo, att bli utnämnd till farmor och sedan motta ett frieri från sitt barnbarn är nog en av det mest udda upplevelserna hittills i mitt liv, svarade Pio, vad i hela istäcket är det ni håller på med?

– Du vet ju att jag jobbar i kantinen. Vi får ju alla nyanländas registreringskod för att kunna ordna rätt födoämnen. Vår läsare är gammal och läser hela koden. I moderna kantiner ser man den del som har med maten att göra, allergier och preferenser. Vi har beställt en ny men vi verkar inte vara särskilt högprioriterade. Det första jag la märke till när jag tittade på din kod var att du är bra många år äldre än vad du ser ut. Oros visade tydligt att han blivit förtjust i dig och som mor gjorde det mig förskräckt, det tror jag du förstår.

Pio nickade och Solvi fortsatte:

– Jag kan läsa de där koderna och du har en siffergrupp jag dessutom kände igen, den som identifierar din släkt.

Solvi tystnade tog ett djupt andetag innan hon fortsatte:

– Min make och jag är kusiner och inte nog med det, våra föräldrar var också kusiner. Vi blev förälskade och det är vi fortfarande. Men att vi är nära släkt medförde bakslag när vi försökte bilda familj. Jag fick missfall efter missfall. Jag orkade inte mer. Solvi knep ihop ögonen. Men vi är oerhört glada för Oros …

Sandrin märkte väl hur jag mådde och kom med ett förslag. Hon menade på att jag och min partner var bra föräldrar, vi hade hand om två föräldralösa flickor. Om hon erbjöd en annan man? Först trodde jag att hon ville sära på Odin och mig men det skulle gå anständigt till tack och lov. Odin vet inte det här och blev så glad över att äntligen få en ättling att jag aldrig ens har haft dåligt samvete. Men Oros har samma släktkod som du men två generationer senare. Det måste vara någon av dina söner som är far till honom.

– Jag har bara en son, svarade Pio automatiskt medan hon undrade hur det kom sig att sonen ställt sig till förfogande för avel.

Han var registrerad att ha avkomma men mer än det hade hon inte lyckats luska fram.

– Vad vet Oros om den här historien?

– Jag var ju tvungen att berätta, han tog det rätt bra till slut, han är fortfarande förtjust i dig.

– Men varför det här förslaget om partnerskap, det är rena vansinnet och att bli ensam med honom är ännu svårare än att få en stund med dig.

– När några har bestämt sig för att bilda par är vår tradition att de inte ska ses förrän de fått sin gemensamma sovmodul. Spjärna inte emot den utvecklingen, skrattade Solvi, jag tror Oros har idéer som han vill beskriva för dig. Oroa dig inte, det är en sund pojke utan onormala tendenser.

Övervakarna

Det här verkar högst intressant, D:decipenqveterna skickade impulser i en takt som skulle fått en maskin med mindre kapacitet att kortslutas. För det första borde vi läsa av konversationerna i kantiner och gemensamhetshus oftare. Vi trodde att interventionen i By6897 stoppade oegentligheterna men de fortgår. Inte lika intensivt som tidigare, folket i den byn blir inte pungslagna längre, men det läcker kompensationsenheter därifrån. Alla penqveter på platsen är manipulerade sedan Världsstyrelsen grundades. Någon, troligen byledaren inhöstade stora vinster genom att låta folket betala fullt för sekunda varor men vart tog profiten vägen? Det finns inget spårbart överskott i Nordvästra sektorn. Vi fortsätter att leta.

Kakafoni

Oros och Pio satt tysta och betraktade varandra, utmattade efter att hela byn följt med dem under diverse upptåg till deras gemensamma sovmodul. Båda var fullhängda med talismaner i färgglada band med symboler för ett långt och fruktsamt förhållande. Till slut lyfte Pio av sig alla band och slängde dem i ett hörn.

– De lär inte göra någon nytta. Vad skulle den här farsen vara bra för?

Oros satt med sänkt huvud. Han lyfte av sig sina medaljonger och la dem försiktigt bredvid sig.

– Förlåt. Det var ett infall, kanske inte det smartaste. Jag tyckte det var tråkigt att du skulle sluta i gruvan och åka iväg. Du har ju faktiskt stött på mig redan från första dagen. Jag kan fråga dig samma sak, vad skulle den farsen vara bra för?

Pio svarade trött att just den detaljen kände hon sig obekväm med själv.

Utanför dörren startade en kakafoni av oljud. Pio ryckte till, tittade mot dörren, vände blicken mot Oros och mot dörren igen. Oros förklarade, att oljudet skulle nog hålla på hela natten, det var ingen idé att räkna med någon sömn. De kunde lika gärna passa på och reda ut sina angelägenheter.

– Kan du berätta om min biologiske far.

– Jag älskade verkligen mina barn men jag känner knappt till något om dem. Du förstår, jag var inte hemma särskilt ofta. Hon slog ut med händerna. Plikten kallade.

– Något måste du väl ändå veta.

– Jag har svårt att berätta några små anekdoter. Din far, mitt äldsta barn. En allvarlig klen pojke. Ofta sjuk, precis som mina döttrar. Han flyttade när han fyllde 18 och efter det har jag inte haft tillåtelse att veta vart han tog vägen. Du måste förstå att jag inte har träffat honom på snart 65 år.

– Hur gammal är du egentligen?

– Jag är 102 år, jag föddes under efterdyningarna av det senaste storkriget. Jag kom just på att min son, han heter Berni förresten, tyckte om musik precis som din biologiske farfar. Du påminner rätt mycket om honom faktiskt.

– Du har öppnat porten till mina minnen, sa Pio till slut, när halva natten gått och Oros fått reda på allt hon kände till om hans biologiska bakgrund.

– Odin är min far, jag tror inte jag kunnat ha någon bättre. Oros tittade upp under luggen för att se hur Pio reagerade.

– Jag är glad att du växt upp i en harmonisk familj.

Oljudet utifrån fortsatte i oförminskad intensitet.

– Hur orkar de, undrade Pio.

– Man tilldelas ett pass och blir avlöst när det är över. Vi brukar ha tävling om vem som kan frambringa mest oljud. Oros skrattade.

– Du får fortsätta att berätta, sova får vi göra i morgon. Hur blev du väktare?

– Du anar inte vilket hungrigt barn jag var. Människor slogs om mat, de slogs om tak över huvudet. Krigsherrarna fortsatte att samla på sig vapen, fastän vi nästa utrotat oss själva under storkriget. Alla inkomster gick till försvar hette det, det ändrades snabbt till anfall är bästa försvar.

– Du svarade inte på min fråga.

– Jag kom i kontakt med en grupp som ville förändra samhället i grunden. Det hade aldrig gått idag, men tänk dig en nästan tom värld. Vi ordnade byar, alla likadana med ett begränsat invånarantal, det medför en stark social kontroll.

– Men ni levde ju bara på en avgränsad del, klotet är stort.

– Ryktet spred sig. Ser man till att människor är mätta, och är skyddade från elementen blir de positivt inställda till dem som tillhandahåller detta, eller hur. Blir de samtidigt betydligt mildare till sinne är det ännu bättre.

– Jo, vi lever i den bästa av världar som Zivvels mor brukar säga. Men på något sätt har du blivit väldigt gammal och är ändå starkare än mig.

Pio skruvade på sig och föreslog att de skulle försöka sova trots oljuden utifrån. Hennes hals hade dessutom torkat ihop, av allt pratande. Oros ordnade fram en kopp te.

– Vi som startade detta suckade ofta över att en normal livstid inte räckte till för att genomföra allt vi ville. En rik kvinna, jag underdriver, en extremt rik kvinna, från ett land som inte drabbats av krig på sitt område, hade samlat en grupp som vi fick kontakt med. Vi upptäckte att de levde på något de kallade Mbatha. De ville inte berätta om vad de åt, men får man se folk äta precis samma rätt tre gånger om dagen varenda dag blir man nyfiken. Vi hade några kemister i vår grupp och de lyckades rena substanserna. Ska jag vara ärlig smakade den där gröna röran vidrigt. Resultatet ser du framför dig.

Övervakarna

Ledaren Marur, som nu är förflyttad till vår ö för personer som bör vara i karantän, har köpt en enkel biljett åt sin kusin Ussi i By4854 från ett konto som inte är officiellt registrerat på honom! Är vi något på spåren? D:Alfa signalerade till M:Alfa.

– Vi har väl övervakning?

– I bostäderna på ön men inte i omgivningen.

– Det är varmt, alldeles för varmt i det området. Vi ser till att kusinen får med sig några preparerade svala overaller ihop med biljetten.

Promenad i tropisk värme

Zivvels far, Ussi, stod på däck och drog in doften av hav och tropisk grönska. Fuktig värme kröp in under hans kläder och fick honom att svettas. Han var förundrad, kunde man bli så här varm, utan att ha på sig vadderad overall, halsduk och mössa? Det dök upp en aning om att han missat något i livet.

– Du fick färdbeviset, konstaterade kusin Marur när han mötte upp i hamnen när Ussi anlände till ön. För du hann knappast få ihop tillräckligt med enheter på den här korta tiden. Jag estimerar att mina förbindelser är mer effektiva och pålitliga än styrelsens. Vill du till din paulun med en gång eller ska vi ta en spatsertur runt denna oas i havet?

Kusin Marur väntade inte på svaret utan drog med sig Ussi på stigen runt ön. De promenerade långsamt på en smal stenig stig mellan taniga träd med långa ludna blad som rasslade i vinden.

– Vi har åtskilligt att dryfta. Låt mig introducera mitt sällskap här i förskingringen. Alla har de levat högt uppsatta i sina provinser men blivit förrådda. Den lilla snärtan som Styrelsen skickade för att få mig att flytta hit visste inte att det varit min plan hela tiden. Jag estimerar att hon tror att hon duperade mig. Dupera mig!?

De hade nu kommit ner till stranden där en palmhydda hade placerats på pålar nästan i vattenbrynet.

– Här bor den välborna härskarinnan Lim. Hon styrde över en träskbosättning. Hennes syster ville ha härskarinnan Lims ställning. Det ville härskarinnan Lim inte acceptera, och varför skulle hon det, hon anordnade att systern togs av daga. Ett formidabelt fruntimmer, en tillgång för vårt lilla sällskap här, de få gånger hon behagar umgås med oss.

De vandrade vidare, vågorna rasslade mot den grusiga stranden. Ussi svettades i sin tjocka overall, och önskade att han fått tvätta av sig resdammet innan promenaden. Kusin förklarade att han lyckats gömma undan en förmögenhet utan att övervakningsdecipenqveterna hade en aning om att den fanns. Han kluckade belåtet över hur han lurat systemet. De vandrade upp för en bergknalle och där låg ytterligare en hydda.

– Här bor Alan Bo. Alan är någon slags härskartitel. En initiativrik herre som flyttade in i ett så kallat naturreservat. Det har placerats några ytterligt begränsade officiella boplatser i ytterkanterna har jag fått reda på. Den här individen ville mer, han grundade ett eget rike längre in i djungeln, lovade mark till alla som ville följa med, och det fungerade till allas belåtenhet ända tills någon försökte sälja ett tigerskinn på marknaden. Världsstyrelsen spårade upp skytten och på den vägen är det. Alan Bo förklarade att det handlade om dem eller tigern. Nu timade det sig så olycksaligt att både tigern och riket havererade men ödet är ibland ogint. Han undviker oss i slottet av någon anledning som jag inte känner till. Jag är däremot bekant med flera bosättningar i reservaten. Man kan och ska inte hämma människans lust till framåtskridande.

– Det beror väl på om vi vill ha en levande natur ... Ussi blev avbruten.

– De är ju genuint svagsinta i styrelsen om de estimerar att begränsa folkmängden för några tigrar och björnar. Men kusin Ussi har ju alltid varit svag för biologin, svarade kusin Marur med en fnysning.

– Ser du slottet där uppe på bergstoppen? Där residerar jag och kusin får tillika en kammare där. Jag har arrangerat att kusin får utsikt över havet. Vi är tre herrar, förutom dig och två till åren komna damer, aningen döva båda två men charmerande. De påminner om adelsdamerna under vår uppväxt. Som de säger själva, de höll sig skadefria under krigen, långt efter att storkriget tagit slut försvarade de sina palats. Det fanns ingen anledning att låta sig besegras av pöbeln även om den kallade sig Världsstyrelse? Det är på tiden att vi återgår till ordningen anser jag, det är orimligt att bättre folk som vi ska behöva leva bland patrask. Jag har planer och nu ska vi sätta dem i verket. Jag förutsätter att du är med i leken.

Kusin Marur lät oväntat osäker.

Ussi, som hela sitt liv känt sig underlägsen sin fru, hur mycket han än älskade sin tystlåtna andra hälft, tänkte sig en revansch.

– Jag är med, lugnade han sin kusin.

Som en bekräftelse på det han just svarat, kom en svart fågel flygande ut från busklandskapet. Den landade på grenen i trädet framför honom, nickade med huvudet och gav upp en triumferande drill innan den flög iväg.

– De andra två gentlemännen, en gentleman menar jag, den andre är en uppkomling som byggde sin by större än accepterat. Människorna där ville föröka sig och det fanns plats, varför konstra. Det var väl utmärkt att det fanns många människor före kriget annars hade vi törhända utrotat oss själva.

Kusin kluckade åter gott år sitt eget skämt.

– Min vän, gentlemannen, lever härstädes som ett resultat av sitt fritidsintresse. Han är synnerligen händig, han gör oansenliga explosiva föremål med stor sprängkraft. Själv är jag ett snille, ett geni, det finns inte en penqvet eller decipenqvet jag inte kan ta mig in i. För att inte tala om den välvilja högre makter förunnat mig. Kan kusin ponera, de skickar en renegat till min by som jag hade lyckan att bistå med en essentiell tjänst, och som i sin tur var i stånd att bispringa mig. Utan honom hade det varit svårt att stå där vi dväljes för närvarande. Men detta är blott en temporär vistelse.

Kusin Marur betraktade Ussi med en kejserlig min.

– Vi ska återta vårt arv.

De kom fram till en lång murad trappa.

– Vi får göra halt här, och avrunda denna del av konversationen. Fortsätter vi blir vi avlyssnade. Det finns anledning till att jag för närvarande vill residera på denna klippa i havet, vi får språka om det i morgon. Nu tar vi oss upp till slottet.

De två steg pustande in i palatset efter att ha klättrat upp för alla trappstegen utmed bergssidan.

– Enda vägen in, flämtade kusin, den här vägen till buffén.

Bordet stod uppdukat med frukt, sallad, olika smårätter, Ussi lät sig väl smaka. Förvånad la han märke till kusinens skål. I den låg något han anade var ”dagens bladröra” som Zivvel beskrivit den efter hemkomsten från grannbyn.

– Jag gouterar inte någon av de övriga anrättningarna, förklarade kusin. En liten souvenir från min ungdom som globetrotter. Men de för ett ytterst smakligt vin här om aftonen, jag estimerar vi kommer att ha ett angenämt samkväm när vi dinerat färdigt.

Kvällen förflöt smärtfritt, sammanfattade Ussi, förutsatt att man inte misstyckte att kusin Marur höll låda hela tiden. Han underhöll med minnen från sin tid i Ilia. De döva damerna, nickade, log och höll med. Gentlemannen och uppkomlingen somnade. Smått runda under fötterna tog sig samtliga av husets invånare fram mot midnatt till sina rum.

Båda kusinerna var besvikna. Ussi hade blivit påmind om att han alltid avskytt kusinens pompösa sätt, det var faktiskt en av anledningarna till att han sökt sig bort från hemtrakten en gång i tiden. Kusin Marur i sin tur blev erinrad om att han alltid sett Ussi som en trög yngre släkting, långsam i tanken, men lojal.

Avlyssnade

– Estimerar kusin dejeuné och en lustvandring i de fagra omgivningarna därefter, ropade kusin Marur utanför dörren, i det han väckte Ussi nästa morgon.

– Estimera hit och estimera dit muttrade Ussi när han tog fram den ena av de två ärmlösa shortsoverallerna som anlänt tillsammans med biljetten.

– Ben som aldrig sett en solstråle, kommenterade kusinen utstyrseln med en lätt rynkad näsa, vi får hålla oss i skuggan.

Mot sin vana höll han tyst tills de kommit in i djungeln en bra bit ifrån huset.

– Vi är avlyssnade överallt, man kan inte vara nog försiktig, det är därför jag ville komma hit, här på ön är endast slottet och kojorna preparerade. Vi ska göra oss av med Världsstyrelsen, vi ska använda deras egna metoder och kanaler. Vi tarvar endast …

Övervakare

Varningssignalen ljöd gällt genom korridorerna i regeringsbyggnaden i Ultimapolis. Ledaren från By6897 tänker återvända. Vad han tänker göra berättar han inte ens för sin medhjälpare. Det hjälpte inte att deportera honom! Det kommer en båt till ön i kväll. Vi måste hindra den från att nå fram. Varför vill han ha tillgång till tornet? Det låter inte som han har för avsikt att hoppa. Har han sin förmögenhet där? Låt dem riva avspärrningen, de får inte veta att vi avlyssnat dem!

Förberedelser

Svettig och dammig klättrade Ussi upp för trappan i slottets torn. Hela eftermiddagen hade han arbetat i hettan med att riva tegelväggen som blockerade dörröppningen till tornet. Spindelvävar hängde som draperier från taket, han lade märke till hur några stora håriga åttabeningar med ilfart sprang undan när han närmade sig.

Han undertryckte en rysning och fortsatte bestämt mot höjden. Han klev ut på den lilla altanen runt tornet, och fick solnedgången rakt in i ansiktet. Han vände huvudet norrut och såg ut över ön. Den här utsikten skulle Sandrin tyckt om. Men jag skulle fått rensa bort spindlarna innan hon följt med upp, skrattade han för sig själv. Mörkret föll snabbt här, knappt gick solen ner förrän stjärnorna visade sig på himlen. Han spanade runt horisonten. Långt i söder, precis som planerat, syntes en ensam ljuspunkt.

Han tände signalfacklan han burit med sig. Uppdraget utfört. Matt sjönk han ner, lutade ryggen mot den skrovliga stenväggen och blundade. Han måste ha somnat till för när han öppnade ögonen kunde han urskilja en båtliknande skugga under ljuspunkten som blivit betydligt större. Vinden friskade i och ett visslande ljud hördes från murverket. Kanske var det vindens vinande som väckt honom. Han tog sig ner för trappan, försiktigt för att inte snubbla i mörkret.

Övervakarna

M:Alfa studerade spänt algoritmerna som indikerade aktivitet kring ett rörligt mål i Stilla havet. De måste vara kriminella, vi har inga fartyg i närheten. De verkar använda ett annat system än vårt. Där är så många skydd och krypteringar att det verkar omöjligt att få kontakt och ta över.

– Ingenting är omöjligt! Vi behöver bara lite mer tid.

– Den tiden finns inte.

– Meddelande från D:Gamma, D:Alfa avbröt, hon har lyckats skicka en störsignal som kortsluter båtmotorn. Hon hälsar att hon blygs över att inte noterat den här typen av aktivitet tidigare i sitt område.

Haveri

Kusin Marur och gentlemannen från slottet stod redan på stranden när Ussi anslöt.

– Du borde tvagat dig och ifört dig i en passande skrud innan du anlände, vi bevittnar en legendarisk begivenhet.

Kusin Marur vände sig bort med en min av avsmak. En del av harmen satt i sedan morgonen. Han hade fått använda både smicker och referenser till familjens stolta traditioner innan Ussi gått med på att riva ner entrén till tornet. Vinden blåste allt hårdare och Ussi önskade att han gjort som kusinen rekommenderade och bytt till ett mer heltäckande plagg. Båten som hela tiden stadigt närmat sig stranden, började utan förvarning kämpa mot vågorna. Flera varelser kom springande upp på däck. Brottsjöar slog över durken. Båten ändrade riktning, fören pekade snart i 90 grader från landningsplatsen.

– Vid min mosters mustasch, vad timar? Där kan de inte landa, där är fullt med undervattensrev.

Kusinen var i upplösningstillstånd, han rusade utefter stranden, vevade med armarna, skrek sig hes.

– Era misslyckade slyngelskojare, odågor, skurkar, tro inte att ni ska få bedra mig på min triumf.

Ussi sprang mot vattnet, någon måste rädda dessa olyckliga. Han tvekade när vågorna slog upp mot hans fötter, han var ingen skicklig simmare, så märkte han en hand mot sin överarm.

– Du har inte en chans att rädda någon, du drunknar själv. Gentlemannens röst darrade.

Fartyget drev mot klipporna. Besättningen försökte krypande ta sig mot livbåten. Alldeles innan både båt och livbåt krossades mot berget fick Marur upp ett föremål ur fickan, höll det mot munnen och över vattnet ljöd hans kraftigt förstärkta röst:

– Revansch!

Övervakare

– Vid alla världars moder! Vad händer? Byggnaden M:Alfa satt i skakade, hon fick hålla sig i skrivbordet för att inte rulla iväg med stolen. Explosion, signalerade skärmen.

– Är du skadad D:Alfa?

– En liten plåtskada på ytterhöljet, ingen fara. Stora skador på byggnaden, manspillan. Observera, explosioner på andra orter.

Gruvan

Oros vaknade av en öronbedövande smäll, sängen skälvde till, och snart hördes skrik och springande fötter utifrån. Oros och Pio drog snabbt på sig kläderna och rusade ut. Kommunhuset hade fallit samman, hela isväggen ovanför gruvan hade rasat ner. Snart stod alla invånarna i byn och med gapande munnar och studerade förödelsen.

– Vilken tur att detta hände innan första skiftet hunnit gå på.

– De som jobbar där har länge sagt att flera väggar är instabila.

– Saknas någon?

– Kantinen är intakt, byledningen ses där om trettio min.

– En gruva störtar inte samman på det viset, menade Pio när de kom åter till sin modul. Hon startade sin platta.

– I Ultimapolis har regeringsbyggnader sprängts. Hennes vanligen oberörda ansikte fick bekymmersrynkor mellan ögonbrynen, medan hon läste högt. Här kommer rapporter om explosioner i by efter by. Hon satt tyst en stund medan hon knappade vidare på skärmen.

– M:Alfa förmodade att byledaren vi skickade till tropikerna hade något fuffens för sig, men ingenting av den här kalibern!

– Zivvels far är där för att hälsa på honom, är han inblandad? Oros rynkade pannan.

Övervakarna

Vi måste få stopp på sprängningarna, stönade M:Alfa, men hur? Varje gång vi uttalar det där ordet som kan betyda hämnd exploderar en bomb någonstans. Det måste gå via våra avlyssningskanaler för till och med om någon använder ordet i ett samtal löser en laddning ut.

Inte bara gruvan

Oros stod och tittat över axeln på Pio.

– Har det varit någon explosion i By6897 undrade han.

– Ja, den gamle byledarens fru avled när hennes hus sprängdes men inga skador för övrigt. Det måste varit en liten bomb jämfört med vår till exempel.

– La du märke till att byledaren tedde sig extremt väl behållen för sin ålder?

Pio rörde eftertänksamt huvudet fram och tillbaka, så beslöt hon att hon vågade lita på Oros.

– Jo, jag pratade med Zivvel om det, men jag drog inga slutsatser.

– Du är alldeles för van vid att människor har manipulerat sitt utseende. Oros log mot henne. Jag la inte stor vikt vid det i hans fall, när vi bodde där.

– Men jag ramlade på något annat jag grubblade över men räknade med att Världsstyrelsen antagligen vet vad den gör. Jag blev skeptisk mot den förvisade individen, du kanske bara fick se honom när han ville följa med luftskeppet? Jag träffade på honom några gånger mitt i natten. Det fanns en ung dam i byn som var välvilligt inställd till mig och som gärna ville ha sällskap hem på kvällen. Det hade en tendens att bli en smula sent innan jag gick till min sovplats.

Den där filuren kom ut genom dörren till byledarens hem. En annan besynnerlig sak jag reflekterade över, vi åt ju deras bladgröt flera gånger om dagen i olika familjer. Varje familj hade sitt eget recept. På ena stället smakade den något annorlunda än på det andra. Till byledaren och UP-gossen kom gröten som små smakportioner från flera håll. Eftersom vi hälsade när vi möttes i natten försökte jag mig på att prata med honom en dag. Om man gick efter hans utseende gav han intryck av att vara lite yngre än mig men vi resonerade kring en händelse jag hört talas om, som jag vet inträffade innan jag föddes. Han uttalade sig som om han deltagit. Då trodde jag att han ville imponera, men nu vet jag inte.

Övervakarna

Den gröna röran lagad för den utlokaliserade personen har analyserats. Den innehåller råmaterialet till väktarnas kosttillskott. Vi har även analyserat ett dna-prov från individen i fråga. Han har ett kapat identifikationsnummer. Personerna som utgett sig för att vara personens föräldrar är satta i förvar. Personen har kontaktats för samtal i By6897.

Alvar

I botgivarstugan i före detta byledarens by stod Mary och en annan väktare framför en hopkrupen gråklädd till synes ung man med svåra magsmärtor.

– Vi har beslagtagit all substans som fanns här i byn. Familjerna som ni tvingat preparera era portioner har kompenserats och vill knappast arbeta för er igen. Du vet att smärtan kommer att bli olidlig innan döden befriar dig, Alvar.

– Din vän byledaren är kvar på ön, han kommer inte att kunna rädda dig. Vad är din roll i komplotten?

– Ingen, pressades fram mellan torra läppar. Hjälpt han finta styrelsen, ö, väktarmedicin.

– Var har ni placerat ut bomber?

– Vil-ka bo-m-ber?

– Det har varit explosioner i många av våra byar, låtsas inte att du inte vet något.

– V-et in-get. Alvar la sig i fosterställning och kved.

– Han talar nog sanning. Vi ska inte ägna oss åt tortyr.

Marys väktarkollega gav henne en genomträngande blick.

– Vi kommer tillbaka när du har mindre ont.

– Inte för att han förtjänar det.

Mary lämnade över en kvarts kaka och en halv tablett till botgivaren bredvid Alvar.

– Kom ihåg att du är beroende av oss för att få mer. Vi kommer att trappa ut medicinen. Du behöver inte oroa dig, du ska slippa smärta.

– Men hur fick han tag i tabletter i Ultimapolis? funderade Mary när paret lämnade rummet, vi har ordentligt med angelägenheter att ta itu med.

Övervakarna

Lystring: ansvariga i samtliga 7567 byar i Nordvästra sektorn inklusive Ultimapolis med Obygder. Alla invånare ska evakueras till ett säkerhetsavstånd om minst femhundra meter från byns utkant. Där vädret tillåter bör samtliga ta sig en kilometer bort. Detta gäller även byar som redan upplevt en explosion. Det finns ställen där två bomber briserat. Ta med utrustning för att vid behov kunna övernatta utanför byn. Hjälp är på väg till områden med skadade, materiella skador åtgärdas i turordning.

Observera, ingen konfrontation med byledaren från By6897 innan alla bomber är desarmerade. Låt honom tro att hans kupp har belönats med framgång.

Upprymdhet

– Det var beklagligt med flytetyget och besättningen, kommenterade kusinen, efter att ha relaterat händelserna vid stranden för husets invånare. Han tog en djup klunk av det smakliga vinet. De har levererat en del viktiga substanser till mig under min vistelse här, men jag har en förnimmelse, mina själsfränder, att jag snart måste gå vidare till andra missioner. Jag hade sett fram emot en tilltalande sejour på havet i natt. Ett mindre missöde hindrade mig. Det kommer nya fartyg till den som har resurser.

Ussi mådde illa. Besättningen som kämpat i bränningarna men till slut gett upp och sjunkit under ytan.

– Men bäste kusin, du dricker ju inget. För vår välgång, kusin Marur höjde glaset, idag har vi fått något att högtidlighålla.

Övervakarna

Alla byar evakuerade, D:Alfa uppmärksammade M:Alfa på att utrymningen genomförts. Hon hade haft jämt göra att försöka dirigera botgivarpersonal till de områden de behövdes mest. Hon var nu som bäst i färd med att rekvirera hjälp från övriga sektorer.

– Utmärkt, går ljudet fram i alla högtalare? Bra, jag förutsätter att alla är informerade om att vi har att göra med en röststyrd bombmatta. Alla medborgare ska säga ordet revansch, en bomb briserade som en markering på kartan på skärmen framför henne. Jag upprepar revansch, ännu en markering på skärmen.

Hela Nordvästra sektorns befolkning ropade revansch som en person. Sekunderna senare liknade skärmen ett fyrverkeri, som övergick till blinkande varningssignaler.

– Välj ut några att inspektera förödelsen, rapportera, räkna med att det kommer att ta tid att åtgärda skadorna. Varsågoda att konfrontera före detta byledaren för By6897.

Slutet på historien?

– Jag behöver åka hem.

– Absolut inte, jag har andra planer för dig min betrodde kusin Ussi. Igår tog en ny era sin början. Varför kom du inte ner till vår dejeuné. Jag rekommenderar att du börjar ta av min gröna röra tre gånger om dagen. Du är aningen senior för att en ska ha full effekt men likafullt skulle den öka ditt välbefinnande.

Något skrapade mot ingångsdörren innan den öppnades.

– Men se, här kommer en uppvaktning av inte mindre än trenne individer. Vad kan en enkel man av folket göra för så högklassigt främmande?

Ussi observerade sin kusin göra en överdrivet artig bugning, innan han visade in sina besökare i salongen.

– Kusin ska vara med när vi samtalar med dessa värda gäster.

Han drog med sig Ussi in i rummet. En högryggad länstol hade placerats vid kortväggen. Kusin Marur tog sikte på den, satte sig och granskade förväntansfullt de tre väktarna. De stod tysta tills Marur nästan omärkligt började skruva på sig.

– Vad är dina villkor? frågade den längre av kvinnorna i gruppen.

– Så ni har upptäckt att jag har resurser att förstöra er lilla värld. Jag vill ha tillbaka mitt fädernearv, mitt slott återuppfört och regelbunden leverans av ert ungdomselixir. Jag vill kunna inmundiga delikatesser igen, gör ett försök att leva er in hur jag har fått lida alla dessa år. Förutom att jag naturligtvis förväntar mig att det blir jag som leder regeringen över hela Nordvästra sektorn. Min familj kräver revansch!

– Varför rekommenderade du då din släkting att äta denna röra tre gånger dagligen? undrade den kortare kvinnan, hon höjde handen för att stoppa hans svar.

– Det var en retorisk fråga.

– Jag estimerar att du inte har utrymme att vara oförskämd, svarade Kusinen.

– Vad ger du i utbyte mot att du får det du begär?

Den långa kvinnan smattrade fram frågan med nollställt ansikte.

– Jag låter bli att utlösa fler bomber, men jag förutsätter att ni beaktar min värdighet om vi ska fortsätta det här samtalet, jag vill att ni kallar mig ers nåd i fortsättningen.

Kusin rätade upp sig och anlade sin mest kejserliga min.

– Vi tror inte att du har fler bomber att utlösa.

– Ers nåd om jag får be, hämndens gudinna Nemesis, kommer att straffa er för er oförskämdhet och ge mig revansch.

– Har du fler gudinnor som du kan åkalla?

Väktaren studerade bladen på en buske som sakta rörde sig i det ljumma vinddraget vid det öppna fönstret.

– Nemesis, Eris och Ate alla kan åkallas, men alla ger inte svar.

Kusin Marur tappade sin överlägsna attityd, men återtog den igen. Han förväntade sig tydligt andra reaktioner på sina uttalanden.

En fjärde väktare kom in i rummet och viskade något i den korta kvinnans öra. Hon vände sig mot kusin Marur.

– Så här blir det: Du kan säga revansch hur ofta du behagar, det händer inget mer om du gör det. Alla dina bomber är desarmerade. Vi är flera här förutom de som övervakar oss som hört dig erkänna din delaktighet i bomberna. Du får stanna i det här slottet. Betrakta ön som ditt fädernearv. Du kommer att få en behandling så du slipper inta den osmakliga gröna gröten. Vi ska installera ett chip. Vi vill ha kontroll på dig.

Kusin sjönk ihop så han mest liknade en halvsmält Herr hål i isen.

Väktaren vände sig mot Ussi:

– Du följer med oss.

Medan hon knäppte på honom handfängslen viskade hon till sin kollega.

– Vilken obehaglig människa, såg du bilderna från byn som han ledde. Jag fick ont i magen när de visade dem för mig.
– Jag håller med, tänk om han hade lyckats ta herraväldet.

Övervakarna

D:Alfa försökte väcka kvinnan som utmattad somnat på stolen framför skärmen. Den skickade en impuls som hon borde tolka som att någon knackade henne på axeln. Hon snarkade till och vände sig åt sidan men vaknade inte. Decipenqvetern veknade. Kvinnan hade suttit framför henne längre dagar under längre tid än vanligt och var säkert helt slut vid det här laget. Hon hade till och med avstått från sin viktiga fysträning.

D:Alfa tillät sig att minnas kvinnans föregångare. En överviktig gormand, som i princip bara åt och sov när han inte tjänstgjorde aktivt. Den enda fördel som människorna i hans område hade av detta bestod i en svårgenomskådad omfördelning av mat. En kort tid med rikligare tillgång, tills de övriga regionerna räknade fram en visserligen diskret nedgång men dock en nedgång i genomsnittlig BMI hos sina invånare.

D:Alfa kopplade om kvinnans stol till en bekväm brits och passade sen på att koppla ner sig själv. De behövde båda vila, decipenqvetern märkte att temperaturen i hennes kretsar faktiskt hade ökat några tiondels grader. Efter att ha kontrollerat att kylsystemen fungerade korrekt skickade hon ett meddelande till sina systrar och bröder, Alfa anropar: nödsläckning 12 timmar.

Beta och Gamma kopplade in sig på Alfas område. De förväntade sig inte något avvikande, Alfa brukade ha ordning på sitt revir även om hon ibland var oförsiktig och många gånger lät oegentligheter gå alltför långt. De övriga huvudväktarna skulle fått ont i magen av oro om det inte varit anordnat att den typen av sensationer togs om hand av decipenqveterna betydligt tidigare i processen. Vi måste behålla någon slags illusion om en fri vilja brukade Alfas mänskliga motsvarighet hävda när hon blev kritiserad.

– Jag vet vad jag gör.

Om decipenqveter var i stånd till att bli upprörda hade Beta och

Gamma bränt sina kretsar när de noterade vad som hade hänt. De kopplade upp Delta, och Epsilon för att visa orsaken till att Alfa behövde sova. Ett uppror! Bomber i varje by. Om decipenqveter hade förmågan att skämmas borde alla fyra smälts ner. Deras mänskliga motsvarigheter satt stela och stirrade på förödelsen. D:Gamma och M:Gamma vaknade till först.

– Vi förhindrade något stort när vi kortslöt båtmotorn!

– Men vi förlorade en del genetisk potential ...

Två minuter senare satt alla i full aktivitet igen. Resurser måste omfördelas och sändas till Sektor Nordväst för återuppbyggnad.

Väktarna sörjer

Hur kunde det här hända? Världsstyrelsen satt och försökte konferera i kaoset. Det gick inte särskilt bra. De som varit med när styrelsen bildades och fortfarande levde kvar, grät strida tårar. Den gamla kvinnan utan fötter hade gått bort dagen före de första explosionerna.

– Jag är glad att hon slapp uppleva upproret, sa de till närmsta bordsgranne och det var i stort sett det enda de klarade av att säga och tänka.

– Vad vid istäcket gjorde vi för fel?

– Vi har varit godtrogna, blåögda, aningslösa, enfaldiga, lättlurade, dumma och korkade. Vi har trott att om vi har elektronisk övervakning kommer planen för mänsklighetens långsiktiga överlevnad gå i lås. Vi har inte lärt av historien. Vi ville starta en ny era utan hat, avrättningar, vi räknade inte med att någon skulle kunna gå under radarn och nu visar det sig att vår täta väv har enorma hål, eller inte var så tätt vävd som vi föreställde oss. Människors egocentriska girighet och längtan efter makt är i vissa fall oändlig.

Kims entoniga röst ljöd över församlingen.

– Ska den tråkmånsen hålla tal, kommenterade de fåtal som orkade lyssna.

– Han har ju rätt, invände Pio mellan tårarna.

Hon snöt sig i en stor mjuk näsduk urklippt från sliten overall, torkade kinderna, ställde sig upp och talade så uppmanande att även de som helt försjunkit i sorg hörde:

– Vi tar nya tag. Imorgon analyserar vi läget gemensamt med De stora decipenqveterna. Vi får inte tillbaka vår välgörare.

Ögonen rann över och rösten bröts.

– Vår Överste övervakare är borta. Vi måste fortsätta att uppfylla hennes och vår vision. Idag koncentrerar vi oss på vad som är bra. Kommunikationerna fungerar, vi är alla här, vissa byar är svårt skadade men hjälp är på väg, få förluster i människoliv. Vänner Väktare ikväll sörjer vi, när solen går upp tätar vi väven. Kantinen här i Byblad3 är intakt, vi går dit och delar en tunna vin och berättar historier om vår bortgångna ledare.

– Bra talat, mot vattenhålen, du har rätt Pio, världen gick inte under den här gången heller.

Ensam på en ö

Ön mätte sjuttio steg på längden, från stranden där solen gick upp till västra änden där det växte något konstigt träd med stora luftrötter ner i havet. Från norr till söder räckte marken till att ta sextiosex steg. Ussi hade övervägt att mäta hur många det skulle bli om han stegade upp diagonalerna också, men trodde inte att det skulle vara värt besväret. Här hade han suttit i tre veckor, plus minus någon dag. I början på sin vistelse var hans uppmärksamhet på om det var dag eller natt inte på topp.

Ett mindre krypin av plåt fanns till skydd mot skurar, men han satt hellre ute i det varma regnet än inne. Regnets trummande mot taket gav honom huvudvärk.

Med tre, fyra dagars mellanrum brukade en båt anlända med en låda mat, vatten och andra förnödenheter. Första dagarna lät han bli att äta, han visste hur förrädare behandlades. Han tänkte inte låta dem förgifta honom. Tredje dagen beslöt han att hellre dö snabbt av gift än att sakta svälta ihjäl. Han levde fortfarande. Han undrade om giftet var av dålig kvalitet, eller extremt långsamverkande. Varför fick han rena kalsonger två gånger i veckan?

Men nu hade det gått nästan fem dagar sedan han fick besök. Han började bli otäckt torr i munnen. Var de trötta på att giftet aldrig fick effekt? Tänkte de sig att han i stället skulle dö av uttorkning? Under förmiddagen hade det kommit en störtskur. Han hade suttit med huvudet vänt mot himlen och med gapet fullt öppet, men särskilt många droppar fick han inte i sig den vägen.

Att han var så enfaldig att han lyssnat till sin frände? Han längtade efter Sandrin som nöjt sig med att skratta överseende åt honom när han hävdat att en del släkter var bättre skickade att härska än andra. Hans kusin var ju uppenbart galen. Låta den stackars besättningen drunkna. Magen knöt sig vid minnet. Ibland om nätterna kom de upp ur vattnet, ansiktslösa med svarta anklagande ögon.

Även denna törstiga dag gick mot sitt slut, solen sjönk så småningom ner i havet. Han kröp in i sitt skjul både för att vara skyddad mot drömmarnas hot från havet och nattkylan. Tungan klistrade sig fast mot gommen. Han märkte något vått i pannan. Han famlade i mörkret, ingenting! Drunknade vattenandar borde åtminstone kännas kalla och fuktiga. Min hjärna är omtöcknad, sa han till sig själv efter en stund, spöken finns inte.

Det droppade från taket, men inget trummande ljud. Det regnade inte! Upp och ut. I en fördjupning i takplåten hade det samlats vatten, tre muggar fick han ihop. Han stjälpte i sig de första två, hejdade sig och sparade den tredje till morgonen. Innehållet smakade ljummen plåt med en anstrykning av mossa men godare vatten hade han aldrig haft i sin mun. Den förste skaparen, om den finns, verkar vara på min sida. Jag ska vid istäcket överleva det här.

– Jag är ledsen att du fått vänta, Ussi väcktes före gryningen av en vänlig flickröst. Det är lite rörigt just nu som du förstår, vi hade ingen båt ledig. Du får två lådor idag i stället, sen hoppas vi att vi klarar att komma regelbundet som det är planerat. Det är mycket jobb med alla transporter hit och dit för återuppbyggnaden.

– Vilken återuppbyggnad, har det varit krig?

Det han förmådde urskilja av hennes ansikte föreföll att se undrande på honom.

– Er plan fungerade, förödelsen är stor och det kommer att ta tid innan det blir som förut, men det såg många gånger värre ut efter storkriget säger de. Men jag får egentligen inte prata med dig. Det fanns ingen väktare ledig, det är därför de skickade mig.

Förvirrad somnade Ussi om efter att stjälpt i sig sin sista mugg vatten. När han vaknade nästa gång stod det två lådor utanför skjulet. Då var det ingen dröm. De tänker inte döda mig, men hur lång tid ska jag tillbringa här? Sa hon återuppbyggnad? Nästa gång ska jag fråga. Men nästa sändning anlände med samme tystlåtne väktare som kommit med de tidigare leveranserna. Han svarade inte på frågan. Han tittade på Ussi och sa några ord om innehållet i lådan, innan han tog ett snabbt farväl.

Överväganden

– Den där gubben på ön, kusinen till usurpatorn, han visste inte vad han gjorde. Varje gång jag är där med förnödenheter frågar han mig vad som egentligen hänt. Han tror att han sitter där på grund av de där stackars satarna som drunknade när vi kortslöt deras motor. Det tar onödigt med tid och resurser att åka dit med varor. Är det inte bättre att vi sätter honom i arbete med återuppbyggnaden. Han lär vara en duktig odlare och mat behöver vi.

Väktargruppen för inre skydd och propaganda gick igenom vad som hittills framkommit i utredningen.

– Enligt frun har han idéer om fördelen med härskarfamiljer, och han kan försöka bete sig lite styrande hemma.

– Han verkar inte ha haft ambitioner att bli en del av byledningen.

– Där satt ju redan en diktator, det hade nog inte varit lätt.

– Dottern som har varit påtänkt, mer än påtänkt måste jag säga, att bli väktare har skrivit en rapport om usurpatorns by. Hon pekar på, som hon tycker, fördelar mot våra standardbyar. Det uppskattades inte i arkitektgruppen har jag fått mig berättat.

– Tveksam som väktare då?

– Hon har uttryckt tankar om att bli revolutionär.

– Ska vi sätta chip på vår fånge på ön? Jag menar fadern.

– Vi får tänka på saken, vi får se hur intensivt han deltagit i planeringen.

– Vi har gått igenom dotterns platta i detalj, vi hittar inga oegentligheter. Vi har märkt hennes akt med extra uppmärksamhet. Inget chip på henne, det är för kränkande. Det tror vi skulle driva henne över till andra sidan.

– Det är konstigt. Vi hittar inga medhjälpare till usurpatorn, det finns en och annan som han köpt någon mindre tjänst av men ingen förtrolig.

– Bombmakaren?

– Inte han heller. Han är barnsligt förtjust i att göra saker som exploderar. Så små som möjligt med enorm sprängkraft. Han har fått materialet betalt, inte jobbet, och han verkar nöjd med de villkoren.

– Usurpatorn skröt med att han hade använt våra egna kanaler för att angripa oss och det stämmer, förutom besättningen på båten. De måste jobbat som frilansande smugglare. Där finns nog en del att titta på, men läkemedelsgruppen arbetar med hur han fick tag på ingredienser till cellföryngringen. Vi har flera exempel på att det har funnits en läcka, sannolikt ända sen storkrigen. Se på mannen som kallade sig Alvar. Hade han haft vett att inte bli stöddig, hade vi aldrig upptäckt det missbrukarnätverket.

– Nästa punkt, en av byarna i regionen vill inte bli uppbyggd. De vill avsluta samarbetet med i Världsstyrelsen, med motivering att vi inte skyddade dem mot explosionerna …

Tomhet

Kusin Marur klättrade upp för alla trapporna och spanade från utsiktstornet på ön. Stjärnorna stod tätt på himlen. Det fanns ingen båt i sikte, inget flygskepp. Inte ens en sjöfågelsflock. Lika tomt dag som natt, vecka efter vecka. Han gned ryggen mot stenmuren. Det lindrade klådan, men inte smärtan i själen. Ett, vid alla Besains inpiskade häxors avgrundsvrål, chip satt inopererat mellan skulderbladen. Inplanterat av de där underklassiga så kallade väktarna. De tassade omkring i sina färglösa uniformer som helt saknade elegans och exklusivitet. Plebejer som estimerade att de var predestinerade att styra världen. De hade berövat honom den arvslott som tillkom honom. En påver tröst i hans förhandenvarande existens: Han hade upplysts om att hans plan att sända sin ålderstigna moatjé på resan utan returbiljett hade lyckats. En världshärskare måste ha en ung representativ partner vid sin sida.

”Jag måste bort från denna återvändsgränd och börja om på nytt.” Men tiden hade begränsningar, de höll på att trappa ut Mbathan, hans krafter sinade. Han var starkare förra veckan än han var denna. För sin inre blick följde han en smal stig som ledde fram till en stenhög. I stenhögen stod ett skåp och skyddade hans reservkapital. Det skulle de aldrig kunna hitta. Det gällde allenast att ta sig dit. Vilket bakslag att de desarmerade hans bomber. Vart förde de hans explosiva vän, vart förde de Ussi?

Min förvillelse, jag blev vårdslös. Jag var så gott som i mål varför hasta? Att bli oaktsam och nonchalant enkom för att Ussi gör en audiensframställan. Jag tog det som ett tecken från högre makter. Pro primo, Alvar, med sin förtrogenhet inifrån Världsstyrelsen och pro secundo, Ussi. Kusin Marur släppte fram en snyftning, i sextio år planerade jag och sen destruerar jag allt genom att skjuta utan att använda siktanordning.

I bakhuvudet hörde han sin farfar peka ut andra regenter.

– Bete dig inte som den krokiga grenen på ett ädelt träd, Marur, jag vill inte att du drar skam över vår anrika ätt. Sen en smäll på huvudet som skulle föreställa en smekning men gjorde ont ändå.

Farfar skulle varit stolt om han fått se mig ta över från Världsstyrelsen.

Farfar brukade ofta stå i ett hörn i sovrummet muttrande:

– Byledare, pfyy, vi väntade oss mer av dig!

– Han är död, brukade hans moatjé fnysa när kusin Marur berättade om sina syner i natten.

– Hur ska jag komma härifrån? Vid Besains … för första

gången i livet stod kusin Marur inför en uppgift som inte gick att lösa, eller att ingen lösning fanns att köpa. Han överväldigades av sin litenhet, rymdens stjärnor ovanför honom, oceanens djup nedanför. Han klättrade med viss möda upp på balustraden. Vågorna skapade vita bränningar mot klipporna. Bruset hördes ända upp dit han stod. Först en. Bränning. Skum på ytan. En ny våg. Bränning. Skum på ytan. Han räknade. Den sjunde och största vågen kom. Bränning. När skummet på ytan försvann var balustraden tom. Hans sista tanke: Hur avslöjade de min kod för bomberna? Revansch!

En blir glad

– Ussi kommer hem, Pappa kommer hem, Sandrin vände sig mot Zivvel och sken som fullmånen på vinterhimlen.

– Jag är glad för din skull, mamma, och jag behöver minst ett par armar till i odlingarna, men …, hon avslutade inte meningen. Klumpen i halsen tog emot … växthuset, sa hon grötigt, och gick ut.

Sandrin tittade efter henne, det gjorde ont i hjärtat att se sin dotter så ledsen samtidigt som hon själv var så innerligt glad: Jag är rov för stridiga känslor, precis som det står i enkla romaner, tänkte hon, jag hoppas att det löser sig. Det måste lösa sig. Zivvel hade vägrat gå på Sommarfesten i år, för första gången sedan hon fick lov att bestämma själv.

Hon steg upp tidigt – kan inte sova.

Åt mycket lite – är inte hungrig.

Kom hem sent – mycket att göra.

Overallerna hängde löst på henne, mer som på en galge än en ung kvinna. Sandrin undrade hur länge dottern skulle orka. Blev det bättre eller värre när Ussi kom hem?

Frustration

Det blev värre. Solbränd och mager kom Ussi hem rasande som en fastkedjad puma. Han hade blivit visad vad bomberna hade ställt till med i olika byar på hemvägen. Han skämdes och blev aggressiv. Han var ilsken på kusinen naturligtvis. Han var arg på bombmakaren. Han var besviken på Världsstyrelsen som inte hindrat kusinen. Allra mest ilsken och besviken var han på sig själv.

– Jag lyssnade på mina föräldrar och jag lyssnade på min morfar. De sa att vi var utvalda att styra. Till min heder blev jag trött på att höra på dem och flyttade. Jag kom hit och jag lyssnade på dig Sandrin om den nya värld du ville skapa. Jag måste säga att min mor pratade lika övertygande, men på dig trodde jag.

– Jag lyssnade på karlarna i kantinen, vi är i händerna på styrelsen: Vi äskar vad vi behöver och de lovar oss, men vi får inte det vi har behov av. Det märkte jag ju själv att det fattades saker i leveranserna.

– Jag lyssnade på min kusin och förstod inte alls hans vanvett. Och här kommer jag hem, och du går och surar Zivvel, för en liten stjärna i din personakt. Jag har inte tänkt en egen tanke i hela mitt liv.

Han och Zivvel skötte sina odlingar.

Även han gick upp tidigt – jag kan inte sova.

Åt inte mycket – är inte hungrig.

Kom hem sent – mycket att göra.

Så förflöt sommaren och det blev höst.

Far och dotter

Det var en av de där tidiga höstmorgnarna, när man fortfarande kan inbilla sig att det är sommar senare under dagen. Solen värmde i bänkraderna där Zivvel och Ussi metodiskt, utan glädje, lyfte av dukarna som skyddade växterna från nattfrost.

– Nu har jag tänkt färdigt, sa Ussi oväntat.

Zivvel ryckte till, men iddes inte svara.

– Våra liv är inte nog långa att det är värt att gå omkring som du och jag har gjort hela den här säsongen.

Vad har det tagit åt honom, det här är inte likt min koleriske far? Vem bryr sig, tänkte hon sen, men fadern kom och la sin arm över hennes axlar.

– Det första jag måste göra är att be dig om förlåtelse, sa han.

Jag kommer från en familj där söner rankades högre än döttrar och det har du fått lida för. Jag också, jag var visserligen pojke, men son till en dotter, om du förstår vad jag menar. Inte i rakt nedstigande led.

Han tystnade för en stund. Zivvel kände faderns arm över axlarna, varm, ovan men faktiskt behaglig.

– Du har blivit så mager, det måste vi göra någonting åt, han lät bekymrad.

Är det här min far, undrade Zivvel igen och högt sa hon:

– Är du säker på att du inte har drabbats av en hjärntumör?

En åder i hans tinning började bulta på ett välkänt vis, han knep ihop läpparna, ådern stillnade, det började ryckta svagt i mungiporna.

– Jag föreslår att vi drar av täckningen, sen går vi och äter, jag är säker på att du är hungrig med den magra kroppen. Vi slår oss ner i ett hörn, vi två, du och jag, och pratar.

Ett annat liv?

Den kvällen kom Zivvel som vanligt hem sent.

– Mycket att göra.

Hon bestämde sig ändå för att våga kasta ett öga på sin platta för första gången på flera veckor. Fem månader, förstod hon när hon betraktade datumet på det äldsta olästa meddelandet. Då hade det gått fem månader och en dag från det att hennes värld föll samman.

Fem månader och en dag efter att hon blev meddelad att med två stjärnor i hennes personakt var styrelsen tveksam till att anlita henne som väktare.

Fem månader och en dag sedan hon fått svar från partnerutredarna som på torrt kanslispråk meddelat att Zivvel3883 genetiskt passade tre plus av tre plus med Ada2195. Utredarna hade vid försök till kontakt med vederbörande erfarit att vederbörande avlidit.

Nu fanns där hela tre skrivelser från Väktargruppen för agrikultur, alla märkta med ”viktigt”: När samfundet ändå befann sig i ett uppbyggnadsskede … enligt förslag från Zivvel3883** (de där, ismannen ta dem, stjärnorna) fanns det tillfälle för en delegation att komma och studera möjligheterna på plats, innan snön började falla på allvar? Hennes första tanke: Släng plattan i väggen, ismannen ta väktargruppen. Andra tanken: hon hade ju fått en av väktarkvalitet, den skulle nog hålla för en rejäl törn. Tredje tanken: kan min pappa tänka om kan jag. Det verkar ju som de där stjärnorna inte betyder så mycket.

II

Förändringar

Rälsgondolen knirkade sig upp utefter isbranten. Zivvel hade utsikt över den gamla hissen som kurade övergiven och skamfilad i sitt schakt intill, utan motor och linor. Hon drog ut en transportvagn full med plantlådor när gondolen nådde glaciären. Betydligt effektivare än förr i tiden då hon fått ta hissen upp med ett par lådor i taget.

Då brukade tystnaden ofta kännas som det slagit lock för öronen däruppe. Nu rasslade det och pep omkring henne när hon drog vagnen mot geodesikkupolen för sommarodlingen. Fyra kupoler stod redan färdiga, en för varje gård. Fyra till stod som skelett av sexkantiga ramar. Förstagårdens glas höll på att monteras i deras andra kupol. Enligt planen ville man bygga minst fyra domer ytterligare. Det stod röda, gula och gröna anläggningsmaskiner över hela området i fullt arbete. Hjälmklädda arbetare i orange overaller gick omkring bland maskinerna.

Sommarodlingen varade nu ett par månader extra på hösten och startade tidigare på våren. Slingor i skelettrören skötte att väggarna avisades automatiskt. Snart skulle det inte behövas några växthus nere i byn. Ussi var missnöjd.

– Det är inte längre ett arbete för en jordbrukare, klagade han, du har skapat fabriker för grönsaker. Det finns inget utrymme för någon mästarhand..

Motstridiga känslor

Zivvel slets mellan stolthet över vad hon åstadkommit och sorg över vad hon upplevde som förluster. Hennes långa väntan innan de kom igång på allvar borde gjort att hon tänkt sig in i konsekvensen av alla förändringar. Hon gav sig aldrig tid att tänka efter.

Först fick hon otåligt vänta på folket från agrikulturavdelningen.

De kom till slut på inspektion. Aldrig hade hon kunnat tänka sig att det skulle dröja så länge innan de fann en ledig tid.

Hon fick vänta på att de skulle bestämma sig för att hennes förslag var genomförbara. Där passerades en hel odlingssäsong med råge. Med mycket att göra.

Projektet skulle finansieras. En säsong till. Med mycket att göra. Att återuppbyggnaden efter alla bomber måste gå före var lätt att förstå. Under tiden förberedde hon arbetet i samarbete med ingenjörer och hortonomer. Men det fanns dagar hon bokstavligen hoppade jämfota av otålighet.

– Förra istiden varade i hundratusen år. Du har tid på dig, försökte Sandrin lugna henne.

Zivvel älskade sin mamma så hon nöjde sig med att göra en ful min.

Den dag väven lades ut över glaciären, likadan väv som i ”navet” i Ultimapolis, sprang hon omkring med ett leende som verkade sitta fast i ansiktet. Hon hoppade med lätta steg bland byggmaterialen medan första, andra, tredje, fjärde skelettet till domerna byggdes. Leendet lyste minst lika stort när fönstren fylldes i. Inte heller att isvintern kom och arbetet måste avbrytas sänkte hennes sinnesstämning. Skidspåren passerade under domerna och måste flyttas. Ett mindre bakslag, om det ens kunde kallas ett bakslag.

– De behöver i alla fall läggas om när vi inte får kontakt med givarna längre och det måste vi göra tillräckligt ofta ändå.

Inte någon förutsåg att det skulle bli svårigheter med sommarens bassäng. Den gladaste och mest hoppfulla begivenheten på hela året. Med möda rullade invånarna undan väven från festplatsen och försökte skotta sig ner. Det gick inte, byggmaskinerna hade pressat samman snön till is. Att man kanske behövde använda dynamit för att ta sig ned var inget gammalt slitet skämt längre. Ingen bassäng grävdes fram det året, väven rullades på igen. Både ljuset över festplatsen och kontakten med underlaget blev annorlunda. Zivvels leende var inte längre riktigt lika brett under dansen.

Året efter rev fjärdegården sitt växthus. Byn byggde gemensamt ett nytt, bättre badhus på platsen med dansaltan utanför. Det var inte enbart Andine som vrickade foten på den ojämna isytan tidigare. Byns botgivare fick nu tillfälle att delta i Sommarfesten, det skedde betydligt färre olyckor på ett slätt dansgolv. Zivvel längtade efter den vida ljusa sommarnattshimlen. Gråa isväggar saknade magi, i alla fall enligt henne.

Ett förslag

Tvillingflickorna från Andragården kom på besök till Zivvels växthus nere i byn.

– Din pappa är missnöjd och vill flytta har vi hört.

Zivvel pysslade om en back med småplantor. Flo hade skickat frön som verkade synnerligen lovande. Gradvis hade hon börjat känna som sin far, allting var automatiserat, plantorna växte antingen hon klappade om dem eller inte. Testodlingarna fick henne att stiga upp på morgonen annars föredrog hon att ligga och dra sig till långt fram på dagen. Fördelen med hennes lättja märktes mest på vågen, och att hennes vänner inte lika ofta försökte truga i henne kaloririka födoämnen som glass, smörbullar och stekt späck.

– Vi har blivit många i Andragården och nu ska Rika här få en liten. Vår gård räcker inte till för att alla ska få normal arbetstid.

Andine pekade på sin syster som nickade och gav den lilla putningen på magen en klapp.

– Vi skulle hinna med två gårdar nu när vi inte behöver gå med kannor och vattna, Rika är duktig på programmering så vi behöver inte köpa den tjänsten heller, vad säger du om det?

– Att Rika är duktig på programmering? Förlåt? Jag blev överraskad. Grattis Rika. Menar ni att ni vill överta vår gård?

Beslut

– Vi har enheter så vi kan klara oss ett tag, och det har säkert du också. Har du köpt någonting till dig själv senaste åren? Det går snart hål på dina overaller. Jag skulle gärna flytta till ett varmare ställe, Sandrin får arbete nästan vart vi än styr kosan.

Ussi funderade högt när Zivvel berättade om Andragårdens erbjudande.

– Vid istäcket, om du vill, slår vi till. Men du har ju jobbat hårt med det här. Vill du inte njuta frukten av ditt arbete? Zivvel satt tyst en stund med en tankfull min.

– Jag tror jag behöver smälta mina erfarenheter och avsluta saker från mitt väktarliv. Det finns människor jag behöver träffa.

Hon drog ett djupt andetag och fortsatte:

– Du säger att vi har en grönsaksfabrik och du har rätt. Jag har en stående inbjudan från Flo att arbeta med henne. Hon vill vara säker på att det finns någon som kan ta över hennes jobb när hon drar sig tillbaka.

Farväl

Zivvel steg in i kantinen tillsammans med Andine. Den välkända frestande doften av stekt fisk anades i rummet. De var så uppe i sitt samtal att Zivvel hoppade till när hon fick höra Kares röst i örat.

– Jaha Zivvel, du har förändrat hela byn och efter det vill du inte bo här längre. Vad ska du arbeta med i stället? Vi har just nu inga andra lediga jobb här, det vet du. Andragården kommer inte att behöva Ussis hjälp hur länge som helst. Vi har inte sett någon ansökan från någon av er till någon annan bosättning.

– Det löser sig, svarade Zivvel. Just nu har jag några privata saker att knyta ihop.

– Privata saker? Egoistisk lyx!

Han gick ifrån henne och satte sig bland några av de äldre invånarna i byn. Han sa något, samtliga vid bordet vände sig åt hennes håll och skakade på sina huvuden.

Zivvel hämtade en portion fisk vid disken, trots att doften inte frestade på samma sätt längre. Andine la sin hand över Zivvels när hon slog sig ner för att äta.

– Bry dig inte. De är bara avundsjuka.

– Vi kommer att sakna er. Vi blir färre och färre, först gruvarbetarna, sen ni, sa en av de övriga vid bordet.

– Vem vet, tänk om vi kommer tillbaka, svarade Zivvel.

Värmd av Andines och de övrigas omtänksamhet, upptäckte hon att tanken inte alls lät främmande.

Retur

Havet glittrade under flygskeppet, Zivvel försökte hitta en bekväm ställning i fåtöljen. Efter lång tvekan, hon både ville och kände motstånd, tog hon beslutet att resa tillbaka. Skulle någon minnas henne? En avsatt väktaraspirant! Nu ingick Galtar i de reguljära tidtabellerna. Hon hade inte behövt kontakta någon för att ta sig dit och det gick lika lätt att beställa sovplats där som någon annanstans i sektorerna. Tre sovkuponger och nio matkuponger prasslade i hennes ficka. Varför ingick Galtar inte i kompensationsenhetsprogrammet?

Zivvel hade inte tidigare behövt reflektera över hur mat och husrum betalades. Man var tilldelad en sovmodul. På resa beställde man en plats att sova på och åt i den kantin som var närmast när man blev hungrig. Hon visste, självklart, att kantinpersonalen ibland gjorde uttag från hennes konto. Eller rättare sagt, Oros mor förklarade att det kostade enheter om hon tog något extra utöver grundransonen. Kantinpersonalen i Isbyn var skickliga, de lagade god mat av basingredienser. Troligen var det därför hon inte behövt genomskåda systemet. Zivvels nyuppväckta oro för att hon ruinerat sina kamrater på grund av all energirik föda de erbjudit henne, viftade Solvi bort med:

– Vi satte upp det på dig, du åt mycket mindre än vad du hade rätt till.

Återseenden

Landar vi redan? Zivvel upptäckte förvånad att skeppet gick ner invid stranden. Byn ligger väl en bit inåt landet? Hon steg ut och förväntade sig en bosättning av normalmodell. Gula, röda, gröna, blå, som ett tredubbelt pärlband, låg här sovmodulerna en bit upp på stranden på vänster sida om flyghamnen. De enda byar med standardplanlösning hon träffat på var hennes egen och UP. Var fanns de övriga? På högersidan kände hon igen ruinerna från sitt första besök. Vart hade alla fräsande katter, som skrämt henne och Ade, tagit vägen? Istället myllrade det av föräldrar och barn i ärmlösa kortbenta overaller. Hon tittade ut mot stranden och havet. Även där vimlade det av människor som solade, plaskade i vattenbrynet, spelade boll eller simmade.

Vart skulle hon ta vägen? "Information" stod det på ett skjul nedanför trappan. Ett bra ställe att börja vid? Kvinnan bakom disken, granskade henne forskande och gav henne en karta. Hon gjorde ett kryss vid en modul och upplyste att damen förväntades äta i Kantin tre, även kallad "Den glada snäckan". Hon föreslog också att damen skulle köpa en ärmlös overall, det fanns fem färger att välja på, just nu betingade den mellanblå ett förmånligt pris. Den skulle vara förtjusande till damens blonda hår och blå ögon.

Med en ny overall över ena armen och väskan i den andra strosade Zivvel bort mot sin sovplats. Den här gången ska jag passa på att känna på havet, bestämde hon. Doppet hon fått vid skeppsbrottet räknades inte. Hon steg in i sin modul som luktade nytillverkad och nymålad. Efter att ha bytt om till sin just inköpta dress, studerade hon kartan och upptäckte att Galtars historia var nedskriven på baksidan av pappret med slutklämmen: "och nu går vår stolta bygd mot en ny era som rekreationsanläggning för hårt arbetande samhällsmedborgare". Att jag inte fattade det när jag beställde biljett.

Nästa dag satt hon på en klippa i utkanten av stranden där det var glesare mellan badgästerna. Hon hade tagit ett dopp, inte för långt ut, och med avund tittat på de fåtal som kunde simma. Mellan fingrarna rullade hon en liten sten hon fått syn på när hon plockade snäckor i vattenbrynet. Hon hade fastnat med blicken och hållit andan. Hur bar sig hennes lyckosten sig åt för att förflytta sig från Obygden och hit?

– Lilla sten, ditt syskon hjälpte mig alltid förr, har du samma kraft?

Hon hade frågat damen i informationskiosken och personal i kantinen hur man tog sig till byn längre in i landet och fått oförstående höjda ögonbryn till svar. Jag skulle förberett mig bättre, samma gamla Zivvel. Tänk inte efter före, som hennes mamma brukade reta henne. Hon satt i sina tankar och observerade strandlinjen utan att se. Med ett klick inombords blev hon uppmärksam på en person gick mot henne med ett barn hoppande kring sina knän. Personen var klädd i en hel overall till skillnad från övriga på stranden. Zivvel blev allt mer övertygad allteftersom gestalten närmade sig att det var något bekant över den.

Ezedez! Zivvel hade inte hunnit uppfatta vem kvinnan var innan hennes ben sprang henne till möttes. De slängde armarna om varandra, Zivvel grät och Ezedez skrattade tills en liten röst sa: mamma.

Ezedez fortsatte skratta, lyfte upp flickan och sa på brutet riksspråk.

– Zivvel, hälsa på Zivvel.

Galtars by står kvar

Visst fanns det en väg till byn, fast spåret som ledde till vägen knappt var en antydan till stig. Ezedez fordon, en fyrhjulig pedaldriven sak med ratt och solpanel för tilläggskraft stod och väntade på dem. Efter en knapp timmes trampande var de framme i byn.

– Kom med, vi tackar stormodern du kommit tillbaka. Hon glad om du ger snäckskal som gåva.

Samma illa huggna staty stod i sitt stenhus, men nu var hon utstyrd i flera mantlar i stela glittrande material. Zivvel la märke till att det blänkte vid taknocken. Så Kala fick dit en kamera till slut. Ezedez föll på knä och la armarna över huvudet.

– Snälla viskade hon, vörda med.

Det skadar ingen om det gläder min vän, bestämde Zivvel. Hon satte försiktigt ner sina bara knän bland offrade blommor och blad och lämnade fram sina snäckor.

På väg till Ezedez nya bostad, mötte de det gamla paret. Zivvel väntade sig att få höra något snäsigt och stängde kvickt av sitt översättningsprogram, men den gamla smålog vänligt.

– Hon fått medicin något haft ont i alla tider. Till slut hon glad för väktarna, förklarade Ezedez.

De som hade haft välutrustade grottor bodde kvar i dem, medan några, däribland Ezedez valde att flytta in i moduler som styrelsen tillhandahöll.

– De trånga men det min kula också, och den här torr och ljusare. Mycket bättre barnen. Du glad när ser vem min granne.

– Men vad framträder för min blick, är det inte flickan som for bort över himlen tills vi inte kunde se henne mer?

– Kala!

Samma gamla Kala, nu med grå strån bland det bruna håret, några fler rynkor vid ögonvrån men med samma glimt i blicken.

– I egen hög person.

Zivvel försökte ge Kala en kram men märkte att han blev generad så hon sträckte sig upp och boxade honom på överarmen istället och blev boxad tillbaka. Ezedez kom med en kanna te. Kala bad om ursäkt.

– Jag måste behandla alla lika. Han tog fram ett minimalt instrument och analyserade vätskan.

– Helt ofarligt och det smakar antagligen gott dessutom.

Han noterade Zivvels nedfallna haka och förklarade:

– Jag är inte säker, men det inträffade några obehagliga misstänkta förgiftningsfall ett tag efter du hade åkt. Ingen som dog men lurigt. Ezedez du får inte blänga så på mig, du är mitt solsken på den här platsen. Han vände sig mot Zivvel igen.

– Denna kvinna brygger ett utsökt öl, tydligen ett recept som var avsett för den hemska Idi. Nu kommer det till nytta igen.

Kala berättade om svårigheterna att finna sätt att försörja byn, att återgå till gifttillverkning föreföll i alla fall för honom som ett nederlag. Vändpunkten kom när de byggt vägen till stranden. Väktarna och de yngre byinvånarna cyklade gärna dit heta sommarkvällar. Det var svalare att sova där, markant färre myggor och i sanning trevligt att titta ut över havet och ta en öl eller två.

– Jag saknade inte Ultimapolis alls efter ett tag. Någon föreslog på skämt att området var så fint att resten av sektorn borde få komma dit, och på den vägen var det.

– Nu far jag och hämtar min partner. Jag ser att Ezedez brinner av lust att visa dig hur byn förändrats. Vi ses senare.

Långsamt tog de sig runt byn. Det hade hunnit bli eftermiddag och innevånarna hade kommit hem. De tog inte många steg innan någon som kände igen Zivvel hejdade dem och ville prata.

– Vi inte sett många ditt bleka ansikte och ljusa hår, klart vi minns dig, inte jag bara, förklarade Ezedez när Zivvel pustade över att de inte kom någon vart.

Zivvel fick åter vandra runt bland det fria folkets åkrar i sällskap med ett par av odlarna. Det gick hackigt för dem med rikspråk, översättningsprogrammet i plattan gick varmt. Till skillnad mot förra gången skrattade de tillsammans när orden inte stämde. Grödan var lika insektsbiten och marken lika torr.

Nya planer

– Kan du inte flytta hit. Vi behöver bättre skördar. Tänk vad hungriga folk blir när de badar hela dagen!

Zivvels middagsgäster försökte övertala henne att stanna i Galtar. De satt på ”Den glada snäckan”. Ezedez med make och barn och Kala med sin partner, som visade sig vara damen i informationskiosken.

– Ni tjatar så trumhinnan smälter bort, om ni inte slutar ordnar jag att min pappa flyttar hit, han vill till värmen. Ezedez kan flytta med mig istället och göra öl i UP.

– Över min döda kropp, Kala torkade bort en låtsastår i ögonvrån, hur ska vi då locka hit folk. De måste finnas något mer än sand, och salt, kallt, badvatten.

Mätt, lätt och glad i kroppen betalade Zivvel festen med sina matkuponger. Ezedez hade varit mycket bestämd på att Zivvel skulle både sova och äta i byn. Hon kände efter i fickan, hennes lilla sten låg kvar. En riktig lyckosten. Tänk om jag inte förlorat den förra, då hade kanske allting varit annorlunda. En bild av Ada med den svarta luggen hängande ner över ögonen dök upp i huvudet.

Kalas partner, Ritez, drog henne åt sidan när de skildes åt och tryckte bestämt något som prasslade i Zivvels hand.

– Du få lite mat innan åker i morgon.

Överraskning

Havet glittrade under flygskeppet, Zivvel försökte än en gång hitta en bekväm ställning i fåtöljen. Hennes föräldrar satt spända, de var bjudna på en resa till hemlig ort. De vägrade att få ögonen förbundna men hade lovat att inte läsa skyltarna vid lufthamnarna.

Skeppet saktade in, ett skrapade ljud mot skrovet. De var framme.

– Nu kan du väl tala om var vi är, vi har ju landat.

– Kom med ut får ni se.

Smältande snö rann nerför Zivvels nacke när hon fick se faderns reaktion vid åsynen av stranden. Båda stirrade rätt ut lika bleka. Sandrin tog kontrollen.

– Ussi, det är ingen fara, Zivvel vi klarar det här, ta pappas arm, jag tar den andra.

– Ussi, ta djupa långa andetag.

Milt men bestämt föste hon sin man mot informationsdisken.

– Kan vi få en modul långt från stranden om möjligt. Min make har svårt för hav, bad hon.

Ritez tittade med rynkad panna på Zivvel som skakade på huvudet och slog ut med händerna.

Ussi fick sätta sig i kiosken med ansiktet vänt mot land och hans andning lugnade långsamt ner sig. Sandrin torkade hans ansikte med sin tygväska.

– Du visste inte vad pappa har varit med om, men en vistelse här är kanske inte är det mest lyckade.

Ritez, som den snabbtänkta kvinna hon var, kom med ett erbjudande medan hon gav Ussi en mjukare duk att torka av pannan med.

– Vill ni åka byn direkt? Vi lediga moduler i byn, Världsstyrelsen trodde alla ville flytta från grottor. Låna min cykel, jag meddelar, är på väg. Zivvel hittar.

Hennes sista ord fick Sandrin att höja på ögonbrynen. Snart satt de och trampade sig fram genom den glesa skogen.

– Vi har nog en del att förklara, sa Sandrin, vem börjar?

Utmaning

Zivvel satt bakåtlutad i stolen och övade riksspråk med Ezedez och hennes barn. Ezedez satt lite vid sidan av och letade ord på plattan, hon ljudade för sig själv innan hon framförde högt:

– Jag har tänkt att jag skulle vilja bli fertilitetcensor, tror du din mor kan lära upp mig? Han som kom när du åkte vill resa hem säger han. Stormodern tycker inte om honom.

Zivvel reste vidare en månad senare, betydligt brunare än när hon kom. Allt hade bestämts. Ussi var entusiastisk, hur har de överlevt på dessa misskötta åkrar? Vilken utmaning! Sandrin var mer tveksam.

– Hur ska du klara av att vi måste fara till stranden. Eventuellt så ofta som varje månad undrade hon.

– Jag överlevde flera veckor på en minimal ö omgiven av hav, svarade han, med en rysning. Det går bra om jag är beredd. Jag har tyckt om havet förr.

Det fanns annat som också gjorde Sandrin betänksam.

– Vidskepelse, hade hon sagt när hon förstått att de måste ära stormodern varje dag för att bli helt accepterade.

– De där rörelserna de gör framför belätet, ordet beläte använde han bara när de satt ensamma, är en utmärkt övning i smidighet, det kan jag tåla, menade Ussi.

Ezedez var övertygad om stormoderns makt, men i övrigt rationell och kritisk. Hon tog på sig att inviga Sandrin i kulten och lära henne hur man vågade tänja på gränserna utan att Stormodern tog illa upp.

Sandrin gick till slut med på att stanna, men sa att blev det för rågat med hokuspokus skulle hon flytta hem igen.

Ny resa

Zivvels plan hade varit att först resa till Galtar och sen besöka Oros och Pio långt bort i Sydvästra sektorn. När hon nu gjort två resor till

Galtar fanns det egentligen inte tid med en lång resa till innan Flo behövde henne i Ultimapolis. Det kändes snopet, Oros var hennes bäste vän. Pio och hon hade arbetat tätt ihop. De hade inte fått säga farväl ordentligt innan paret flyttade. Flo gick med på att hon fick komma senare. Zivvel tog en av de sällsynta avgångarna söderut.

Hos Pio och Oros

– Nu missar du Midvinterfesten när du är här istället. Pio låtsades vara bekymrad.

– Den stora festen här är när regnperioden börjar och den har hållit på i en månad. Hör, nu skvalar det här utanför igen. Så här växte jag upp, men då hade vi inte sådant här tätt tak över huvudet.

Oros kom in i rummet.

– Varsågod min make, Zivvel är din, hon och jag har redan hälsat. Vi har en kantin, men Oros och jag kom överens om att vi tar hit mat din första kväll här. Vi har oceaner att samtala om. Det var inte lätt att övertala Oros att flytta från byn och jag trodde inte ens att en orkan från nordan skulle kunna blåsa iväg dig därifrån.

Zivvel log och kramade om Oros.

– Så långt är det inte från byn till Ultimapolis. Jag tror att Oros var lättövertalad. Vi pratade ofta om att vi ville se mer av världen, han och jag.

Pio hade skickats på ett nytt uppdrag. Det var på tiden att Mbathan stoppades.

– Varför kan vi inte få ta del av de medicinska framstegen allihop undrade Zivvel. Vi är många som vill leva unga och starka länge.

Pio tittade trött och ledset på henne. Hon drog en djup suck.

– De flesta av oss som har tagit drogen har haft svårt att bli gravida. Tar man den i ursprungsformen, Mbatha, det som liknar det ni kallar bladgröt, får man ingen avkomma alls. Och för dem som lyckades bilda familj, har alla barn dött i unga år. Jag fick reda på det när jag fick det här uppdraget. Hittills verkar det som våra barnbarn har hälsan i alla fall, tillade hon och vände sig kärleksfullt mot Oros.

– Men det är svårt att få barnbarn utan att få barn, retades Zivvel. Hur ska ni bära er åt?

– Det är en del du inte vet, Zivvel.

Zivvel fick svårt att smälta alla upplysningar. Oros, Pios barnbarn. Pios ålder.

– För att återgå till din fråga, hur ska vi få barnbarn utan att få barn, frågan är snarare, hur ska Oros få barn och jag barnbarnsbarn? Vi har faktiskt några förslag. I det samhälle vi befinner oss nu kan en man ha flera hustrur och tvärtom, i grannhuset bor tre kvinnor med fyra män och verkar trivas med det sedan tjugo år tillbaka. Och jag har en förhoppning …

– Vid istäcket, ska de föreslå att Oros och jag. Zivvels mage gjorde en volt i mellangärdet. Hon kastade en snabb blick mot Oros som oberört bad henne skicka såsen. Han tittade upp och lade märke till hennes förfärade min.

– Tycker du jag är så motbjudande, han låtsades vara sårad. Oroa dig inte, jag tycker lika illa om dig. Han klappade hennes axel, och fortsatte med ett leende:

– Jag älskar dig som en syster. I annat fall hade vi säkert haft småknoddar för länge sen.

Oros nya arbete

Tiden gick långsamt för Oros när Pio förhandlade med bladodlare, eller ibland när hon åkte iväg på långa resor i omgivningarna. Han var uttråkad. Att sitta still och titta på ödlorna på väggen stämde inte hans uppfattning om ett gott liv. Väktarinstitutionen ansåg att Pios tilltag med att ta med sin partner på uppdrag var en skymf mot organisationen och stred mot alla traditioner så han fick inte följa med på rena tjänsteresor.

– Våra ledare är skräckslagna för nytänkande, suckade Pio.

Oros var helt inställd på att flytta hem till sin välkända glaciär och sin fiskodling.

– Jag saknade Koros. Tänk hur han simmade fram till mig och pussade mig genom glaset varje morgon.

I väntan på transport hem, flygskeppen kom inte oftare än ett i kvartalet, vandrade han omkring i samhället där de bodde. I denna del av världen fanns flera byggnader som till vissa delar var kvar sedan före de stora krigen. Oros hade fått ont i ögonen av att se hur fult de kopplats ihop med Världsstyrelsens moduler.

– Vad tänkte du om svaret vi fick på vår rapport om diktatorns by? Jag blir mer uppretad varje gång jag tänker på det: ”Husmodeller som inte hör hemma i ett modernt samhälle.” Modernt måste väl inte betyda fult.

– Det måste kommit när jag var som mest nere, kommenterade Zivvel, det har jag inte sett. I alla fall inte reagerat på.

Oros blev besatt av att rita hus och fundera ut planlösningar. För att göra en lång historia kort, Oros hade blivit byns snickare och arkitekt i ett, och träffat sin käresta i jobbet.

– Och när han hälsade på hemma hos henne lade han märke till gardinerna, tillade Pio. Sånt tyg finns inte i Världsstyrelsens sortiment säger han. I morgon ska vi träffa fabriksägaren och se om vi kan få honom att visa sina fina tyger för oss.

Pios förhoppning

– Det är bäst att vi tar oss dit medan det är uppehåll, var är han? Han ska alltid komma i sista minuten.

Pio och Zivvel stod vid vägkanten och väntade på Oros som just kom släntrande ut på terrassen.

– Kan vi sätta fart, jag vill gärna hinna hem innan det öser ner igen, mina gamla fötter blir vidrigt kalla i regn.

– Jag hoppas jag dör innan jag tappar dem som vårt förra överhuvud gjorde, viskade hon till Zivvel.

Halva himlen lyste blå men över den andra halvan tornade ett enormt hotande mörkt moln upp sig.

Zivvel var fortfarande yr efter gårdagskvällens avslöjanden. Oros, Pio barnbarn. Det som Pio bad henne om. Hon hade till och med redan kontrollerat om de var kompatibla. Hur Pio fått reda på vad som sonen råkat ut för ville hon inte säga. Det som skett hände för länge sedan och inget att gräva i, hävdade hon bestämt. Inte ens Oros blev invigd. Däremot berättade hon att planen varit två avkommor och att Oros blev den ena. Det fanns möjlighet till ett barn till.

– Känn ingen press, men jag skulle bli oerhört glad.

Hos tygfabrikanten

En doft av damm och nya overaller mötte dem när de kom in i vävsalen i verkstaden. Vävstolar i ena änden av rummet. Tygpackar i stora hyllsystem i den andra. Däremellan truckar i linor i taket, och utspritt människor med plattor i händerna som satte etiketter på packarna. Vävstolarna dunkade svagt, truckarna avgav ett knappt hörbart surrande, de anställda som samtalade gjorde det med låg röst.

Alla tre besökarna hoppade högt när en grov röst höjdes bakom dem. En kraftfull stämma som skulle föreställa hjärtlig, hälsade dem välkomna. Personalen tittade upp men återgick sekundsnabbt till att studera sina plattor.

– Vad kan jag till med hjälpa, inte var dag det är man besök fint av väktare får.

En lång man, bredaxlad klädd i en extremt löst sittande overall som nog en gång varit svart kom runt dem och in i deras synfält. Pio gjorde sig sockersöt på det sätt som bara hon klarade av. Zivvel och Oros anlade intresserade miner så gott de förmådde. Ingen av dem kunde missta sig på att hjärtligheten var spelad.

– Vi ska prata affärer, lika bra att gå rakt på sak.

– Ers väkteri min bror besökt. Han övertalad blev sin odling lönsam mot en annan gröda byta. Jag inte, jag tror något intresse har, affärer med er tala. Mitt kontrakt med styrelsen förhandlat är. Du för att säga det upp här är?

Fabriksägarens leende blev bredare, man såg nu även tänderna allra längst bak. Ögonen, utan antydan till att vara roade, stirrade stint på Pio.

– Har ni diskuterat hur avsevärt mer han tjänar på att byta sin lönsamma odling mot en ännu lönsammare?

– Han procent mindre av vinsten behåller.

– Och ändå vinner han på det!

– Jag tror er nu gå be. Frun kanske inte medveten är om herrn efter flickor våra här i området springer. Brukar inte populärt vara med mer än en fru i huvudstaden jag hört.

Han spottade ut genom dörren, sträckte ut armen och föste spelat artigt iväg dem.

– Vi får ha tålamod. Fick någon syn något annat än overalltyg? Jag kontaktade M- och D:Gamma i går kväll. De får räkna på olika utfall.

En annan stormoder

På hemvägen fick de ta sig försiktigt fram mellan pölarna på den breda stigen av ljus lera. Det stora molnet hade tömt sig medan de befann sig inne i fabriken. Nu värmde solen igen. Utmed vägen skymtades glest utplacerade hus. Många av dem stod på pålar mellan svartstammade buskliknande träd.

– Gammal tradition, förklarade Oros, innan nedisningen var det här området ett träsk. Det är därför landskapet är så platt. Men det är fortfarande praktiskt med pålar. De hus som står direkt på marken har mer besvär med ormar, bergssvin och råttor.

Pio hade hållit tyst en stund, nu skrattade hon kort innan hon föreslog:

– Lexie borde vara hemma. Kanhända ska vi ge dem något annat skvaller än att du bedrar mig, Oros.

Oros käresta Lexies hus var av det slaget som stod på pålar. Det hade ett traditionellt runt förrum med tre sovmoduler påkopplade i en halvcirkel. Zivvel förstod varför Oros fått ont i ögonen av att se hur illa de olika byggelementen passade ihop. Inne i huset märktes det inte så mycket. Öppningarna till sovmodulerna hade utformats som valv, liksom dörren de kommit in genom. Det enda fönstret, täcktes av en tunn nästan genomskinlig, guldfärgad tygbit.

Pio och Zivvel smög nära fönstret för att diskret känna på gardinen medan de blev bjudna att sitta ned på kuddar mitt i rummet. Om Lexie blev förvånad över att Oros tog med sig Pio, visade hon det inte. Samtalet flöt lätt och Zivvel förstod direkt att det här var en flicka för hennes gamle vän. I en nisch i väggen stod en liten kvinnostaty som fick Zivvel att berätta om stormodern i Galtar.

– Det här är vår goda moder, eller rättare sagt en kopia av vår goda moder, den riktiga bor i ett kapell mitt emot kantinen.

Lexie pekade obestämt ut genom fönstret.

– Vi får träffa henne en gång på våren, nytvättad och fin. Då svarar hon på våra frågor inför det nya året. Jag tror inte mycket på det. Min mamma sköter om henne och hon säger att det är en trästaty, inget annat.

Hon slog handen över ögonen.

– Fy på mig, så får jag inte säga. Så fnittrade hon, men jag vet ju att mamma är bra på att svara så folk kan tolka det som de vill. Statyn har en mottagare med röstförvrängare i strupen. Hur länge stannar du?

Lexie vände sig mot Zivvel.

– Om du är kvar några månader får du se henne.

Övervakarna

– Vi har en förfrågan från väktare Pio, D:Delta kontaktade sina decipenqvetsyskon. Hon har misstankar om en illegal tygfabrik i det område hon befinner sig. Vackra tunna opraktiska tyger. Hur kan harmonin påverkas om något sådant släpps ut ibland befolkningen.

Utsikt

Vinden fick de torra löven att rassla. Gruset knastrade under skorna. Oros ville visa Zivvel havet.

– Jag har snart lagat alla hus i byn, jag funderar på att försöka starta en fiskodling. Men det är mycket svårare med saltvatten än mina sötvattens-sumpar hemma i byn.

De tänkte besöka en annorlunda klippa, Oros var säker på att det hade varit en stor byggnad en gång i en annan tid.

– Havet gick mycket högre när inte jordens vatten var bundet i is, men vi kommer att se det om du vågar klättra upp.

Zivvel skrattade och undrade om han ville tävla om vem av dem som nådde toppen först.

De trängde sig fram genom några buskar. Ett klapperstensfält låg framför dem, klippan reste sig i ojämna terrasser längre fram. En figur stod högst upp med något gult fladdrande kring kroppen. Figuren fick syn på dem, hoppade ned, terrass för terrass och ställde sig att vänta vid klippans fot.

Figuren var förvandlad till en ung kvinna i overall av något tunt tyg som påminde om Lexies gardin. Hon stod avvaktande med händerna i sidorna och tog inte blicken från dem när de med viss tvekan närmade sig.

– Jasså, det ni är som papin min huvudvärk konstant har gett.

Zivvel tog ett steg tillbaka, det var ofta knepigt för henne att uppfatta dialekten här även om människorna talade riksspråk, men kvinnans min och gester var svåra att missförstå. Slänger någon en granat mot dig, ducka, hann hon reflektera innan hennes tankar avbröts av ett gapskratt.

– Han bra av motstånd lite mår och jag trött är på att ensam att honom säga emot vara. Han svårt väldigt har att förstå att vi alla hjälpas åt måste så inte harmonin i samhället skadas. Utsikten ni här för? En dag perfekt att havet se.

Hon vände om och började klättra tillbaka uppåt. Oros viskade att hon hette Terit och var dotter till tygfabrikanten, innan han klättrade efter. Zivvel satte fart, hon tänkte inte låta honom vinna bara för att de blivit distraherade.

– Ni inte berätta får att ni i den här dressen mig sett, sa Terit när Oros och Zivvel samtidigt ställde sig bredvid henne.

– Tyget fantastiskt mjukt att bära. Jag ibland hit att njuta kommer. Papin annat än enheter som betalning för det här tyget vill ha.

Långt borta såg man havet som ett mörkare blått streck under horisonten. Inte som Galtar precis. Zivvel fingrade istället på Terits overall. Hon vände sig mot Zivvel.

– Du prova vill? Hem till mig kom du lust kväll någon har.

Terit

Terit hade två sovmoduler. En att sova i och en som hon använde till verkstad.

Zivvel drog efter andan första gången hon hälsade på i verkstadsmodulen. Fullt med mjuka, skira tyger och en symaskin.

– Den smuggelgods även, förklarade Terit, jag älskar sy.

– Jag inte vet papen de här över kommit, bekände hon, den med leverans från Världsstyrelsen inte kom, jag lova kan. Jag lite skäms men det praktiskt väldigt är.

Zivvel blev iklädd en mjuk overall i milt lila. Terit förklarade att den framhävde hennes färger bättre än den gula Zivvel ville ta på sig.

– Jag vill lysa som du gjorde vid klippan.

– Till mörka hår mitt och mörka hy, gult bättre passar.

Tyget smög lent mot huden. Zivvel slog ut med armarna och tog några danssteg. Så här underbart kändes det inte ens att ta på sig en splitter ny sommaroverall en varm och solig vårdag.

Konsekvenser

En kväll när de kommit överens om att träffas i kantinen dök Terit upp okammad och tårögd.

– Papin symaskinen ta vill. Jag inte önskar overaller sy som han utanför marknaden sälja. Jag avundsjuka och disharmoni inte orsaka önskar. En del människor han påstår sig på enheter rikligt samlat. De vad de dem lägga på inte vet. Köpa för det han får in jag frågade. Han skrattade. Kanhända för att Världsstyrelsen skicka av han betala. Vad jag göra? Modulen och maskinen jag emot tog, varför?

Övervakarna

Vi har extra spaning på by SO755, och nu händer något. D:Delta uppmärksammade M:Delta. Pio har bett om konsekvensanalys av lyxprodukter som det finns misstankar eventuellt tillverkas där. Vi får höra med henne om hon känner igen rösterna på dem som samtalar just nu.

Ånger

Världsstyrelsen uppgift, varje medborgares grundbehov se till. Terits grät nu, varför jag honom symaskin skaffa fram lät?

– Världsstyrelsen uppgift är att se till varje medborgares grundbehov, upprepade Zivvel, men om en och annan möjligtvis vill ha mer än mat, husrum och något att skyla sig med? I minnet hörde hon Kims röst från introduktionen i Ultimapolis: ”De flesta människor är tämligen hederliga om de får en hygglig lön och standard i nivå med sina grannar. Finns det inget extravagant att köpa är majoriteten ointresserade av att ha många kompensationsenheter.” Sen Kalas kommentar: ”Tänk bara vad som kunde hända om vi släppte ut de där bladen.”

– Nu jag har den, hellre jag dör än symaskinen släpper från mig. Jag skapa vackra saker måste få.

– Det är nog lättare för mig, förbättrade grönsaker är inte kontroversiella. Men när ska man använda de där sköna mjuka overallerna du gör? Som du säger själv, de håller inte att arbeta i, funderade Zivvel långsamt med rynkad panna.

– Man kanske på fest ha dem kan. Eller efter arbetet. Papin tog overaller mina tre att visa, vad jag göra ska?

Övervakarna

Vi får göra en insats där kring Sydvästra sektorn. De samtalande är identifierade. Ert område D:Epsilon och M:Epsilon.

Missräkning

Terits overaller slängdes in i hennes modul av en uppbragt tygfabrikant.

– Människor hederliga hindras från att affärsförbindelser uråldriga upprätthålla. Väktarna vänner dina ... Han försvann utan att stänga dörren.

– Papin grät jag tror, fast han ilsken lät, berättade Terit.

Små ledtrådar kröp fram allt eftersom dagarna gick. Världsstyrelsen blev allt starkare och platser som låg långt perifert från Ultimapolis hade inte längre möjlighet att ignorera påbud uppifrån. Tygfabrikanten och hans vänner kom fram till sin vanliga handelsplats. De hade mötts av väktare. Man begärde att de skulle deklarera sina varor. Det välkända avsides belägna huset var rivet.

– Du med komma kan och med papin prata, bad Terit. Problem du haft med papin din och det sig löste.

– Säkert inte till min fördel, Zivvel påmindes om sina stjärnor.

– Jag från skolan sidan regler om medborgerligt ansvar fram tagit.

En gång väktare alltid väktare, hävdade Pio. Zivvel höll inte med men hon ville hjälpa Terit. Tygfabrikanten skrämde henne men Terit hade rätt, harmonin i samhället var det viktigaste. Hon fick kanske en chans att slippa ifrån en del skuldkänslor för sina förfäder.

– Väktarvännen snokande skicka av. Tygfabrikanten låtsades inte vara artig andra gången Zivvel träffade honom.

– Jag har en far som kan ha dåligt humör han också. Zivvel satte sig på stolen bredvid hans plats.

– Han blev snäll av att placeras ensam på en öde ö, vi tänkte att du skulle slippa det. Han trodde på gamla förlegade sanningar precis som du.

– Papin nya tider nu. Anpassa dig du får.

Han fnyste.

– Du ihåg kommer när du folket på fabriken som farfar skällde ut. Hände vad?

– Tillbaka de kom. Lager vi hade. Krisen vi klarade.

– Orolig du var jag minns, Terits mamin hördes från bänken utanför modulen. Fabriken du gick, vävstolarna varje kväll du klappade. Tvungen du blev, offentligt ursäkt be.

Zivvel och Terit tittade bort. Det ryckte i mungiporna. Tygfabrikanten fnyste igen.

– Papin, säger du alltid, kunden upplysas måste vad den ha vill. Den här gången, på kunden du lyssna måste.

Tygfabrikanten fnyste en tredje gång innan han reste sig och hämtade glas och en tillbringare med vin.

– För övermakten jag mig böjer. Era denna snart ta slut måtte, han höjde glaset mot sin dotter och därefter mot Zivvel. Hon klingade med sitt glas mot hans.

– Vad är viktigt? Trivas med livet och vara uppskattad eller att ha mer kompensationsenheter än andra?

Decipenqveterna

Stordecipenqveterna kopplade ihop sig, en nivå under den som deras mänskliga kontrollanter mäktade avläsa. Vi har redan sett att medborgare prioriterar olika vad de vill lägga enheter på. Det var lättare när det knappt fanns något att fördela. Det här är en utmaning det är tveksamt om människorna klarar av. Vi föreslår att man tillåter vad som kan betraktas som lyxprodukter under kontrollerade former. Den stora risken är att smugglarna blir förmögna annars. Det kan innebära riktigt allvarliga problem.

Den goda modern

Vårnattens lätta vind bet svagt i kinderna och påminde om att vintern inte helt hade lämnat ifrån sig landet till solen. Höstdagjämning var vårdagjämning här och enligt traditionen inledning till ett nytt år. Upp och nedvända världen tänkte Zivvel, innan hon kom på att det var just vad det var. Långt bortifrån hördes träsksvinens parningsrop. Tusentals stjärnor lyste på den svarta himlen, facklor brann utanför den goda moderns hus. Församlingen väntade knäpptysta på att portarna skulle slås upp. De öppnades ljudlöst, Oros och Lexies mor hade slitit i dagar med att smörja och putsa maskineriet till fulländning. Statyn, i dubbel människostorlek gled lika gnisselfritt fram till ingången.

– Var hälsade barn mina.

Zivvel satte händerna för munnen och stirrade. Om hon inte vetat att hon tittade på en tillverkad jättestaty skulle hon blivit skräckslagen. Ingenting i statyns minspel eller rörelser antydde att den inte var levande. Några små barn gallskrek, men tystades snabbt.

I en noga regisserad turordning fick åskådarna gå fram och

viska en fråga i skålen statyn höll i sina händer, men svaren ljöd ut över gården så alla kunde höra.

- En man älskar verkligen inte dölja det kan.

- Fråga, du själv våga måste.

- Måste man vissa extra uppsikt noggrann över hålla.

- Bäst hemma kan vara.

Natten var långt liden innan alla fått sina svar. Den goda modern önskade alla ett fruktbart år innan hon gled in i sitt hus igen. Några försökte förtvivlat få tydligare anvisningar för framtiden. Lexies mor sa efteråt att hon hade lust att säga, tänk efter själv, till vissa.

- Vi länge sover imorgon. Bäst det är närmaste veckan vi inte för mycket med varandra pratar. Misstänksamma blickar på sina ställen jag sett.

Genom Lexie avslöjades fabriksägarens fråga: Kan man lita på en väktare? Var svaret, din stora chans inte missa?

Drivkrafter

- Vad olika människor är, sa Zivvel till Pio en dag när de gjorde ett av sina dagliga träningspass ihop.

- Fars kusin ville få världsherravälde, åtminstone sektorsherravälde, fabriksägaren här vill bli rik, Oros vill göra husen vackrare, vad vill du, vad vill jag.

- Oros är lik sin farfar, han ville också göra våra enkla primitiva boningar snyggare, så gott det nu gick med de material vi hade.

- Vart har han tagit vägen?

- Han är borta sedan länge, jag gjorde skandal genom att ta en partner som inte var väktare.

Pio grimaserade, innan hon fortsatte.

- Kanhända jag drivs av trots. Nej, jag ville skapa en värld där människor fick leva i harmoni med varandra och naturen. Jag vill leva länge för att se till att världen blir så bra som vi önskade. Vad tror du driver dig?

- Tja, räddningen av mänskligheten och naturen har ju ni tagit hand om. Väktare får jag inte bli, vad du än säger. Jag vet att jag gjorde något bra med kupolerna i byn. Men för mig blev det ledsamt, och mina förfrusna stjärnor har jag kvar.

Zivvel tystnade medan hon utförde sina fyrtioåtta armhävningar andra omgången. Vad bitter hon låter, tänkte Pio, stjärnor är ingen riktigt allvarlig märkning.

– Till att börja med får jag väl se till att komma iväg till Obygden. Flos meddelanden börjar bli ordentligt upprörda. Eventuellt kan Terit hjälpa mig första biten. Jag behövde komma hit och träffa er, jag tror att allt blir bra till slut, trots stjärnorna.

Hon kramade om Pio, som gav henne en hård kram tillbaka.

– Jag kanske gör dig till farmor igen, vem vet, men du får vänta några år.

Fabriken

Tygfabrikanten hade gått med på att visa sin illegala fabrik. Den låg väl dold, halvt nedgrävd och med tät buskvegetation på taket. Decipenqveternas åsikt att öppna marknaden för legal handel med ”varor icke nödvändiga för uppehållande av liv” som det bästa alternativet hade livligt debatterats i Världsstyrelsen. Flera delegater pläderade för nedläggning av fabriken som det enda raka.

Att kasta bort kompensationsenheter på ickefunktionella föremål! Vilken styggelse. Vad blev nästa steg? Mönstrat porslin? Till slut enades man om att decipenqveterna brukade ha rätt. Tjugo representanter från Världsstyrelsen kom resande till byn på södra halvklotet.

Ett rum fyllt av stora balar med tunna tyger. Mjuka som en smekning, i alla spektrumets färger och nyanser däremellan, mötte väktardelegationen när de steg in i lokalen. Det hade inte varit lätt att ta sig dit. Stigen var full av rötter, blöt och lerig denna tid på året och så smal att grenar slog dem i ansiktet och kvistar drog dem i håret där de gick under buskträden. I lagerrummet väntade fabriksägaren som försökte se lugn ut men avslöjades av diskreta muskelryckningar vid höger ögonvrå.

– Underbart vackert, suckade någon estetiskt lagd väktare.

– Som en regnbåge, hördes en annan säga.

– Med ett lager av den här storleken går affärerna inte alldeles lysande, konstaterade en mer sakligt inställd person. Jag misstänker att du behöver fler kunder.

– Varför erbjuder ni inte Världsstyrelsen era varor undrade Pio. Lagligt och lugnt, ni kan till och med ha fabriken synlig. Det kan bli att ni får mindre betalt per meter tyg men marknaden blir betydligt större. Det kan bli en del formalia med äganderätten la hon till, men jag har sett era hem och ni har inte blivit rika på att sälja till jordens skurkar. De kan omöjligt vara tillräckligt många.

Till Obygden och Flo

Från högsommarvärme till snålblåst. Zivvel småsprang huttrade mot växthuset uppe på höjden. Luften doftade av brinnande ved. Sotiga, bruna, grå och kakifärgade tält stod tätt utefter stigen och hon fick erbjudande minst var tionde meter att endera komma in och värma sig hos någon skäggig karl alternativt att värma honom i stället. Hon försökte le mot vänster och höger där hon skyndade fram.

Att få rykte om sig att vara högfärdig här i Obygden ledde enbart till busvisslingar och krokben. Längre fram, halvvägs upp mot växthuset samlades en tät klunga mindre chevalereska män. Hon spände musklerna och gjorde sig beredd att slå sig igenom. Pio insisterade på att de skulle öva självförsvar dagligen, kroppen var vältränad och stark. Men den där gruppen växte snabbt till något som riskerade bli alltför övermäktig för henne.

Som en man vände flocken ryggen åt henne. Hon hade kommit tillräckligt nära, för att höra karlarnas högljudda protester. Två män med yvigt hår och skägg blev synliga mitt i skocken. Kum och Vela. På något sätt ordnade de en öppning mitt på stigen. Zivvel vässade armbågarna och trängde sig fram så hon hamnade emellan dem. Kum lade beskyddande armen om henne och efter en kort tvekan gjorde Vela detsamma. De fortsatte vägen upp med snabba steg. Gruppen som bildat klunga muttrade och hötte med nävarna på var sida om dem.

– Vid istäcket, ska ni era praktrövar få alla läckra kvinnor? var det mildaste som frästes efter dem.

– Du är efterlängtad, hälsade Flo henne, när Zivvel andfådd steg in i huset. De välkomnande orden motsvarades inte av Flos ansikte med hopknipna läppar. Kramen Zivvel fått när hon kommit hit på besök före resan till Galtar uteblev.

Flo hade skickat meddelande efter meddelande om att säsongen för sådd startat. Zivvel visste att hon borde rest hem tidigare från Pio och Oros. Medvetet eller omedvetet läste hon fel i tidtabellen, och lyckades missa flygtrafikens ordinarie avgång för det kvartalet.

Det gick så långt att hennes enheter tog slut. Bakom disken i kantinen hade en person stått och skakat på huvudet.

– Den där kakan ingår inte i grundutbudet, du får endast plocka i högra änden av disken där hyllorna har gul markering.

Zivvel la huvudet på sned och tittade bedjande på personalpersonen. Just den här sortens kaka ville gommen ha. Helt oemottaglig för hennes charm föreslog han att hon fick lov att komma in till köket och diska. De råkade vara en person kort på grund av sjukdom. Om hon ställde upp på det räckte förtjänsten till ytterligare två kakor.

Grundutbudet av mat var både rikligt och vällagat men kryddat enligt traktens tradition. Zivvel tog gärna ett skift i köket när det behövdes. Då fick hon mat som bättre passade hennes smaklökar. En dag fick hon assistera Lexie i tygfabriken. Man får kontrollera kompensationsenhetssaldot hela tiden om man är tvungen att nöja sig med arbete ett par timmar här och ett par timmar där, upptäckte hon.

Pio tyckte inte det minsta synd om henne när hon gnällde. Men Pio konstaterade samtidigt att Världsstyrelsen hade lyckats när folk tyckte sig ha råd att klaga på maten. Hon framförde även en del åsikter om bortskämda ungdomar.

Till slut förbarmade sig tygfabrikanten över henne och ordnade plats på en fraktskuta. Det hade varit riktigt bekvämt att ligga ovanpå tygbalarna, med doft av nyvävt tyg i näsan, till nästa hamn. Där fick hon möjlighet att borda ett passagerarskepp tillbaka till Nordvästra sektorn.

Arbetskamrater

Senvåren och försommaren försvann i samma hysteriska takt som alltid. Sådder, sticklingar, utsättning av späda plantor, noggranna anteckningar om vad som tog sig bra, väder och temperatur. Zivvel hade oroat sig för hur det skulle bli att ha en chef över sig, hon gillade att bestämma själv. Flo visade sig vara en diplomatisk ledare som hellre tog en resonerade diskussion om hur arbetet skulle läggas upp än pekade med hela handen. Kum och Vela kom med småroliga anordningar nästan dagligen. Ibland snabbade manickerna på arbetet och männen utnyttjade tiden som skapades till att busa och berätta historier. Första dagarna fick hon lika ont i mellangärdet som efter skrattfesten hos Perje. Flo tittade in i växthusen ibland och visade med händerna att de borde lugna ner sig.

– Tycker du att vi arbetar för snabbt, Vela låtsades gå iväg och la armarna i kors.

– Har du hört om den gången Vela segrade i ett lopp mot en fjällhare, han klarar inte att slå av på takten, då somnar han.

Flo skrattade medan hon föste tillbaka Vela till planteringsbänken. Zivvel torkade bort en tår ur ögonvrån.

– Var har ni fått era historier från, frågade hon ofta.

Kum brukade le, skaka på huvudet som svar och börja berätta en ny osannolik berättelse med honom och Vela i huvudrollerna.

– Har du hört om den gången Vela och jag bodde på Renrenta. Det är en ö nere i Sydöstra sektorn. Överkuckun där hade en dotter som blev förtjust i Vela. Hon erbjöd oss overaller av guldtyg bara han flyttade hem till henne. Den gången blev vi tvungna att fly på gatan fullmånen bildade över havet en molnfri natt.

– Egentligen var det ni som sålde overaller av guldtyg och när fullmånen gick i moln och gatan försvann stod väktarna där och väntade.

– Tror du mig inte? Vela! Förklara för henne att allt jag berättar är sant.

Kum låtsades få bråttom att hämta en låda. Sista stycket av Zivvels version låg obehagligt nära sanningen.

De bodde nere i Obygden, avsides vid ena kanten. Ingen av dem ville prata om hur de hamnat bland "de utstötta". Det var något konstigt med Vela, han stod emellanåt och pratade intensivt med någon som ingen annan kunde se. Ibland försvann han. Kom han inte snabbt tillbaka ursäktade Kum sig och gick iväg och letade efter honom. För det mesta var bröderna tillbaka samma dag, Kum sammanbiten och Vela skamsen med smutsiga kläder.

Sensommaren det året blev het. Snötäcket bland bergen ovanför staden krympte. Marken blev bar på platser där jordytan inte synts på många år. Först tittade små gröna blad upp där snön försvann. Snart prunkade marken lila av tidiga violer. Den osynliga samtalspartnern kom oftare på besök. Kum slutade skämta, och blev mer bekymrad för varje dag som gick.

– Vela sover inte och det brukar vara ett dåligt tecken.

Eldsvåda

Larmet gick i sovmodulen. Röklukten låg tung över Obygden, så tät att luftreningssystemet inte klarade att filtrera bort den. Zivvel sprang ut på gården, brandröken stack i näsan. Solen skulle snart gå upp, man urskilde redan konturerna av växthusen runt gården. Hela bortre delen av Obygden brann. Zivvels hals drog ihop sig, där bodde Kum och Vela. Ovanför henne kom luftskepp farande, tungt lastade med brandtunnor. Motorerna som normalt gav ifrån sig ett knappt hörbart susande knirkade ansträngt. Ett skepp landade bakom henne. Ut hoppade väktare och botgivarpersonal. De sprang fram till Zivvel som hostade så hon var nära att kvävas. Hon fick en mask över ansiktet. Efter det hade hon inte tid att stå och oroa sig mer.

Bränder spred sig obehindrat där lägereldarna låg tätt. Oftast lyckades man begränsa dem till några tält, men det här utvecklades till att bli något riktigt stort. Tält, sängkläder till och med jorden hade blivit torr i det varma vädret. Elden fick bra fäste.

Ett av växthusen, just då tomt, inreddes som fältsjukhus. Brända, skadade fördes åt höger. Döda åt vänster och den raden förlängdes snabbast. Flo och Zivvel sprang ärenden, höll ängsliga skadade i handen, delade ut vatten, gav dem som förmådde äta, mat. Solen hann både stiga upp och gå ner innan branden var under kontroll. Ingen Kum, och ingen Vela, dök upp varken denna dag eller nästa.

Sorg

Brandhärden röjdes, man hittade brända kroppar och en av sista som identifierades var Vela.

Vart hade Kum tagit vägen?

Veckan efter branden kom han sammanbiten vandrande över fälten från norra Obygden på andra sidan Ultimapolis. Han passerade Zivvel där hon stod och vattnade utan att tala till henne. Hon misstänkte att han faktiskt inte la märke till omgivningen. Hon tog tag i honom, han ryckte till, blinkade mot henne och började mumla. Hon tog tag i hans händer och fick honom att se på henne och tala tydligare. Han visade upp sina handleder, såriga och gröngula av infektion. Vela hade sett till att få honom bunden hos en ”vän” i den andra obygden.

– De ville inte säga vad som hänt här. Det märktes att de hade blivit rädda. Har Vela till slut lyckats med något? Lever han?

Kum lyssnade tyst till Zivvels berättelse. Han drog en djup suck.

– Det måste bli så här förr eller senare. Jag har ärenden till Byblad4.

– Lova att du kommer tillbaka.

Han vände ryggen till och gick mot navet med hängande axlar och långa kliv.

Kums återkomst

Han kom tillbaka. Flo fiskade upp honom en vinterkväll när han raglade ut från en oansenlig illegal kantin. Han fick sova ruset av sig. Flo höjde sällan rösten, men hon var innehavare av ett rikt ordförråd. Kum utsattes för alla benämningar hon kände till, som beskrev hur obeskrivligt dumt han uppfört sig. Han sjönk ihop som en sommarblomma efter första frosten. Senare under dagen försökte han smita iväg igen. De båda kvinnorna i huset upptäckte hans manöver och la krokben för honom innan han hann fram till utgången. Gemensamt tryckte kvinnorna ner hans axlar mot golvet medan han tog sats för att ta sig upp.

– Vid alla försnörpade islarver och deras avkommor kan ni inte lämna en man och hans öde ifred …

Kum, liggande raklång på golvet såg så stukad och komisk ut att Zivvel började fnissa. Flo stämde in, och efter en stunds allt lamare protester skrattade Kum också. Den veckan fick Zivvel arbeta ensam långa stunder vid planteringsborden, medan Kum och Flo förde allvarliga samtal på kontoret.

Sakta återvände den gamle lättsamme Kum. En morgon när lärkan drillade högt ovan fälten, drog han på sig en ren overall och meddelade:

– Jag behöver göra några ärenden på byn. Jag blir nog borta några dagar. Han noterade sina kamraters oroliga ansiktsuttryck.

– Jag lovar, inga utsvävningar som går ut över min hälsa. Jag återkommer.

En studerande karl

Skidorna skrapade mot snön. Spåren vindlade runt bulliga stenbumlingar som stack upp genom det tunna snötäcket. Här var det inte frågan om hundra meter is ner till marken. Bergen i bakgrunden lyste vita bland gröna tallar. Pannlamporna lyste upp spåret framför dem och Zivvels lyste på Kums skidskor där han kasade på. Hon hade fortfarande svårt att vänja sig vid denna välkända men obekante Kum. En prydlig herre arbetade i växthuset en dag när hon kom in från fälten. Hon fick ta ett steg bakåt när hon förstod vem som stod och fyllde skottkärran med jord. Kum med välansat hår och skägg. Han höll sitt löfte. Han kom tillbaka utan att ha gjort några utsvävningar som gick ut över hans hälsa. En studerande karl, inskriven vid jordbruksinstitutionen i UP. Hon var tacksam att han var sig lik för övrigt och att han fortsatte berätta sina historier vid planteringsbänkarna.

– Du som är så väl informerad om både växter och melodramatisk romantik. Kum hade hållit upp en liten späd spenatplanta. Varför har du inte berättat den hjärteknipande historien om perennen som förälskade sig i en annuell?

– Det hade perennen inte så mycket för.

– Nej, annuellen hade mer gemensamt med biennen och valde den!

– Och båda fick sörja bittert när hösten kom. Zivvel undrade vad Kum höll på med. Melodramatiskt romantisk, hon. Där fick hon för att hon försökt bidra till trivseln med att berätta om Yin och Yao. Kum hade skrattat högt. Vela vände sig bort men hon hade hunnit se hans ansiktsuttryck och han såg inte ledsen ut.

– Nej, annuellen insåg att hon var begränsad och rymde till slut med perennen söderut och omvandlades till en perenn själv i sitt rätta klimat. Bra nu har jag lärt mig detta, ikväll läser jag in nästa lektion efter vår lilla rundtur i snöhäxans rike.

– Bara du inte få för dig att alla annueller kan bli perenna.

Några dagar efteråt kom han med en historia om att man aldrig kunde lita på elektroner, de bytte skal oftare än en kräfta.

– Jag tror inte på att kräftor byter skal. Har du tid att följa med mig på en tur i eftermiddag också? Så kan du förklara hur det skulle gå till.

Skidtur med Zivvel

Självklart följde han med på en tur. Hur skulle han kunna låta bli? Han föll för henne, när hon kom den där sena vårdagen, lika ohejdbart som laviner rinner nerför slänterna i hans gamla hembygd. Utan minsta tvekan gick hon rakt mot männen som ville angripa henne. Tillsammans med Vela rusade han ut som räddningspatrull. Det ryckte i högerarmen. Han ville lägga den om hennes axlar som han gjorde den gången. Inte tänka på det. För god för mig, en kvinna som nästan hade blivit väktare. Hon skulle bara veta, hon är besvärad över sina två stjärnor, jag har fyra utropstecken. Vad skulle hon tänka om mig om jag berättade det?

– Jag läste på, kräftor byter skal.

– Ömsar skal ja.

Vad höll han på med? Ta sig till hennes nivå? Försöka bli trädgårdsmästare! (Till sin förvåning gillade han att studera växter.) Vela var död, borta. Han hade svårt att bestämma vilken känsla som vägde tyngst, sorgen eller lättnaden över att bara rå sig själv. Han hade en kort stund trott att han var en fri man. Partnerutredaren hade småskrattat medan han pekade på skärmen med sitt krokiga finger. Herr Kum, den lille fjanten fick namnet att låta som en förolämpning. Herr Kum7235 fyra utropstecken, om nu någon partner mot förmodan skulle bortse från herrns förflutna så kan vi säkert godkänna ett förhållande eftersom herr Kum slarvat med sig, och inte är användbar till avel. Är herrns tilltänkta medveten om den detaljen?

– Du är så tyst idag. Har jag sagt något dumt?

Hon såg upp mot honom med stora oroliga ögon. Han hoppades att hon inte tolkade hans rodnade kinder som något annat än att de berodde på kylan. Inte avslöja några tankar! (De enda gånger du säger något dumt är när du pratar om den där döde Ada som det märkvärdigaste på jorden.)

– Jag är nog lite trött, jag satt uppe och läste till sent i natt. Jag måste anstränga mig för att nå upp till din och Flos nivå.

– Du är redan jättekunnig. Du kommer att läsa in kurserna snabbare än krassen gror.

De fortsatte skida på i långsam takt. Han hörde henne halvt om halvt harkla sig, skida på ett stycke, humma lite, så kom det.

– Jag skäms för att fråga men varför brände Vela ned Obygden? Du behöver inte svara om du inte vill.

– Han fick idéer som han måste genomföra. Det fanns inga

möjligheter att få honom att ta reson. Jag tror inte att han ville ställa till med någon katastrof. Han behövde antagligen energi och det finns inte så många andra möjligheter här i Obygden än att ta till eld. Primitivt.

– Du säger ibland att ni gjorde en massa dumheter du och Vela, var det här en sånt tillfälle?

Hon tittade åter upp mot honom med de där ögonen som han också älskade henne för. Här gällde det igen att inte röja något, han valde att vända huvudet åt ett annat håll. Visst förhördes han efter branden. Att Vela sett till att få honom bunden räddade honom från att få ett utropstecken till.

– Jag försökte mest hindra honom från att göra dumheter, men visst jag blev inblandad. (Inte ovilligt inblandad alltid, en del av Velas idéer var för galet komiska för att inte genomföras.)

Han sköt på med stavarna i sista nedförsbacken, hemma. De knäppte av sig skidorna. Hennes lilla gestalt lystes upp inifrån rummet när hon öppnade dörren till sin modul. Han ville följa med henne in i värmen, han ville …

Zivvel gick in till sitt. Hon var glad för Kum. För henne var det som hon fått tillbaka Oros. Till och med en ännu lite bättre Oros. Adas lugg flög igenom hennes medvetande, enbart luggen, vart hade hans ansikte tagit vägen?

Fler sovmoduler

I det stora stenhuset i Byblad2 där Världsstyrelsen hade sina lokaler befann sig en beigeklädd grupp med till synes synnerligen unga personer, även om en del gick stappligt och en av dem hade käpp. I samma rum satt några grågrönklädda med mätinstrument och stora ritningar framför sig på borden.

– Våra ambitioner att behålla Ultimapolis på en hanterlig nivå börjar bli svåra att upprätthålla. Våra kollegor i Östra sektorn projekterar ett större administrativt center men det kommer att ta något decennium innan det är i full funktion och vi har inte bostäder till alla, väktaren med käpp talade. Vi har ett förslag att tillfälligt utvidga den så kallade södra Obygden med ett antal sovmoduler och en mindre kantin. Som ni säkert känner till inträffade en större brand där förra sommaren. Vi har konstaterat att behovet av en reträttplats av typen slum minskar exponentiellt.

– Det här är långt ifrån från våra ursprungliga planer, protesterade någon.

– Det händer en del på hundra år. Obygden ingick inte heller i planerna. Om vi nu fick ett eldhärjat stycke mark, även om det berodde på av olyckliga omständigheter, ska vi utnyttja den, jag stöder förslaget sa en annan.

Kantinen kom på plats, en rad sovmoduler sattes ut på den avbrända ytan. Vägen upp till växthusen breddades och grusades. Nu gick man torrskodd genom området året runt. En del av de gamla invånarna hävdade att bosättningen förlorat sin själ och flyttade till norra Obygden bortom Byblad3.

– Titta vad nytt och fräscht, Zivvel bubblade på vid invigningen första dagen de steg in i sin nya kantin. Titta vilka fina bilder.

Hon stannade och fixerade blicken mot väggen.

– Rör de sig?

En grågrönklädd kvinna förklarade:

– Vi har kameror som övervakar vilda naturområden där inga människor får befinna sig, och vi tänkte att koka soppa på två morötter, övervakning och underhållning på samma gång.

Hittills hade folket i växthusen hämtat mat för värmning, en gång i veckan, i Byblad5 under bevakning. Ingen gav sig på Flo eller Zivvel om de behövde gå ut bland tälten, men att ta sig till grannbladets matservering flera gånger dagligen befarade vaktavdelningen vara ett alltför riskabelt företag. Åt gjorde de i en lokal utanför Flos kontor med stora fönster ut mot tältstaden. Kum, Zivvel och Flo satt gärna där även efter arbetet. De småpratade medan de betraktade lägereldarna och skuggfigurerna som rörde sig mellan dem. Då hände det till och med någon gång att Flo fick lust att avslöja att även hon hade ett förflutet. Hon berättade om sin barndom långt i norr där natten aldrig tog slut på vintern och dagen varade hela dygnet på sommaren.

– Hur hamnade du här?

– Det brukar vara en karl som lurar en att flytta. Flo skrattade.
– Han hette Oskr och var min far.

Ezedez baby

Ezedez tog kontakt. Hon borde varit färdig och legitimerad fertilitetcensor redan nu. En mindre detalj hindrade henne. Det föddes knappt några barn i den lilla byn där hon bodde. Hennes syster hade fått en pojke, närmaste grannen en flicka, och det hade kommit en liten för tidigt född i semesterbyn. Tre förlossningar räckte inte ansåg legitimationsutfärdarna. Fanns det möjlighet att komma och bo med Zivvel i den stora staden? Dessutom hade hon utsikter att specialisera sig ännu mer. Hon skulle ju tjänstgöra på en plats långt från annan medicinsk expertis. Zivvel tingade snabbt en av de nya modulerna till Ezedez.

Hon kom en vårkväll, lika rund om magen som när de träffades första gången. Zivvel rynkade pannan när hon mötte henne.

– Jag blev sugen, när höll min systers baby, ursäktade hon sig. Du inte ana skillnad mot föregående graviditeter. Jag vet finnas mat till mig och den lille. Jag vet hända saker nu också, men troligen vi överlever båda förlossning. Vågar vara glad. Enda bekymrar mig, bara fyra månader kvar han kommer. Tänkt jag jobba här i åtta.

– Vi hjälper dig, utbrast Zivvel och Kum i kör. De såg på varandra.

– Hoppsan skrattade de. De vände sig samtidigt mot Ezedez.

– Vi menar vad vi säger. Ögonen möttes igen.

– Vilket gammalt samspelt par vi har blivit.

Den lille kom på utsatt dag fem minuter före midnatt. Morgonen efter glittrade Obygden när solens strålar träffade iskristallerna från höstens första frost.

– Jag hoppas det inte blir temat för hans liv, att göra allt i sista minuten, bekymrade sig den stolte fadern via översättningsprogrammet.

Han hade kommit en månad tidigare med de äldre barnen. De skulle passa på att gå i skolan. Inte bara för att Ezedez längtade sig sjuk efter dem. Dumt att kasta bort möjligheten för barnen att bli duktiga i riksspråk. Ezedez brytning var fortfarande kraftig men översättningsprogrammet plockades sällan fram längre. Barnen lade sig snart till med stadens nasala och övertydliga sätt att uttala orden. En dag när lilla Zivvel kom hem från skolan förklarade hon att stora Zivvel talade bonnigt. Ezedez utbrott när hon hörde detta stod inte Ussis långt efter och lilla Zivvel krympte flera storlekar och dröp iväg. Mot kvällen kom hon smygande ut till Zivvel i växthuset och stack in ett kladdigt litet föremål i hennes hand. Zivvel hann fånga in henne, innan hon sprang iväg. Hon satte sig på en låda och tog lilla Zivvel i knät.

– Vi kan väl dela på godsaken? Både du och jag älskar choklad eller hur?

Ezedez fick någon vecka på sig att hämta sig efter förlossningen, Kum eller Zivvel följde barnen till skolan och hämtade dem. Den lille skulle ammas, modern kunde befinna sig i vilket som helst av stadens blad. Dagligen välsignade Zivvel att provisoriet till klätterställning upp från Byblad5 blivit ersatt med en begagnad hiss. Visserligen ranglig och knirkande, den precis som trappan. Hon letade efter något tecken som tydde på att hissen från hennes by satts upp här men hittade inget. Arbetet i växthusen försummades å det grövsta, Flo bekymrade sig.

– Jag skulle tycka det var roligt med ett eget litet flygskepp, men det är inte tillåtet för privatpersoner. Vi hjälper gärna din vän, men vi har arbete här också.

– I Galtar har de cyklar, funderade Zivvel, är det tillåtet?

Ett dygn senare stod en tvåhjuling utanför modulen.

– De ska ha fyra hjul, den där kan man inte åka på.

Kum visade åter upp oanade förmågor. Han kunde cykla, en vecka senare var även Zivvel så säker att hon vågade ta den lille med ända bort till andra änden av staden.

Allt kan genomföras med god vilja. Flo blev nöjd när de fortsatte arbetet långt in på kvällen. Babyn fick hänga med i en sele på magen.

De firade midvinterfest tillsammans med familjen. Obygdens

folk åt inte gärna i kantinen. De brukade smyga in mellan standardmåltiderna och hämta något att stoppa i sig vid den egna elden. Denna dag fanns inte ett ledigt bord. En tung odör av fuktiga kläder och vedrök blandades med dofterna från köket. Till och med några av dem som flyttat till Ultimapolis norra Obygd kom för att äta sig mätta. Familjen från Galtar grinade illa åt lutfisken.

– Gillar ni inte lutfisk blir ni tvungna att äta er mätta på tårta, retades Kum och åt upp barnens fiskportioner.

Högljudda skrovliga röster fick allas ögon att vända sig mot kantinens bortersta hörn. En späd liten flicka, klädd i en grov overall, minst tio nummer för stor, som kommit med gänget från andra obygden lyftes upp på bordet Hon sparkade och viftade med armarna. Kum lyfte på baken, beredd att rädda henne, tills han märkte att hon storskrattade. Två i hennes sällskap tog upp sina instrument. Hon pekade på sina musikanter en i taget, sen började hon sjunga.

Ezedez hann viska:

– Hon ser inte att ha gått ut skolan än, innan hela kantinen satt helt förtrollade av hennes röst.

– Nu är det eran tur, ropade hon och tog upp en sång som nästan alla kunde skråla, sjunga eller prata med i.

Flickans sällskap sköt ihop borden i mitten och skapade en fri yta.

– Lekända, hojtade flera manliga röster och kantinens lilla golv fylldes med dansande.

Musikerna spelade låtar Zivvel inte kände igen, på instrument hon aldrig sett förut. Men rytmen var välbekant och hon tvingade upp Kum medan familjen från Galtar storögda betraktade paret. Kum hade rytmkänsla, precis som hon känt på sig och hans ansikte lyste. Med Kums arm hakad i hennes var hon lycklig, hon älskade att dansa. Vad det var länge sen!

Ezedez make kryssade sig fram till musikerna i andra änden av rummet. Han verkade sjunga samtidigt som han klappade händerna. Till slut spelade mannen med ett stränginstrumentet en slinga, lågt att ingen annan än maken hörde. Han nickade, vände tillbaka till Ezedez, tog hennes hand, musikerna stämde upp. De bugade sig mot varandra, tog två korta steg mot den andre, backade, halvsprang hand i hand tre långa steg, Ezedez svängde runt under maken arm, började om på nytt. Något liknande hade få i lokalen sett.

– Det där ser ut som stenfåglarnas parningslek, kommenterade en rosslig stämma från bordet bredvid.

Ingen vågade sig upp och ta efter men de klarade att klappa den ovana takten och komma med uppmuntrande tillrop. Ezedez gjorde en sista piruett, musiken tystnade. Minuten efter hade sällskapet från den andra Obygden försvunnit.

– Den där unga kvinnan borde inte leva i den miljön, kan vi göra något? Zivvel och Ezedez bytte blickar.

– Vi hann inte prata med henne.

– Hon är född där, förklarade Kum, ingen skadar henne, hon är tuff. Det skulle inte bli roligt för er om ni kom och la er i.

Saknad

En kväll, inte långt efter Vinterfesten, satt Zivvel och tittade ner på knytet hon höll i famnen. Knytet grymtade till när hon gav det en extra tryckning, det öppnade ögonen men valde sen att fortsätta sova. Ezedez knäppte på sin platta var femte minut med skakiga händer. Hon hade svarat på alla frågor på examensprovet men tänk om hon missuppfattat?

– Jag tycker riksspråk svårt ibland.

– Jag nästan hoppas att du inte klarar dig. Det har varit härligt att ha er här så länge.

– Du är rolig **inte**, klagade Ezedez.

En stolt nybliven, legitimerad fertilitetcensor äntrade flygskeppet mot Galtar några dagar senare. Hon fick hjälp att lasta in bagage och barn, och med massor av kramar och löften om att snart ses igen stängdes luckan och skeppet surrade iväg.

Zivvel gick hem till Obygden, och kände sig tom. Det fattades något, hennes armar hade vant sig av med att vara fria. Jag gör det, bestämde hon och omedelbart för att inte börja tveka igen, skickade hon ett meddelade till Pio.

En blå vagga

– Kommer du ihåg? Kum hejdade sig, Zivvel såg inte ut att vara på humör för minnen. Han böjde sig fram över bordet och hindrade i sista stund sin impuls att lägga sin hand över hennes.

– Är du sjuk?

Blek och hålögd petade hon i frukostmaten.

– Jag är gravid.

Kum bröt sönder sin brödbit under tystnad, samlade sen smulorna i en hög framför sig.

– Hur gick det till? Jag har inte sett någon manlig individ i närheten av dig mer än mig själv och jag är inte skyldig. Inte för jag hade något emot det! Jag skämtar.

– Det handlar faktiskt om jungfrufödsel.

Skulle hon eller skulle hon inte berätta om Pio och Pios son?

– Du har till vana att inte vilja prata om var du kommer ifrån eller om hur du hamnade här. Hon kände sig retlig, kanske det berodde på illamåendet. Jag vill veta mer om dig, ett förtroende mot ett annat. Överenskommet?

– Jag ska tänka på saken, men det får bli i skidspåret i så fall.

Ett par veckor senare kom han med en blå vagga, dekorerad med snidade rosor.

– Tänk om jag och Vela har legat i den.

Mer fick hon inte ur honom.

En gammal bekant

Zivvel kom gående i tankar utanför paketutlämningen vid Ultimapolis lufthamn. Flo hade startat ett samarbete med en odlare i Nordvästra sektorn och lådan med fröer därifrån hade äntligen anlänt. Hennes drömmerier avbröts av några män i oljefläckade overaller som diskuterade med höga röster utanför ett rostigt luftskepp. Kände hon igen den ena rösten? Hon lyfte blicken, och där stod han, en av de stiligaste män hon någonsin sett. Skarpare skrattrynkor kring ögonen, lite högre hårfäste, men utan tvivel Perje. Hon tog ett steg i riktning mot honom, hejdade sig, tog ett steg tillbaka. Mannen Perje samtalade med fick syn på hennes manövrar.

– Om damen anser att vi stör, är det lätt att gå härifrån, han pekade mot utgången.

Perje tittade upp.

– Dig känner jag igen! Jag minns inte vad du heter, men du var duktig på att spika. Hans ansikte sprack upp och skrattrynkorna blev ännu djupare.

– Jag kan behöva din hjälp med den här skorven. Jag är säker på att du skulle svetsa ihop den här skadan, utan att komma med herr Zätas orimliga invändningar.

Han fick syn på den lilla putningen under Zivvels overall och höjde ögonbrynen.

– Den här damen skulle säkert göra jobbet dubbelt så fort till halva priset, men jag ser att hon är en aning indisponibel för tillfället. Jag får väl acceptera ditt hutlösa anbud.

Herr Zäta bugade sig mot henne.

– Jag får önska damen en angenäm eftermiddag.

Sen vände han sig till Perje.

– Jobbet är klart i morgon kväll, lagningen behöver tid att härda vad du än säger.

Hon blev inbjuden på en kopp te i den rostiga skorven. Doften av smörjfett stack i näsan. Hon tog sig fram med försiktiga steg mellan diverse sladdar och manicker mot en pall.

Vad roligt att träffa Perje igen. Han bodde fortfarande i sitt hus i kusin Marurs by. Han berättade att några föreslagit att man skulle resa en staty av Pio som byns välgörare, men andra hellre ville hylla Mary. Invånarna förmådde inte enas så det blev inget minnesmärke. Ingen av damerna eller Världsstyrelsen hade varit trakterade av idén hade han hört.

Själv levde han på att plocka upp smulor som ramlat ner från Världsstyrelsen bord. Han fick sin medborgarlön på det viset även tidigare men nu fick han tillfälle att krypa omkring under ett rejält mycket större bord. Han knep ihop läpparna, och nickade belåtet. Zivvel nämnde sitt geodesikprojekt, det fick honom att luta sig bakåt med uppspärrade ögon.

– Fanns du där? Jag tjänade många kompar på smulor därifrån.

Zivvel berättade om kusin Marurs sorgliga slut. Ingen i familjen hade råd att komma till begravningen.

– Han ville nog ligga i släktens krypta, hade Ussi påpekat, men eftersom den har åtskilliga meter snö ovanför sina sammanfallna väggar är det ingen idé att ens överväga saken. Den var svår nog att skotta fram när vi petade in morfar där, hade han tillagt.

Perje jobbar nog på gränsen för lagens vad lagen tillåter? Zivvel bestämde sig för att våga testa hur han reagerar på hennes två stjärnor.

– Sånt spelar ingen roll, du märkte kanske inte att jag hade ett chip? Jag gjorde några väl huvudlösa grejer i min grönaste ungdom. Har sina fördelar som jag ser det, blir jag kidnappad är jag lätt att hitta. Ta det inte så hårt, om jag förstod rätt när vi träffades förra gången är det växter som är ditt stora intresse och resor har du fått göra ändå.

Alldeles innan de tog farväl tog Perje fram sin platta och visade två små mörka barn med sneda ögon. Två pojkar, de bodde med sin mamma i Östra sektorn, bättre för barnen, varmare, han åkte dit så ofta han hade möjlighet.

– Tanken på dem gör att jag inte hoppar på alltför vilda affärer.

En ny medborgare

Luftfuktigheten fick svetten att rinna. Inte ens flugorna orkade irritera i värmen. Någon enstaka fågel skrek till från undervegetationen för övrigt var det tyst. Stora mörkvioletta moln tornade upp sig ovanför bergskammen i väster. Sandrin betraktade bekymrad sin dotter, som var femte minut blundade och andades in genom näsan och ut genom munnen, långsamt och regelbundet. Hon tog sats för att säga något men blev avbruten av Zivvel.

– Jag vet att du föredragit att du och Ezedez kom till Ultimapolis istället, men nu är jag här. Men jag önskar att det inte var så hett, det är som första gången jag kom hit. Vi hade svårt att sova för värmen. Vilken regnstorm det blev sen.

Som en kommentar till hennes påstående hördes ett djupt mullrande långt bortifrån. Ezedez lille sladdis kom tultande, han hade nyss lärt sig gå, och försökte krypa upp i knät på Zivvel. Han fångades upp av sin mor.

– Jag springer iväg med honom.

Hon viskade i lugnande i hans öra på det lokala språket medan hon gick iväg. På den korta stunden hon var borta hann vinden friska i. Sandrin fick hjälpa henne, båda fick ta i av alla krafter för att få igen dörren när hon återvände, medan Zivvel hejade på dem. Stormen lyfte nästan modulen. Med vinden kom regnet. Det rasslade från taket som om de hamnat i ett vattenfall. Ett våldsamt brak hördes, sprack berget som omgav byn? Det blev natt i rummet.

– Tur att jag sparar på allt, menade Ezedez medan hon famlade sig fram till hyllan där hennes gamla oljelampor stod.

Sandrin hällde upp tre glas fruktsaft i det flämtande skenet från veken. De småpratade och Zivvel hade tyckt det var mysigt om hon inte varit tvungen att göra sina andningsövningar allt tätare.

– Hur har du klarat det här så många gånger? frågade Zivvel frampå småtimmarna och vände sig utmattad mot Ezedez. Jag står snart inte ut längre. Så kom ännu en värk.

– Man glömmer, svarade Ezedez och Sandrin samtidigt. Du är helt öppen, snart har vi ett nytt litet pyre här.

De visste vad de pratade om jordemödrarna, fertilitetcensorerna, en kvart senare låg Zivvels lilla dotter i sin mammas famn. Samtidigt med hennes första skrik kom ljuset tillbaka.

Världens sötaste med en mörk kalufs som enligt Sandrin skulle ramla av.

– Glädjedödare, svarade Zivvel, utan att egentligen bry sig.

Hon halvsov mot kudden. Värmen från den lilla spreds genom hela kroppen. Flera gånger under graviditeten hade hon funderat över förnuftet i sitt beslut, men nu kändes allt helt rätt.

Tradition

Stormoderns kapell stod smyckat till fest. Den lilla gråhåriga kvinnan stod med sin stav framför statyn. Hennes ansikte lyste av tillfredsställelse. Hon var i hög grad missbelåten med att Ezedez gett sina barn utländska namn. Här kom en inflyttad familj som visste vad som var rätt och riktigt. Tänk om hennes man fått uppleva det här! Den ostämda orkestern spelade upp en fanfar, kvinnan lyfte sin stav och drog en sjungande harang på lokalspråket. Zivvel lyssnade efter namnet "Ezedez", då skulle hon gå fram, knäböja och hålla upp flickan mot stormodern. När hon lyfte den lilla log statyn sekundsnabbt, varmt och kärleksfullt. Jag måste se i syne, Zivvel drog efter andan. Den gamla drog en harang till. Orkestern spelade sin avslutande fanfar. Klart.

Zivvel och framför allt Sandrin hade varit tveksamma till ceremonin.

– Ett nytt samhälle utan en massa mossigt bagage var vad jag drömde om. Den nyblivna mormodern ställde sin tekopp på bordet med en smäll. Ezedez var lika bestämd på att om man inte fick sitt namn inför stormodern förde det otur med sig även för den person man uppkallades efter. Zivvel ville gärna ha en liten Ezedez när Ezedez hade en liten Zivvel. Hon gav med sig, hon tänkte som ofta inför stormodern i Galtar att det gjorde nog ingen skada.

– Men för att hålla isär er kallar vi henne för Dezin.

Farmor Pio

Pio skaffade biljett. Dezin skulle inte ens hinna bli en månad när hon kom. De hade prickat in födseln lagom till en av de sällsynta avgångarna från södra Sydöstra sektorn. I stället för Pio kom ett meddelande. Hon beklagade att hon inte fick komma till sitt barnbarn. Hon var förtvivlad. Oros och Lexie hade nedkommit med tvillingar. Lexie var sjuk, familjen behövde Pios omvårdnad. Hon skulle komma nästa gång det fanns en möjlighet. Oros skickade med en hälsning till sin lillasyster.

Zivvel reste hem till Obygden och fortsatte sitt arbete. Kum var nästan snabbare framme vid den blåmålade vaggan än den nyblivna modern när någon ville ha uppmärksamhet. Dezin log sitt första leende mot Zivvel, Kum fick det andra. Hon fyllde ett år, hon kunde säga mamma och Gu. Hon lärde sig gå. Flo uppskattade inte sin nya medarbetare.

– Ingenting blir färdigt i tid på det här viset. Ni får arbeta i varsitt skift. Men hur du ska bli färdig med dina studier Kum, när du tar hand om en annan mans barn förstår jag inte.

Farmor Pio planerade att hälsa på att fira Dezins andra födelsedag. I stället kom en stickad docka. En liten lapp i paketet där hon beklagade att hon inte mäktade komma till sitt barnbarn. Hon var förtvivlad. Oros och Lexie hade nedkommit med tvillingar. Igen. Lexie var sjuk, familjen behövde Pios omvårdnad. Hon skulle komma så snart det fanns möjlighet. Oros skickade med en hälsning till sin lillasyster.

– Hon förstår inte vad hon missar, Zivvel kramade Dezin hårt. Hon drog en djup suck för att trycket i bröstet skulle släppa. Dezin kastade dockan i golvet. Zivvel lät bli att ta upp den.

Apika

– Det är helt hopplöst. Flo dängde igen sin platta.

– Det har varit problem i flera år. Nu är det komplett omöjligt att få några svar från Marvo i Apika. Vi behöver nya frön från honom och resultatet av hans odling av vårt sortiment. Det är viktigt. Jag ville skicka Kum dit över men han är alldeles för upptagen med sina studier. Om inte du gått och fått barn Zivvel, skulle vi skickat dig.

– Vad är det som hindrar? Dezin reser gratis och brukar vara lätthanterlig?

Så blev det. Zivvel steg ur flygskeppet efter nästan ett dygns resa. Klockan var tolv på natten hemma, här var det sen eftermiddag. Solen lyste på ett taggigt och resligt berg som tornade upp sig över ett kuperat landskap. Bakom henne låg flyghamnen på en hög vall som sträckte sig ända bort till horisonten. Hon hade läst på om Apika under resan hit. Det här hade varit en otroligt tättbefolkad region en gång. Allt material från gamla hopfallna hus som området hittills inte lyckats återanvända samlades i vallar för att öppna odlingsmark för dagens människor. Längre bort på den upphöjda delen såg hon byggnader med rykande skorstenar. Nedanför på vägen kom en jättestor självkörande vagn. Hon hade läst om dem också, men aldrig sett någon. I Ultimapolis med smala vägar och korta avstånd fanns det inte behov av stora transporterare.

Hon blev visad vägen till Marvo och med Dezin i sin bärstol på ryggen travade hon på. Huset eller ladan hon vandrade mot syntes som en obetydlig kub långt bort bland de milt gröna kullarna. Utefter vägen låg enorma fält med halvhög majs, nyss uppkomna bönor och pumpor. Just pumporna intresserade Flo. Hon försökte få fram sorter som inte krävde så stor mängd värme för att hinna mogna. Zivvels funderingar gällde mer hur man skulle kunna utnyttja de långa dagarna längre norrut. Fanns det möjlighet att ta ut flera skördar? Värmen skulle säkert räcka till i domerna hemma i hennes gamla by.

Det surrade entonigt ifrån fälten. Hon spanade efter insekter men dem hon hittade orkade omöjligt frambringa ett läte med den ljudstyrkan. Hon hörde hur brummandet blev högre och vände ner blicken mot marken. Fram emellan majsstänglarna tittade en knallröd dammig mekanisk sak, stor som en spade utan skaft, pep till och vände tillbaka. En automatisk jordluckrare. Hon hann se en fyra fem till innan hon kom fram.

Hon njöt, Dezin sov, hon fick vara i fred med sina tankar. En precis lagom varm eftermiddag. Vinden fläktade svagt, små vita molntussar prydde himlen. Förutom surrandet var det lika fridfullt som uppe på glaciären om våren.

Grinden till ägorna vaktades av en tandlös, rynkig, kraftigt solbränd gubbe i sliten solhatt. Han pekade ut en person långt ut på ett fält som Marvo. Hon följde en ljust brun plogfåra fram till honom och hoppades att hon inte skulle vricka foten mot jordkokorna under vägen. Storodlaren Marvo studerade henne en lång stund med rynkad panna när hon presenterat sig, och påpekade sedan tämligen syrligt att det hade varit bra om de hört av sig innan hon kom.

– Jag reste hit just för att det är fullkomligt omöjligt att nå dig genom att skicka meddelanden. Flo har försökt både skriftligt och med talfunktionen i flera veckor.

– Det förklarar en del, svarade han, jag har tyckt det är konstigt att ingen av er jag samarbetar med har hört av sig. Jag får felanmäla min platta. Men när Zivvel senare, efter att skrivit in Marvos utfall av deras fröer, försökte skicka resultatet till Flo gick inga meddelanden fram trots flera försök.

– Jag tror inte att det är fel på båda plattorna.

– Konstigt att styrelsen inte gör något åt det! Han ryckte på axlarna. Men jag har aldrig märkt några problem att kontakta folk inom regionen.

Andra dagen

Dezin vaknade tidigt nästa morgon. För tidigt mumlade Zivvel retligt, innan hon påminde sig att hemma i UP var klockan redan efter middagstid. De tog sig till kantinen där de fick trängas med alla som skulle äta frukost innan arbetet. Hela kantinen engagerade sig och hjälpte dem till en ledig plats. En man ordnade fram en barnstol till Dezin. Zivvels morgonirritation löstes upp helt och hållet. Hon kunde inte vara grinig när hon möttes av sådan välvilja.

Hon gjorde ett nytt försök att skicka iväg resultatet av Marvos undersökningar hem till Flo, och denna morgon fungerade det. Hackigt visserligen, och hon måste starta om ett par gånger men hon fick till och med svar. Dezin kluckade till av skratt, Zivvel tittade upp och noterade att en rödhårig kvinna vid bordet bredvid gjorde sitt bästa för att roa henne. Zivvel tryckte iväg ett sista sänd och vände sig mot kvinnan för att tacka för att hon kunnat ägna sig ostört åt plattan men hon verkade att smält bort utan att ens lämna efter sig en fuktfläck.

De vandrade tillbaka ut till Marvos odlingar. Zivvel njöt lika intensivt av promenaden som under gårdagen. Solen värmde över det gröna landskapet, Dezin hade roligt, ropade och pekade när jordluckrarna tittade fram vid vägkanten. Marvo hade plockat fram de data han inte haft tillgång till dagen innan och var även han på bättre humör.

– Jag tycker inte om överraskningar, förklarade han. Men jag tycker om att få ansikten på dem jag samarbetar med.

Nöjda med dagen så långt tog de sig tillbaka till Apika by för en ledig eftermiddag. De måste stanna i Apika två nätter innan det gick något skepp tillbaka Här låg alla sovmoduler med trädgårdar! placerade i två långa rader på ytterkanterna med de allmänna byggnaderna i mitten. En bred gata utefter modulerna på östra sidan, en smalare väg på västsidan. De kryssade sig fram mellan människorna utefter den bredaste vägen, Dezin sov i bärselen och Zivvel studerade husen. Oros intresse hade fått henne att se på arkitektur som något spännande och inte enbart andra delar av världens konstiga sätt att få tak över huvudet. Alla husen mellan modulerna hade fasader av huggen sten precis som Världsstyrelsens hus i UP. Kom den idén härifrån?

En grön gräsklädd yta omgiven av höga träd tog vid efter sista byggnaden. Apikas stolthet, deras stora park strax utanför byn. De satte sig på en bänk och tittade sig omkring. Ett tiotal småbarn lekte ett stycke ifrån dem. En ung flicka och en äldre herre i toppiga gröna mössor med tofsar rörde sig runt skaran. De kunde väl inte vara föräldrar till allihop? Dezin, nyvaken ställde sig med ett stadigt tag om Zivvels ben och tittade långt efter barnen. Mannen som vaktade småttingarna kom klivande med långa steg emot dem. Han satte sig på huk framför Dezin.

– Du ser ut som du vill leka med barnen, sa han med ett stort varmt leende. Han vände sig mot Zivvel:

– Är det du som skulle lämna in ditt barn till lekverksamheten? Det är jag som är Arne.

Zivvel fick förklarat för sig att de tog hand om barnen medan föräldrarna jobbade.

– Hur fick någon för sig att föräldrar skulle ta med sig barnen till arbetet? De flesta fabriker är synnerligen olämpliga lekplatser, sa herrn ironiskt, det har förekommit olyckor.

Vilken fantastiskt bra idé! Det hade gått bra att ha Dezin med i växthuset, så länge hon var så liten att det gick ha henne i vaggan eller i en sele på ryggen.

På det viset hade hon burit Ezedez lille sladdis hans första månader i livet. Naivt trodde hon att så enkelt skulle det fortsätta att vara. Dezin visade tidigt, att om hon inte fick springa omkring som hon ville hade hon både röstresurser och andra knep att ta till. Det går utmärkt att förklara för sin mor vad man önskar även innan man lärt sig tala. En påse frö kan räcka många timmar om trädgårdsmästaren blir avbruten hela tiden. Arbetet fungerade bättre när hon och Kum tvingades gå skift om varandra. De försökte arbeta ihop ändå så ofta det gick. Båda saknade att dra skrönor för den andra. Zivvel kunde skratta åt Kums historier så tårarna rann och hon blev allt duktigare på att skapa små bus som han inte genomskådade förrän det var för sent. Som den gången hon lurade honom att sagogrynen hon lagt i blöt var grodägg och han gick och väntade på ett de skulle kläckas. Han bar ut dem i solen varje morgon för att de skulle få värme … Grynen möglade till slut. Hon nästan ångrade sig när han visade upp sitt besvikna ansikte.

Flo sa inte mycket. Även en vuxen kan uttrycka sin irritation utan ord.

Zivvels hjärta befann sig ofta i halsgropen, det fanns giftiga växter och tunga saker som riskerade välta över små kroppar. Hon mindes tydligt hur hon själv avskytt att bli placerad i en stålbur ibland, ända upp i sjuårsåldern.

Dezin lekte nära de andra barnen i parken, medan hon höll noggrann kontroll att Zivvel stannade på sin bänk. En efter en hämtades någon av de små. Mot kvällningen satt Zivvel och Dezin ensamma kvar.

De vandrade sakta tillbaka mot sin sovmodul, Dezin ville undersöka allt efter vägen. De stod och tittade på en ovanligt stor myra när någon puttade omkull Zivvel. Hon föll mjukt som hon lärt sig och blev mest häpen.

– Åh, förlåt, förlåt, ropade en person högt.

Sedan viskade hon mellan tänderna, ”snälla spela med”.

– Oh, du blöder, förlåt, jag ska visa dig till botgivarhuset. Jag är läkare.

En ung rödhårig kvinna lyfte upp Dezin som konstigt nog inte protesterade, tog Zivvel under armen och drog iväg mot ett av de mindre enheterna bland de allmänna byggnaderna. Där inne blev Zivvels knappt skrapade hand noggrant tvättad och fick ett stort bandage. Hon var så förvånad över behandlingen att hon inte kom sig för att säga ifrån.

– För säkerhets skull ska jag se om vi kan kontrollera att ingenting är brutet i handen. Hon föstes halvvägs upp i korridoren, parkerades utanför en halvöppen dörr. Inifrån rummet hördes förtvivlade kvidanden den halva minut de stod där, Zivvel blev helt stel, och spände öronen, Dezins mun började darra.

– Tyvärr är apparaten upptagen kan du komma igen i morgon om du har ont fortfarande? Jag är förtvivlad, hon som kallade sig doktor fortsatte att basunera ut sin skam högt och ljudligt. Hon föste ut dem från mottagningen. Precis innan hon stängde dörren om dem smög hon in en noggrant hopvikt lapp under förbandet.

Ute på vägen igen blev Zivvel alldeles skakig. Vad handlade det här om? En uppenbart upprörd kvinna, läkare? Hennes overall var mörkgrön så det borde stämma. Stoppade hon in ett meddelande i bandaget? En person, troligtvis man, i svåra plågor. Vad hamnar jag i det här? Var det samma kvinna som roat Dezin under morgonmålet?

Dezin behövde kvällsmat, nattblöja och godnattsaga. Efter det blev det äntligen tid att läsa vad som stod på lappen.

”Jag tror patient med ont i magen är väktare med brist på väktarmedicin. Jag får inte tillkalla hjälp. Kan du? Jag råkade se din platta.”

Råkade se din platta! Zivvel tittade på den. Det behövdes ett tränat öga för att se att hon ägde en väktarplatta. Två stjärnor betyder: avstängd från väktarnas nätverk. Skämtade hon med mig?

Konstigt nog står det inte att jag ska svälja lappen efter att jag läst den. Hon försökte kontakta Pio men uppkopplingen krånglade självklart. Det var på grund av krånglande kommunikationer hon befann sig på den här platsen. Hon undertryckte en rysning, tänk om de inte kom med på resan hem i morgon. Men den stackars mannen som kved. Av vilken anledning ville man inte att han skulle få hjälp?

Om han var väktare ledde brist på de ”medicinska framstegen” till döden. Pio tog sina tabletter och kakor med nästan löjlig noggrannhet. Hon räknade minuter inte timmar. Zivvel försökte med plattan flera gånger till under kvällen. Underligt att bara meddelandefunktionen inte fungerade, hon kunde läsa sin roman, och se film om hon ville utan problem.

Hon hade svårt att somna. Stackars man. Avlyssningssystemet! Gick det att använda? Hon befann sig någonstans mellan Nordöstra och Sydöstra sektorn. Satt man och ropade på M:Gamma och M:Delta kanske någon skulle reagera. Sagt och gjort, i den här modulen fanns ett bord, stolen fick rum ovanpå skivan, hon ställde hela bygget där hon trodde hon skulle höras bäst. Rimligen satt mikrofonen i närheten av högtalaren vid dörren. Hon svepte in sig i sitt täcke med plattan i knät. I en timme skulle hon sitta och ”åkalla” hur fånig hon än kände sig.

Övervakare

”Hjälp, M:Gamma, M:Delta, hjälp, M:Gamma, M:Delta, hjälp, M:Gamma, M:Delta …”

– Det är något fel i området kring 20 latituden, D:Delta, uppmärksammade M:Delta, det är där vår försvunne väktare sist hördes av. Det är någon som ropar på oss. Det går fram svagt men det har hållit på i 50 minuter Ska vi se vad det handlar om?

– Är det någon som vill busa blir den lagom skrämd av att vi svarar.

– Personen har en proppad väktarplatta, konstigt … Jag kommer inte igenom den vanliga vägen, får jag tillstånd att öppna? Vi kan ju låsa igen vid behov.

Kontakt

Femtiofem minuter gick. Zivvel hals började bli raspig, innan plattan tändes. D:Delta här vad vill du? Med darrande fingrar skrev hon: väktare i nöd? Och visade lappen. Efter det hände inget mer på en outhärdligt lång stund. Det var verkligen inte bekvämt att sitta uppallad mot väggen. Nu blev stolen ännu hårdare. Zivvel passade på att klättra ner. Hon tittade på loggen efteråt. Det hade ändå inte gått mer än två minuter. Plattan övergick till tal i stället.

– M:Delta här. Vi tar ditt meddelande på stort allvar. Var vänlig säkra din identitet. På rösten lät det som en barsk äldre kvinna talade.

– Jaha du, det är inte enbart din släkting som försökt komma åt oss via övervakningssystemet, skrattade rösten när hela proceduren klarats av. Berätta varför du är i Apika och vad som hände idag. Zivvel drog sin historia, och fick flera följdfrågor. Fanns det någon detalj som inte var för liten för att vrida och vändas på?

– Du har varit till stor hjälp för oss, avslutade rösten samtalet. D:Delta låter din platta förbli opluggad tills vidare, hon behöver en del koordinater för att hitta problemet med anslutningarna. Ha en trevligt hemresa.

Sängfösare

De steg ombord nästa morgon utan äventyr. Dezin kvittrade, Zivvel hade inte fått många timmars sömn men med en glad unge klarade hon dagen ändå. Att anslutningen, när det bytte skepp, var försenad var ett utståbart mindre obehag. De fick ingen förklaring annat än att fartyget inte kommit iväg från Ultima i tid. De spanade ut över flyghamnen, äntligen landade det skepp som skulle vända med dem ombord.

– Där har vi orsaken, jag har inte sett så många väktare och soldater på en gång i hela mitt liv, konstaterade mannen som stod bredvid Zivvel och Dezin.

– Titta, de går direkt till förbindelsen mot Apika! Märkte du något upplopp där i morse.

Mannen vände sig mot Zivvel.

– Förlåt, jag lade märke till dig på resan hit.

Han slog handen mot pannan.

– Jag heter Usidor.

De praktiserade ett konstigt sätt att hälsa i den här delen av världen. En riktigt belevad person använde båda händerna. Man hade förklarat att på det sättet visade man att man var obeväpnad. Snabbt slog hon ihop handflatorna framför näsan för att inte verka ohyfsad, nej allting föreföll lugnt när hon åkte. Hon samlade ihop Dezin och bagaget för de fick äntligen gå ombord.

Med Dezin nattad satte hon sig en stund och blundade i fåtöljen utanför sovhytten.

– Får jag bjuda damen på en sängfösare?

Mannen från Apika stod bredvid henne. Hur kom han hit? Förrummet var helt tomt när hon kom ut ur hytten. En genomsnittlig man, utan några direkta kännetecken. Mellanbrunt hår, medellängd, normalviktig, lätt böjd näsa. Om någon bett henne beskriva honom efter deras korta möte i vänthallen hade det varit omöjligt. Hon gjorde en gest mot andra sidan bordet. Han trollade fram en flaska ur en bröstficka, hällde upp något i en bägare och sköt fram den mot henne. Vätskan luktade kompost, hon låtsades smutta på den. Han fick prata på, han verkade nöja sig med hennes enstaviga kommentarer. Efter att artigt ha lyssnat på honom en kort stund, ursäktade hon sig och gick in till kojen.

I Ultimapolis regnade det när de anlände nästa morgon. Kum mötte dem, Dezins skratt pärlade. Hon sträckte upp armarna för att bli buren.

– Åh Kum, du anar inte vad jag varit med om, Zivvel var lika glad som Dezin att se honom. Om det slutar regna kan vi väl ta en tur runt Obygden så jag får berätta.

Besök

– Jag fick ett meddelande att vi har en besökare borta vid gränsen mot femman. Kan någon av er se vad det rör sig om.

Flo tittade ut från kontoret.

Mannen från Apika stod stel som en istapp med en grupp ”utstötta” omkring sig. Han sken upp när invånarna från växthuset anlände. Han log som om han träffade på sedan länge saknade vänner.

– Men där är hon ju, den förtjusande modern från min resa hit. Jag kan inte glömma denna charmanta kvinna och fick tips om att jag hade chansen att träffa henne här. Jag ser att jag måste rädda henne från den här avfallshögen. Betrakta mig som en sagornas hjälte, min dam.

Någon av de utstötta gav upp ett föraktfullt frustande. Kum knep ihop läpparna. Zivvel bjöd smickrad besökaren upp till huset.

– En så fantastiskt trevlig gentleman, sa Flo entusiastiskt när han gick. Du har fått en beundrare. Ta vara på honom.

– Låt inte så missunnsam, fortsatte hon när Kum kallade Usidor lycksökare, du är bara avundsjuk, unna nu Zivvel lite kärlek.

Zivvel tittade efter honom när han vände på hälen. Hörde hon honom säga att han unnade sig själv en smula av den varan?

Uppvaktning

Kum undrade: Hur har den mannen tid och råd att fara mellan kontinenterna på det där viset? Han verkar inte ha ont av tidsskillnaden heller. Den där konfekten du får varje gång kostar mer än en månads medborgarlön. Något är skumt.

Han överlämnade en bukett med pappersblommor var gång han kom på besök och när han åkte.

– Ditt hår liknar spunnet socker, dina blå ögon himlen. Du är så smärt i din overall. Vilken väluppfostrad liten flicka du kämpar med att uppfostra alldeles ensam.

Han tog hennes hand och började tala om hennes mjuka, nätta små tassar tills hans tumme hakade upp sig på hennes största och strävaste valk.

Ibland gick det någon månad mellan besöken och då saknade hon att bli firad. Så småningom började hon ändå känna igen, och bli trött på, både blommor och konfekt. Och när han inte strödde komplimanger över henne resonerade han rätt så tråkigt. Efter ett par år ville han besöka henne då hon redan planerat att hälsa på sina föräldrar. Zivvel meddelade att hon skulle vara upptagen på annan ort. Han följde efter henne till Galtar.

Sommarfest i UP

Zivvel släppte ner krukorna i tvätthon med ett plask. Allra sista plantorna av de förgrodda på plats på fälten. Extrapersonalen hade gått hem till sina tält för flera timmar sen. Flo var mycket noga med att inga utplanteringsväxter fick vara kvar i växthuset när Sommarfesten gick av stapeln. Inga växter och allt rengjort och sopat. Då kunde hon ju varit här och hjälp till, tänkte Zivvel irriterad.

Zivvel kunde sköta sommarröjningen som straff för att hon anlände så sent från södern ansåg Flo, visserligen skrattande, första året Zivvel jobbade för henne. Tydligen blev det en tradition efter den gången. Zivvel misstänkte att hon ännu inte var förlåten för att hon stannat så länge hos Oros och Pio. Normalt hjälpte Kum henne och tillsammans gjorde de städningen till en fest. I år hade han ett examensarbete som tog all hans tid och lite till.

Hon kastade en blick ner mot tälten och fick syn på Kum på väg in i sin modul, och sände en snabb fråga om hon fick skicka ner Dezin. I år slog UP på stort och ordnade en sommarfest efter modell isbyarna. Kum hade byggt en smältbox åt Dezin med ljud utöver de vanliga. Hon rusade fram och tillbaka mellan sovmodulen och växthuset och tjatade hål i huvudet på Zivvel att bli klar någon gång, rädd att missa allt det roliga. Zivvel ville helst sträcka ut sig på en säng och sova till frosten kom.

Med Dezin ur vägen, sopade hon av golvet, krukorna kunde hon tvätta imorgon förmiddag. Vad Flo inte visste hade hon inte ont av. En snabb dusch, ren overall och de var på väg till navet i UP. De var sena, Kum skjutsade sina båda damer på växthusets tjänstecykel, tills det inte gick att kryssa mellan alla gående längre. Dezin hoppade av otålighet i hisskön, rädd att Herr-hål i isen redan smälts ner. Hon behövde inte vara orolig, en tre meter hög isman väntade på dem.

– Har de använt färgat vatten? I flera olika lager?

Gubben var nästan för fin, tyckte Zivvel. En så stilig isskulptur kan man väl inte smälta ned! Startskottet gick och oljudet var många gånger värre än i Isbyn. Dezin var stolt, hon gick så rak att ryggen lutade bakåt, hennes smältbox hade träffat gubbens mage och gjort en stor håla. Zivvel i sin tur längtade efter att dansa, hon hade inte virvlat runt sen Vinterfesten för flera år sedan då Ezedez bodde i UP. De gick runt och studerade matutbudet. Alla UP:s sju kantiner hade satt upp stånd och alla serverade grönkålspaj.

– Då fick vi roligare mat i Isbyn, menade Zivvel och längtade efter vida vita vidder.

Medan de åt sina pajer uppträdde en gycklargrupp för barnen. Zivvel spanade efter Ader men ingen av skådespelarna liknade henne. Under tiden hann orkestern börja spela. Zivvel krokade arm med Kum som drog sig undan.

– Jag hinner inte. Måste hem och jobba med studierna. Nästa år. Jag lämnar kvar cykeln år er.

Besviken

Dezin fick papper och kritor nästa morgon medan Zivvel gick över till växthuset för att skura krukor. Flo stod med händerna i sidorna och neddragna mungipor.

– Om du inte gått och fått barn Zivvel skulle du hunnit färdigt igår. Och varför kommer inte den trevlige mannen och hälsar på längre, har du misskött honom också? Jag väntade mig mer av dig när jag önskade ha dig som kollega.

Zivvel brydde sig inte om att svara. Flo tålde inte Dezin. Usidor var besviken på henne efter Galtar. Hon saknade inte honom men hon saknade hans presenter och komplimanger. Det var så länge sedan hon fick smaka hans bjudkonfekt att hon glömt hur trött hon var på den.

Hon tog hand om krukorna och mindes den där gången Ussi

sparkade lådor mot henne. Pappa hade i alla fall bättrat sig. Hon ville verkligen dansa med Kum igår. Han kunde väl offrat sig för en enda dans. Varför sved det i bröstet? På grund av Flo? Usidor? Kum? Vilken trist avslutning på en ovanligt slitig vår.

Hon satte sig i morgonsolen och tog en titt på plattan. Två nya meddelanden. Sandrin var på väg och ville dela sovmodul. Hon behövde fräscha upp sina kunskaper och längtade efter Dezin. Inte efter mig, tänkte Zivvel. Det hjälpte inte upp humöret. Det andra meddelandet från Usidor. Just idag! Ber om ursäkt för sitt beteende i Galtar. Det var väl jag som var ointresserad. Hälsa på i Apika? Varför inte? Växthuset är stängt ett par veckor. Flo är sur. Jag har enheter, jag har inte varit ute och rest på länge. Sandrin kan få rå om Dezin helt själv. Kum har annat att göra än att umgås med mig.

Intensifierad uppvaktning

Usidor hade tröttnat, han fick tänka ut en ny strategi. Att hålla henne på halster visade sig bärkraftigt. Det fick henne att äntligen nappa på hans flera gånger upprepade inbjudan att besöka honom i Apika.

Efter den misslyckade utfärden till Galtar bestämde han sig. Där hittade han ett ställe med en person som uppskattade honom på riktigt. Tråkigt att denna person hunnit lämna den barnafödande åldern. Hon hade sinne för humor och visste hur en man önskade bli behandlad.

Måste du bo i den där byn, hade han undrat. Stanna här vid stranden med tillsammans mig. Låt dina föräldrar ta hand om ungen. Hon valde ynglet …

Zivvel var långt ifrån hans idealkvinna, åt det magra hållet och präktig. Men en god mor. En egen familj. Hans skulle bli något alldeles extra om han fick styra. Hans tidigare försök till familjebildning föredrog han att gömma djupt inne i minnets skräpkammare.

Det fanns en film, en överdrivet känslofylld film som hans förra partner hade tvingat honom att se gång på gång. Paret i filmen badade i ett vattenfall. Borta vid bergets fot fanns ett riktigt fint fall, absolut tillräckligt för hans behov. När han kom på att han kunde använda filmhistorien som manus för Zivvels visit visste han att skulle lyckas.

Veckan hon besökte honom gav han henne sin fulla uppmärksamhet. Filmen började med en romantisk utflykt där paret red på hästar. Han gjorde ett avtal med en kusk i närheten som fortfarande skötte om ett par överåriga kusar från tiden man använde hästskjutsar för att frakta varor.

Det syntes att hon var riktigt rädd under ridturen, och hon påstod att det kändes tryggt att han höll i grimman. Medan hans vän hjälpte henne ner från hästen passade han på att ta ett extra varv i snabbt trav runt dem. En man bland män. Första uppgiften avklarad med beröm godkänt.

Minst en transportör passerade dagligen både Apika och det stora berget. Han visste var de saktade in så man fick tillfälle att hoppa upp på eller ta sig ner från flaket. Väl barnsligt, sånt brukade han syssla med innan tonåren. Men nöden har ingen lag och Zivvel verkade tycka att det var ett äventyr. Bra, för det skulle bli fler utflykter av den arten.

För att komma fram till fallet fotvandrade de sista biten genom skogen. Hon gick outhärdligt långsamt och såg upp mot trädkronorna.

– Vad vackert solskenet silas genom löven.

Vad skulle han svara? Det var så det såg ut i skogar när solen sken. Till slut kom de fram, varma och svettiga, slängde av sig kläderna och duschade i fallet. Usidor förbannade världens alla insekter när de blev tvungna att plocka bort några blodsugare från benen efter doppet. Zivvel skrattade och tycktes nöjd. Hon är tåligare än min förra, tänkte Usidor lättad. Det där riskerade att gå riktigt illa.

Han hade i förväg sett ut en plats på klippan ovanför med utsikt över dammen. Kvinnor brukade uppskatta sånt som glittrade i solen. Först efter en stund vågade han slappna av men då smakade hans medhavda små bröd med inbakade grönsaker extra bra. Festlig utflyktsmat dagen till ära. Andra dagen godkänd.

De följde med en annan transportör till havet. Zivvel kommenterade storleken på åkrarna, stora, och kvaliteten på majsen, hög. Usidor visste inte vad han skulle svara nu heller. Han försökte byta samtalsämne till senaste matchen han men fick enstaviga svar och fler kommentarer om grödan. Pumpor kallade hon det som växte utefter den delen av vägen. Han visste hur pumpor såg ut men här fanns bara stora blad.

Havet beundrade de i alla fall gemensamt. De vadade vid stranden, ingen av dem kunde simma. Usidor gjorde sitt bästa för att undvika Zivvels skvättande. I sista minuten märkte han att Zivvel inte skrattat på en stund, då plaskade han på så åtminstone hon blev helt genomvåt. Varför ville någon blöta ner sig med kallt vatten på det där viset? Usidor gjorde en notering i huvudet, behöver jag göra om det här måste jag lära mig simma först. Det framstod, på film i alla fall, mer spännande än att kasta vatten omkring sig på det här viset. Tredje dagen tveksamt godkänd.

De njöt av utsikten över solnedgången tätt ihop tre kvällar. Den fjärde satte han ut ett bord under ett träd i Apikas park, hängde upp en platta på en gren som spelade musik. Han serverade en överdådig måltid från kantinen. Filmens frieri memorerade han replik för replik. Zivvel gick med på att flytta ihop. Usidor gav sig själv en klapp på axeln, tänk att det gick så lätt och relativt billigt dessutom. Full pott. Den där ungen hon drogs med förmådde han nog bli av med tids nog.

Nytt spännande liv

Zivvel upplevde hela resan som ett underbart upptåg och trodde sig vara förälskad. Det började bli svårare och svårare att frammana Adas bild i huvudet. Tänk om de inte passade ihop alls om de lyckts äta sig in till kärnhuset. Kum störde minnet, det var hans varma ögon, hans leende när han fick henne att skratta som hon såg när hon ansträngde sig för att drömma om Ada.

Farväl till UP

– Du behöver väl inte hämta flickan med en gång, jag vill gärna ha dig för mig själv ett tag, vädjade Usidor. En vecka klarade hon. Zivvel ordnade jobb hos storodlaren Marvo, hon hörde efter om Dezin fick leka med barnen i parken medan hon själv arbetade. Sen hämtade hon sin dotter.

– Är det verkligen det här du vill? undrade Kum.

Hans ansikte var så sorgset att Zivvel hade svårt att känna igen honom. Min allra bäste vän. Hon försökte ge honom en kram men han drog sig undan.

– Jag kommer att sakna Dezin, svarade han när hon konfronterade honom.

Både jag och Dezin kommer att sakna dig ville hon svara. En antydan till tvivel stack upp i medvetandet. Gör jag något dumt som flyttar? Till Usidor? Tvivlet petades snabbt tillbaka.

– Förstår, du ville inte ens ge mig en enda dans på Sommarfesten.

Hon vände ryggen åt honom och klev iväg med långa steg.

Bosatt i Apika

Marvos odlingar låg utanför själva byn. Första tillfället hon var där, den där gången för några år sedan, njöt hon av promenaden. Nu blev det stressigt att gå den långa vägen dit och hem varje dag. Hon fick låna en tvåhjuling. Tack Kum för att du lärde mig cykla.

Personalen försökte få henne att plantera lök med rotsidan upp.

– Men det har ni fått om bakfoten, så ska man göra i Sydsektorerna på andra sidan ekvatorn. Inte konstigt att vi från isen måste skicka matstöd hit när ni beter er så galet.

– Du kan svara för dig du.

Munhuggas och småtjata, trevligt men hon saknade att hitta på historier tillsammans med Kum.

Det hände rätt ofta att hon längtade hem till sin kalla nord. Marvos ägor var varmare än hon riktigt trivdes med.. Hon kom hem varje dag, gråsvart i pannan efter att ha torkat bort svetten med jordiga händer.

Dezin bubblade hela vägen från barnpassningen om vad barnen lekt. Hur hon och de andra den dagen busat med Arne. Zivvel var lycklig över att Dezin fått kamrater. Barn födda i Obygden flyttade oftast snabbt till bättre omgivningar. Att slå sig ner i Apika var ändå rätt beslut.

Usidor överräckte högtidligt en blomsterbukett var femte dag. Äkta blommor inte papper. Zivvel borrade ner näsan bland blommorna, kände sig älskad och uppskattad. Däremellan kom han hem med frukt och praliner.

– Det är en kärleksgåva till dig, muttrade han när hon delade med sig till Dezin. Själv ville han aldrig smaka. Han vände ryggen till och mumlade om spindlar och hur de måste ge honan en inslagen fluga att äta för att inte bli spindelhonans middag själv.

Efter att hon en gång till och med gett hela frukten till dottern slutade han komma med ätliga presenter.

Dokumentär

En kväll när Dezin blivit lagd satt Zivvel tillbakalutad och bläddrade bland dokumentärerna på sin platta. Usidor hade gått iväg för att titta på hur hans favoritlag utklassade sina motståndare, som han sa. Hon spärrade upp ögonen, där låg ett reportage från Galtar. Kamerabilden panorerade över färgglada moduler och ut över havet. Den zoomade in hur vågorna sköljde mot den grusiga stranden. En reporter stod vid klippan hon suttit på när hon återsåg Ezedez. Hon blev varm i hjärtat, och höjde ljudet. Hon blev tvungen att luta sig närmare skärmen, ifrågasattes återhämtningsanläggningen? Skulle den hota harmonin i samhället? Kala blev intervjuad, han försökte slå bort kritiken. Hon kände honom tillräckligt väl för att se hur han ansträngde sig för att behålla humöret.

Kameran fokuserade därefter på reportern i närbild, som sänkte rösten: ”Och nu mina vänner ska ni få se vad som döljer sig i utkanten av området”. Bilden visade hur de trängde sig igenom ett stort buskage. En bit bort låg ett primitivt hus utan väggar, med bara trädstammar som hörnstolpar, och med vasstak. Små ljuspunkter anades under taket. En illegal bar!

Reportern snattrade upprörd på men Zivvel hörde inte längre vad han sa medan kameran fördes mot baren. En kvinna med overallen uppknäppt halvvägs till midjan stod bakom disken och serverade något i små muggar. Det kunde väl inte vara Marta? Zivvel lyfte skärmen så nära ögonen det gick utan att hon förlorade synskärpan. Storlek, kroppsform, ansikte stämde!

Vet mina föräldrar om det här? Hon tryckte på paus, hon försökte få kontakt med Galtar men uppkopplingen krånglade som alltid. Zivvel förlorade intresset men fortsatte pliktskyldigt att titta. Under återstoden av reportaget gick teamet omkring på stranden och lät semesterfirare uttala sig. En familj berättade, med stora leenden, att i deras by avstod alla en del av lönen till en allmän semesterkassa. Zivvel lutade sig tungt tillbaka på kudden efter att programmet tagit slut.

Hennes vänner i Galtar var stolta över sin anläggning. Vad skulle de leva på om de inte hade den? Hon gjorde ett nytt försök att kontakta sin föräldrar. Det spelade ingen roll om hon slog in koden mjukt och försiktigt eller tog i så fingertopparna ömmade, förbindelsen var död. Usidor kom hem och undrade varför hon såg så nedslagen ut.

– Jasså, känner du Marta, kommenterade han efter att hon förklarat. Jag hälsade på vid hennes bar några gånger, när du föredrog byn. Riktigt bra specialvatten. Han sken upp vid minnet, hon såg hur han rätade på ryggen, men han slocknade igen när han möttes av Zivvels min. Han ryckte på axlarna.

– Se inte så förskräckt ut, ibland är du osympatiskt laglydig. Du har inte frågat hur det gick för mitt lag.

Usidors Galtar

I minnet tog sig Usidor tillbaka till Martas lilla bar. Ensam och övergiven, Zivvel ville som vanligt tillbringa natten med dottern i byn. Han som uppvaktat henne intensivt och med ett nedslående ynkligt gensvar. Enligt hans ursprungliga kalkyler, och tidigare erfarenheter borde hon bete sig som en lydig hund vid det här laget.

Han trängde sig igenom ett buskage, lossade en tagg från ärmen innan han tvekande smög fram mot ljuset. Utrymmet under vasstaket lystes upp av små kulörta oljelampor vars lågor flämtade i den varma fuktiga brisen. På håll såg han att det satt några mörka siluetter framme vid baren. Den disiga luften hindrade sikten, stjärnhimlen här var en blek avbild av Apikas nattliga skådespel. Vad hade han i denna delen av världen att göra.

Väl framme möttes han av en äldre kurvig kvinna bakom disken. Med ett stort leende erbjöd hon honom tre alternativ; Tångruskan, Skaparens välsignelse och Galtar special. Hon tittade honom forskande djupt in i ögonen, ruskade på brösten i sin djupa urringning, och frågade med låg röst, fortfarande stort leende: ”Hur ska du betala? Jag kan inte ta vanliga enheter som du förstår.” Kunden bredvid honom viftade med en sovmodulkupong. Usidors irritation ökade, han hade varken enheter eller något annat betalningsmedel. ”Jag bjuder på en Galtar special, jag kan bjuda på en till i morgon, men bara om du klarar att dricka kvällens på tid. Jag har ett timglas.”

Han hade lyckats undertrycka kräkreflexerna. Han intog drinken på utmätt tid. Han fick en citron för att bli av med eftersmaken och han mådde som en spinnande puma efter en stund. All irritation över Zivvels uteblivna gensvar blåste bort med fläktarna från havet. Flera andra förhoppningsfulla försökte sig på Galtarspecialen, men de som lyckades dricka den utan att kasta upp, hann inte få ner allt innan sanden i timglaset runnit ner.

Nästa kväll var han tillbaka. Övriga bargäster stod förväntansfulla runt honom, skulle han klara drinken en gång till? Marta tillhandahöll naturligtvis ett timglas där sanden rann snabbare: ”Det blir roligare så” Han lyckades undertrycka kräkreflexerna även den här kvällen. Han intog drinken på utmätt tid. Åskådarna applåderade och tjöt av skratt när Marta retfullt tog ett steg bakåt när han kastade sig mot citronen hon höll i handen.

Ryktet spred sig, tredje kvällen skockades folk kring baren

och Usidor hälsades med hurrarop. Rak i ryggen med bestämda steg gick han fram till disken. Marta ägde inget tredje timglas, hon fyllde muggen med en extra skvätt i stället. Usidor svepte drycken. Han kände hur den åkte hiss mellan magen och halsen tills den bestämde sig för att stanna på nedersta våningen. Han ansträngde sig för att värdigt sträcka sig efter citronen. Det välsignade lugnet spred sig genom hans kropp.

Fjärde och sista kvällen innan hemresan blev han tvungen att kryssa sig fram mellan åskådarna. ”Du är bra för mina affärer, skrockade Marta, snart är mitt lager tömt om det ska hålla på så här. Usidor fick sin Special, övriga gäster klappade taktfast händerna och ropade: Usidor, Usidor medan han tömde muggen i välavvägda portioner. Han önskade att den här stunden aldrig skulle ta slut. Där och då bestämde han sig för att ändra taktik när det gällde Zivvel, hon skulle få trängta och längta.

Familjeliv

– Vi är vuxna nog att bilda familj med en gång, du är godkänd och jag också. Vi behöver inte vänta på några formaliteter.

Usidor suckade när Zivvel insisterade på att vänta tills partnerutredarna sagt sitt.

Han blev grinig och hårdhänt tills han en dag visade upp sin platta.

– Ser du, här är godkännandet! Din platta fungerar dåligt här, det är säkert därför du inte fått något.

Nästa dag dök han upp med en hel korg med körsbär och visade inte någon irritation när Dezin fick vara med och kalasa.

– Det tar sig inte bättre för att du är på mig varenda kväll, försökte Zivvel lugna ner honom, jag måste få sova ibland också.

– Du är bara så underbar, jag kan inte tygla mig.

Han tyglade sig ofta innan godkännandet tänkte hon, men onödigt att bråka.

Zivvel blev gravid, Usidor var överlycklig.

– Men vi håller det för oss själva så länge. Man ska inte utmana ödet.

Nya grannar

De blev tilldelade en familjemodul.

– Nu hade ni tur! Vi har just fått ett återbud från några som var på väg att flytta hit! Det är inte alla som dyker upp så oväntat som Damen Zivvel och dotter.

I grannmodulen bodde ett annat nyss inflyttat par.

– Du Oros och hans väktarfru besökte?

Det tog en stund innan Zivvels hjärna kände igen dialekten och förstod vad kvinnan i grannmodulen frågade.

– Det var så länge sen att jag knappt minns det själv.

Tala inte med mig om Pio, tänkte hon. Först få mig till att göra henne till farmor och sen bara strunta i Dezin. Hon borde åtminstone tacka för bilderna …

– Ursäkt jag ber, arg du ser ut, inget illa jag menade, förlåt något olämpligt jag sagt.

– Arg? Inte på dig. Allt blev så konstigt.

Oros tyckte inte om att skriva och hörde sällan av sig, men det hade nog gått mer än två år sedan han ens svarade på Zivvels hälsningar. Terit bodde i UP2 numera. Att läsa hennes bakvända grammatik gick lättare än att lyssna till den.

– Död väktarfrun är, du inte vet? Hon inte kunde gå och sen hon borta var.

Zivvels knän sviktade, hon måste sätta sig. Hon hann inte se sig om utan landade med rumpan i kaktusrabatten framför modulen. Det gjorde ont och sved, och Usidor kom rusande.

– Nej, inte till botgivarstugan! Det här är ett jobb för en öknens man.

– Pio död, Oros borde väl bekvämat sig till att meddela det åtminstone.

Hon både grät och dunkade med händerna i madrassen under behandlingen. Usidor tog illa upp.

– Jag är skicklig och försiktig, vad skriker du för?

Maram, grannkvinnan kom förbi nästa dag och frågade om hur det gått med Zivvels bakdel.

– God vän med dem väldigt, du där länge var.

– Oros och jag växte upp tillsammans och Pio kom till vår by på ett uppdrag. Du sa att Pio var död?

– Hon först inte gå. När de andra tvillingarna kom hon inte längre själv äta. Folk förbannade blev, väktare tilläts fyra barn få. De hemligt flyttade. Jag vet säkert hon död är. Pålitlig person känner.

Mannen med den svarta mössan

Det tog ett par månader innan Usidor började visa irritation mot Dezin.

– Jag tänker att vi ska få vår egen batting, hur tror du att du ska klara två barn på en gång?

Han vände sig ifrån henne med en missnöjd min. Det hjälpte inte att hon påpekade att de flesta föräldrar hade fler än ett barn.

– De tycker bara om det ena av dem, det har jag erfarenhet av.

Dezin som sovit i egen säng sedan innan hon lärt sig gå kom på nätterna och ville ligga hos mamma. Hon var skräckslagen för mannen med svarta mössan.

– Är hon rädd för den, Usidor krökte på läpparna, hon måste ha ett svagt psyke.

Han medgav att han berättat om figuren för henne. Det är något som alla barn känner till här i vår region. Han spände ögonen i Dezin.

– Det är ett test, de ängsliga skickar vi till saltgruvorna. Han skrattade.

– Jag skämtar.

Skämtade han verkligen? Ibland visade han sidor som hon inte ville se. Hon mer anade än kände en klump i magen.

Dagen efter fick Dezin syn på mannen med svarta mössan bland träden. Han dök upp med allt tätare mellanrum, nästan varje dag. Oftast visade han sig bara för henne, någon enstaka gång också för ett annat av barnen, aldrig för Arne eller en annan vuxen. Dezin ville inte stanna i barngruppen. Zivvel fick tjata för att hon skulle klä på sig, hon klamrade sig fast när Zivvel måste lämna henne.

– Jag flyttar hem med henne, det här går inte.

– Så du ska ha en faderlös unge till som du inte klarar av. Ett barn behöver en far, se vilken nervös sak Dezin blivit.

– Är du rubbad på riktigt? Så lät det inte tidigare.

Zivvel blev medveten om klumpen i magen, men försökte tänka bort den.

Besök av Kum

Det var fortfarande helt omöjligt att få någon vettig ordning på kommunikationen över vattnet. Flo skickade över Kum till Marvo precis som hon sänt Zivvel några år tidigare.

Han hade tagit sin examen och Zivvel ville gratulera honom. Dezin vägrade släppa honom när de träffades.

– Jag vill åka hem.

Dezin grät. Kum försökte trösta. Zivvel förtvivlade. Klumpen i magen gick inte att ignorera längre.

– Låt ungen följa med kastraten, fräste Usidor.

Då förlorade han den lilla sympati Zivvel hade kvar för honom.

Dezin skrek och höll fast Kum med armar och ben när han skulle gå ombord på skeppet tillbaka till Ultimapolis. Hon försökte dra med Zivvel. Det gick inte att förklara att mamma inte hade någon biljett. Kum och Zivvel såg på varandra.

– Jag kan inte lämna henne här, sa Kum grumligt, hon går under.

Tårarna rann nerför kinderna på Zivvel. Klumpen i magen sa henne att han hade rätt.

Dezin fick följa med Kum till UP.

– Jag kommer så snart jag fått ihop till biljetten.

Hon sa inte högt: ”Klarar jag ett barn ensam kan jag klara två. Usidor går inte att leva med.”

Han väntade henne med utbredda armar och ett glatt leende när hon återvände till modulen. Zivvel vred sig ur hans famn och motstod med en viss självövervinnelse att strypa honom.

Hon gick över till Maram för att få lite tröst. Hon stirrade på Zivvel med öppen mun.

– Du onormal kvinna vara. Barn med man skicka. Du mycket betalt fått? Tur vi resa vidare ska. Jag på dig kräkas vill.

– Du inte Kum känna! Oj, var hon så upprörd själv att hon pratade baklänges.

Marams dörr smällde igen.

Vad mycket enklare livet var när hon bodde i UP. Och vad mycket roligare Kum var jämfört med Usidor.

Ny smekmånad?

I några veckor betedde sig Usidor som om de nyss flyttat ihop. Buketterna levererades regelbundet. Han kommenterade inte hennes löfte att resa hem så fort hon hade enheter.

– Vi har det bäst själva du och jag med vår egen lille batting. Zivvels hängande bortvända huvud verkade han inte lägga märke till.

Zivvel drabbades av missfall.

– Jag trodde du som klarat av ett havandeskap tidigare var en frisk och sund kvinna. Ska du börja bete dig som min förra partner? Hon lyckades inte slutföra ett enda av fem försök, sen stack jag.

Zivvel tog sig till botgivarstugan. Apikas fertilitetcensor anlade en högdragen min, medveten om att hon borde avbrutit Zivvels graviditet långt innan naturen gjorde det.

– Jag har försökt få kontakt med dig, har inte Usidor framfört det? Hur kunde du få för dig att bli gravid utan godkännande?

– Usidor påstod att vi hade tillstånd. Min platta fungerar dåligt här.

Fertilitetcensorn såg över glasögonen på Zivvel.

– Jag hoppas du inser att du har lierat dig med en icke godkänd man och jag kommer att ha dig under noggrann uppsikt.

– Jag kan lova dig att det inte riskerar att bli någon mer avkomma med den mannen för min del.

När Zivvel försvunnit satt censorn och stirrade rätt ut i rummet. Hon öppnade och stängde munnen några gånger innan hon mumlade för sig själv: Faster Auga blir inte farmor den här gången heller och det är tur för oss alla. Och jag har jobbet kvar, förlåt faster men din son är ingen bra person.

Motgångar

Zivvel återhämtade sig i modulen en dag. Det fick räcka, hon behövde tillbaka till jobbet och samla enheter för att åka hem till UP.

Cykelns framdäck var platt.

– Vid istäcket, muttrade hon, hängde kängorna över axeln och bytte till tunnare skor.

Hon vandrade mot Marvos med spänstiga steg, mer lättad än ledsen över att det inte blev något barn. Att han hade haft en partner tidigare, förnekade han när hon frågade Det kunde han ju få kvitta mot att hon vägrat tala om vem som var far till Dezin. Ingenting band henne på något sätt till Apika längre.

Storodlaren Marvo mötte henne vid grinden till handelsträdgården.

– Jag är hemskt ledsen, med tanke på vårt tidigare samarbete men jag kan inte låta dig arbeta på gården längre. Vi har full personalstyrka.

Han mötte inte hennes blick under hela ordflödet som lät inövat. Inbillade hon sig att han såg rädd ut?

Usidor varken ville eller hade medel att ge henne en biljett till Ultimapolis. Hans enheter gick åt till att betala av på lånet han tagit för att kunna uppvakta henne.

– Hur tror du att jag fick råd att resa fram och tillbaka på det där viset. Inte roligt att ha ont om enheter med tanke på hur hon snuvat honom på att bli far, fortsatte han irriterat.

Ögonblicket efter gav han henne en lätt puss på munnen, leende och omtänksam.

– Vi gör ett nytt försök när du blir passlig ingen, eller hur min egen lilla kissemiss.

Hon försökte nå sina föräldrar, möjligheterna att få kontakt utanför regionen var lika usla som tidigare. Tålamod Zivvel, du kommer härifrån, sa hon till sig själv. I värsta fall får jag lära mig simma. Vad är väl en ocean?

Hon tog för vana att varje morgon först gå till kommunhuset och fråga efter arbete, vad som helst.

– Kanske damen ska tala med botgivarna.

Vad var detta, hon var inte sjuk. Hon lämnade kontoret mer nedslagen för varje dag. Hon gick helst i ensamhet på stigarna bland kullarna runt byn. På krönet av kullarna försökte hon kontakta sina föräldrar och Flo, både via det allmänna och väktarnätverket. Hon fick ett meddelande strax efter att hon flyttat hit att M:Delta kopplade upp henne igen. Ibland lyste plattan till, hon hann börja hoppas, så slocknade skärmen. Ofta när Zivvel gick förbi botgivarstugan hade hon undrat hur det gick med den kvidande väktaren. Nu utan arbete fanns det en outsinlig källa av tid till att ta reda på saker.

En mörkhyad kvinna undrade vad hon kunde hjälpa till med. Ge mig en biljett hem, tänkte Zivvel.

– Jag söker en rödhårig läkare jag träffade här för några år sedan, svarade hon i stället.

– Du träffade nog doktor Alys. Hon fick en hög tjänst i regionen. Det är inte många som får en sådan chans, då har man visat framfötterna. Det handlade visst om något med en väktare. Jag arbetade inte här då, men jag har hört att det var rena kriget.

Kvinnan krökte på läpparna.

Zivvel gick hemåt med dröjande steg, utan att ha fått något svar.

I modulen möttes hon av en uppbragt Usidor.

– Du går inte till botgivarna, och får medicin som dödar mina barn, skrek han. Jag vet hur saker och ting fungerar. Du håller dig här i modulen, jag tar hem mat från kantinen. Jag har sett till att de inte släpper in dig där. Jag vill ha din platta, är du snäll kan du få ha den under mitt överinseende när jag är hemma.

Han sträckte fram handen för att hon skulle ge honom plattan. Hon vägrade, han försökte rycka åt sig den. Hon släppte inte. Han försökte slå till henne. Hon gav honom en armbåge i magen och ett knä i skrevet.

– Jag kan ännu fulare trick om du försöker dig på något liknande, du har ingen rätt att bestämma över mig.

– Din uppblåsta allvetare till iskvinna, jag ska …

Han gick stampande till dörren, smällde igen den efter sig. Han kunde inte ens ha hunnit gå det lilla stycket ut till vägen innan han kom tillbaka.

– Jag vill att vi ska vara vänner. Rösten var höjd två oktaver och han hade tårar i ögonen. Hon vände ryggen åt honom, helt tom i huvudet förutom en enda tanke: På något sätt ska jag komma härifrån …

Han smög försiktigt fram bakifrån och la armen om hennes axlar. Hon slog bort honom med en bestämd knuff med armbågen. Bakom ryggen hörde hon en snyftsuck och ett vädjande:

– Zivvel.

– Må ismannen ta dig, mumlade hon lågt mellan hårt hopbitna käkar.

De levde i ett slags väpnat eldupphör. Kantinpersonalen hade tryckt upp sig mot väggen när hon gått dit för att äta frukost dagen efter bråket. Likadant till lunch, det obehaget ville hon inte utsätta sig för en gång till. Då hade dessutom övriga matgäster tittat avvaktande på henne från borden runt omkring. Hon petade mest i maten han tog med sig hem till henne, det var inte bekvämt att sitta och äta i sängen.

Kläderna började hänga löst på henne igen. Han gjorde närmanden när hon sov. Ibland lyckades han komma skrämmande nära innan hon vaknade. Plattan vaktade hon som en hök, den kändes som hennes enda livlina till en normal tillvaro. Klumpen i magen hade växt sig så stor att den fyllde hela hennes värld.

Usidor försökte få med henne till tävlingar och matcher.

– Har jag någonsin varit intresserad?

– Jag var så ensam innan jag träffade dig.

Botgivarna i Apika

I botgivarstugan satt två kvinnor i mörkgröna kläder, fertilitetcensorn och doktorn över en kopp te under eftermiddagsrasten.

– Kvinnan Usidor tagit hit från andra sidan klotet. Hon måste få vård. Byborna oroar sig över att hon går omkring utan att arbeta. Kan hon ha blivit deprimerad av missfallet?

Fertilitetcensorn smackade fundersamt med tungan mot gommen.

– Hon skickade bort sin dotter innan, det är inte riktigt friskt. Flickan såg syner, Arne var riktigt bekymrad.

Doktorn nickade så eftertryckligt att hennes örhängen klirrade.

– Jag mötte ordföranden i byrådet igår, hon var också oroad. Kvinnan kommer nästan varje dag och frågar efter arbete. Ordföranden vågar inte konfrontera henne med att Usidor säger att hon vill förgifta folk i byn. Ingen sjukdomsinsikt alls.

– Konstigt, hon gav intryck av att vara rejäl till att börja med. Jag har förklarat för henne att hon och Usidor inte är kompatibla, kan det ha utlöst en psykos? Försöka få avkomma utan tillstånd! Tur att naturen ordnade det, hon knep ihop läpparna.

– Nog är det underligt, det är hon som är godkänd för avkomma, medan han är stoppad. Ibland undrar jag om de vet vad de gör de där utredarna.

Doktorns örhängen fortsatte klirra när hon ruskade på huvudet.

– Jag vet vem hans mor är, det är nog inte konstigt att han inte fick något certifikat. Jag ska berätta för dig någon gång när vi har gott om tid. (Men jag nämner inte att hans mor är min faster)

Fertilitetcensorn tog sin mugg för att resa sig.

– Vad ska vi göra med, är det Zivvel hon heter?

– Vi får se till att hon kommer med ordinarie transport till regionens sjukhus nästa vecka. Jag tror inte att det är mer bråttom. Hon går samma runda kring byn och stannar till på olika ställen på kullarna. Hon sitter där och tittar i sin platta, det verkar sjukt. Men ingen blir angripen. Jag skriver till hälsomyndigheten när jag får tid endera dagen. Så får det bli.

Hon placerade sin mugg med en resolut duns på diskbänken och örhängena klirrade till igen.

Vid lufthamnen

Lufthamnen ingick i hennes dagliga runda. Utan biljett var hon hindrad att komma in på området, att demonstrera sina förmågor att slåss verkade utsiktslöst. Hur bar man sig åt för att ta sig ombord som fripassagerare? Man hörde ibland skrönor om hur folk reste över kontinenter i lastutrymmet. För några dagar sedan hade hon fått syn på en trappa upp till hamnen bakom en gammal gisten lastbrygga. Om hon fick möjlighet att komma under lastbryggan då ingen såg på …

– Men är det inte min vän den kompetenta spikaren, sa en välbekant röst i hennes öra.

Zivvel började gråta.

– Jag måste härifrån. Men jag vet inte hur? Jag får inget jobb, jag har inga enheter till någon biljett.

Hon tryckte händerna mot munnen för att inte börja storskrika.

– En kompetent kvinna som du? Det kan jag aldrig tänka mig.

Zivvel samlade sig.

Hon berättade sin lidandeshistoria medan Perje ömsom suckade, ömsom skakade på huvudet.

– Smugglade människor brukar jag se som en alltför farlig last men ingen regel utan undantag. Samma tid, samma plats i morgon, jag ska se vad vi kan göra.

Ingen Perje visade sig nästa dag, trots att hon stod på plats långt innan flyghamnen öppnade. Först när mörkret fallit och ljudet av rasslande kättingar talade om att personalen låste grindarna gav hon upp och tog sig mot modulen. Axlarna hängde så det gjorde ont i ryggen men vem orkar räta på sig? Ett par mörka varelser fick henne att hoppa till i skumrasket.

– Här är hon, Usidor.

– Min stackars älskling, jag har varit så orolig. Någon påstod att du krupit ner i en flyttkartong och blivit inlastad som fraktgods. Det står en kartong bakom vår modul. Jag blev förfärligt rädd. Du valde att stanna hos mig, jag är så lycklig. Jag ska be att de fraktar bort kartongen det första jag kommer till arbetet i morgon.

– Snälla goda första skapare låt mig dö här på fläcken.

Hon måste sagt det högt för alla stirrade på henne när de kom in i skenet från en lykta.

– Jag är så lycklig upprepade han, du stannar hos mig.

Han gick till jobbet nästa morgon med ett brett flin i ansiktet. Hon funderade på om det var någon idé att någonsin stiga upp. Till slut tvingade hennes blåsa henne ur sängen. Usidor hade pratat om en låda. Låg någon sanning i påståendet? Hon gick ut bakom modulen. Där stod en kartong av största standardmodellen. I den låg en madrass, en kudde, täcke och en mindre vattenflaska. På sidan fanns en lapp med Flos adress. Vad hade hon att förlora på att krypa ner?

Som i trans svängde hon benet över kanten, drog över locket och kurade ihop sig.

Hon behövde inte vänta länge förrän lådan med innehåll blev uppslängd på en vagn. En stund senare rullade hon från sida till sida, innan hon hann ta ett rejält spjärn mot lådans väggar. Av ljuden utifrån drog hon slutsatsen att de befann sig vid lufthamnen.

– Försiktigt, fira upp lådan långsamt, hörde hon en mansröst som troligen var Perjes ropa, det är sköra saker nedpackade i den. Förstör inte min avans på den här resan. Plats? Du har gott om plats i det uppvärmda lastutrymmet. Jag betalar mellanskillnaden. Jag har gjort fina affärer här.

Slutet på resan

Ett dygn senare lastades hon av i Ultimapolis. Intorkad. Det hade varit varmt, plågsamt varmt i lastutrymmet.

– Min plan var att släppa dig lös vid omlastningen, men jag vågade inte. Du var efterlyst som kidnappad! Perje slet upp locket och försökte klappa om henne med ansiktet hopskrynklad, rösten bruten. Zivvel ville lugna honom. Hon stod ut med vilka strapatser som helst, bara hon blev befriad från Usidor, men hon fick inte ur sig annat än ett svagt stön. Hon hörde olika upprörda stämmor, sedan drogs hon på en bår till närmaste botgivarstuga.

Förhör

En stol skrapade mot golvet och hon ryckte till när den slog mot hennes brits. In i synfältet kom en väktare som samtidigt satte sig ner på stolen med ett knakade. Hon hade nyss vaknat upp så pass att botgivaren försökt få henne att dricka. En kanna med vätska och ett glas stod kvar på bordet bredvid henne. Vätskan smakade både honung och salt buljong och gav henne kväljningar. Hon noterade en slang från en behållare ovanför, instucken i hennes arm.

– Zivvel3883**. Vad är det för folk du umgås med? Vad har du gjort för att bli kidnappad? Din partner är förtvivlad och vill komma för att föra dig hem.

– Det här var enda sättet för mig att fly från honom.

Hon försökte lyfta överkroppen. Halsen kändes tjock och det var med möda hon fick fram orden.

– Dumheter, alla medborgare har rätt att resa vart de vill.

– Inte utan enheter.

– Vi har notationer att du betett dig hotfullt mot din arbetsgivare, att du haft idéer om att folk i kantinen ville förgifta dig, att du snurrat omkring vid Apikas lufthamn utan att ha något resebevis. Tycker damen att det tyder på att hon är en pålitlig medborgare? Det finns säkert en anledning till att hon har två stjärnor i sin personakt!

Vid istäcket, de där två stjärnorna. Huvudet ramlade tillbaka mot kudden.

– Det är inte sant.

Var det på det viset Usidor hade gjort henne arbetslös? Spritt lögner om henne. Hon hade trott att det var han som hotade folk men det här var ännu mer utstuderat. Väktaren lommade iväg, ivägkörd av botgivarpersonalen.

– Ser du inte att hon är för svag för att förhöras.

Hon tvingades dricka mer av den sötsalta vätskan och framåt kvällen skickades hon iväg. Ingen kunde hjälpa till med sovplats och hon fick inte lämna detta bladet. Däremot fick hon noggranna instruktioner att anmäla sig till vaktkontoret nästa dag.

Återseende

Zivvel behövde något i magen. Benen bar henne knappt. Det låg en kantin mitt emot botgivarstugan, hon stapplade uppför trappan och in. Doften av mat gjorde henne vimmelkantig. Välkända dofter. Det luktade hemma, kål och den eviga svaga underliggande doften av stekt fisk. Lycka, hon var utled på beska grönsaksröror som serverades till all mat i Apika. Hon höll på att plocka till sig en tallrik med stuvning när hon insåg att hon fick nöja sig med grundutbudet. En stor skål med het soppa, ångan från skålen kittlade både näsa och smaklökar.

Ett sällskap reste sig för att gå, men en person satt kvar. Det fanns inte många platser att välja på, hon slog sig ner vid det bordet. Ät nu sakta så du får behålla maten, förmanade hon sig själv. För att få sig att tugga långsamt studerade hon de övriga matgästerna. Den mörka kvinnan vid samma bord som Zivvel tycktes vagt bekant.

– Besökte vi inte Galtar tillsammans? frågade bordsgrannen efter en stund.

– Ader?

Av Aders min när hon tittade på henne gjorde Zivvel än mer medveten om att hon nog inte var sitt prydligaste jag.

– Jag skulle behöva en dusch och andra kläder, det har du rätt i.

I Apika var den ljusblå kortbyxoverallen utan ärmar, den hon en gång köpt i Galtar, alldeles lagom sval. Här såg den fånig ut. Hon tittade ner på sina bara armar, hon hade hönsskinn.

– Men du vet inte varför jag ser ut så här idag. Hur har du det själv?

Ader hade förändrats, en mager kopia av den Ader som Zivvel en gång känt. Hon var sjuk berättade hon. Riktigt sjuk. Zivvel ställde några vänliga frågor. Den värsta hungern var stillad och hon ville gärna glömma sitt eget elände för en stund. Slippa oroa sig för Perje, sitt dåliga samvete för Dezin. Slippa tänka på hur illa hon frös. Ader pratade på som om hon bara väntat på någon som orkade lyssna.

– Vad vi kände till lite om livet när vi vistades i Galtar! Ada dog i en av explosionerna, kommer du ihåg dem? Halva jag försvann med honom. Ögonen tårades. Jag har inte varit frisk sedan dess.

Zivvel hade inget annat att göra än att lyssna och flika in ett och annat ord för att visa att hon hörde på. Ada hade dött i den allra första bombexplosionen. Det beskedet orkade hon inte riktigt bry sig om idag. Ader grät och berättade. Hon torkade tårarna medan de gjorde ett och annat avbrott i samtalet för att hämta mer att äta. Ader drack te, och petade i sig enstaka salladsblad. Zivvel tömde hyllan med soppor. Övriga matgäster troppade av en efter en. Kantinen städades och förbereddes för nästa dags frukost. Till slut fick de en vänlig tillsägelse att vid denna tid sov hederliga medborgare. Zivvel blev tvungen att medge att hon inte visste hur hon skulle få en sovplats.

– Det finns plats på ett härbärge i Byblad3, Ader konsulterade sin platta.

– Vilket befinner jag mig i? Jag får inte lämna detta bladet.

Det slutade med att Zivvel fick sova på Aders golv. Ader stack till henne en liten påse nästa morgon.

– Det här är några underställ som jag fått tillbaka fel från tvätten. Jag gillar inte den modellen men den är väl bättre än ingenting hoppas jag.

Fortsatt förhör

På vaktkontoret blev hon visad in till en väktare som satt med Zivvels personakt framför sig.

– Du är stjärnmärkt, har du någon förklaring till det?

Det visste inte Zivvel hundraprocentigt men hon trodde att det hade att göra med kusin Marur och hennes pappas utflykt i samband med explosionerna.

– Låter inte helt rättvist.

Det vänliga konstaterandet kom som ett hugg i Zivvels bröst, hon försökte svälja gråten, tittade bort och höll andan.

– Det tycker inte du heller, ser jag, men det är inget jag kan göra något åt tyvärr. Berätta hur du har hamnat här.

Zivvel berättade. Usidors uppvaktning, hur smickrad hon känt sig. Hur det som han först prisat henne för sen blev hennes stora fel.

– Vad kallar man en sån som mig? Aningslös och godtrogen?

– Din partner vill att vi ska skicka tillbaka dig.

– Då vore jag tacksam om ni stoppar ner mig i en låda och fraktar mig i kylutrymmet.

– Det överlever du inte, väktaren tittade forskande på henne.

– Precis.

Väktaren gick ut och kom efter en stund tillbaka med en annan kvinna i mörkgrön overall.

– Vi har rapporter om att du är psykiskt instabil. Vi måste utreda det. Din partner hävdar att du ska behandlas där du bott senast, och det är i Apika.

Ett hopp tändes hos Zivvel.

– Kan ni inte meddela mannen som vill att jag ska komma tillbaka dit att jag på grund av min emotionella instabilitet har förlorat mitt godkännande som barnaföderska? Då lär han inte vilja ha hem mig. Jag har rätt att slå mig ner var jag vill inom Världsstyrelsens gränser och jag vill bo här. Där min dotter är.

Den mörkt grönklädda kvinnan presenterade sig som Erin.

– Du verkar inte psykiskt sjuk, men skenet kan bedra. Kom med så diskuterar vi saken.

Zivvel vandrade frampå dagen ut som en fri kvinna. Hon hade noga förhört sig om Perje, han borde få en medalj för räddning av medborgare. Hennes historia bekräftades av en inspelning från hans chip, informerade väktaren henne.

– Medborgare Perje är en man med talanger. Han talade mycket väl om dig. Jag är en stor beundrare av hans förmågor.

Utan platta kunde hon inte kontakta honom själv. Utan platta kunde hon inte kontakta någon. Hur skulle Dezin reagera när mamma dök upp utan förvarning? Hon blev svag i benen bara av tanken. Hon tog riktning mot Byblad och Obygden. I ögonvrån noterade hon att folk vände sig om efter henne. Helt fel årstid att skynda fram barbent och bararmad med lätta sommartofflor på fötterna.

Efterlängtad

En lång mager gestalt med håret som en maskrosboll kring huvudet stod mitt i vägen. Solen bländade henne men visst var det Kum? En liten människa klängde bakom hans ena ben. Var det Dezin? Hon skyndade på stegen ännu mer, det bubblade i magen, mest av glädje. Hon tappade ena tofflan, föll på knä och bredde ut armarna. Efter en kvartsminut i verkligheten, en evighet för Zivvel kastade sig Dezin i famnen på henne.

– Du krossar mig.

Zivvel lossade sitt grepp, Dezin tittade henne rakt i ögonen.

– Kum säger att mannen med den svarta mössan, inte kan komma hit från Apika. Är det säkert?

– Han är kvar där, jag lovar. Men han fanns inte på riktigt.

– Det gjorde han visst. Han kom fram bakom modulen när inte du var hemma. Han finns.

Hon stampade med foten.

– Jag tror faktiskt att någon gick in för att skrämma henne.

Kum la handen på Dezins kind. Hans milda ton fick Dezin att lugna ner sig.

– Han kommer inte hit, och skulle han göra det ska han få med mig att göra.

Kums röst fick en vass klang.

De vandrade mot Obygden. Zivvel bar på Dezin som inte ville sluta krama henne. Kum berättade att Flo fått en låda från Apika med ett täcke och en kudde i. De försökte få kontakt med Zivvel, men kommunikation med den byn var hopplös som vanligt. Till slut fick de pratat med Usidor, som skrek och grät och påstod att hans partner kidnappats.

– Jag vet inte hur jag ska kompensera Perje? Jag har just nu ingenting, varken bostad, jobb eller enheter. Det värsta är att jag inte fick med min platta.

– Oroa dig inte för Perje. Jag försökte betala för hans utlägg, det ville han inte höra talas om. Jag hade en annan sak, egentligen Velas, som han verkligen uppskattade. Han lovade att höra av sig nästa gång han kom till UP. Trevlig kille!

Hörde hon en ton av oro i rösten när han sa: trevlig kille?

– Vad bra, då får jag tacka honom själv. Berättade han att han har partner och barn i Östra sektorn?

Ett annat arbete

Flo hade inget arbete åt Zivvel.

– Att du skulle sabotera ditt liv genom att misslyckas med ditt förhållande med en sådan gentleman.

Hon bidrog i alla fall med ett par begagnade snart uttjänta overaller som fick vikas upp både i ben och armar. Med en av Kums livremmar blev de riktigt användbara.

Det fanns ingen sovmodul ledig. Dezin skulle inte må bra av att flyttas en gång till. Kum lämnade över sin. Han slog bort hennes frågor om hans nattläger med ett av sina skämt.

– Lilla damen nyfiken.

Zivvel tog jobb i kantinen. Hennes illasittande overall passade väl in bland utanförfolket. Dezin ville visa att Kum lärt henne gå på skidor. Zivvel letade upp en vinteroverall till sig som nästan var tillräckligt stor i lagret med begagnade kläder för medellösa Obygdsbor. Kum hittade ett par av hennes gamla kängor bortglömda i ett förråd. De tre hann ta några turer tidigt på morgonen på skaren innan solen förvandlade snön till en fuktig sörja. Zivvel försökte att låta bli att ens snegla på växthusen och fälten. Lyckligtvis fanns det rundor som utgick från Byblad5 bredvid Obygden. Kum tyckte det var pinsamt att han hade hennes gamla tjänst och hon arbetade i kantinen.

– Jag tror ingen, inte ens mina föräldrar, har gjort mer för mig än du. Hon fick en ingivelse att kasta sig i hans famn, men vad hade en sådan som hon att erbjuda.

Usidor avslöjad

Zivvel och Ader hade börjat träffas när Ader kom till UP en gång i månaden för att få behandling. Ader berättade gärna en saga. Zivvel var fortfarande lika storögt fascinerad av hennes förmåga att gestalta alla individers personlighet i historien. Man såg hela persongalleriet framför sig. Till ett av mötena kom Zivvel pirrigt upprörd och lite stolt över att också hon hade något att berätta. Hon hade upptäckt att Usidor iscensatt hela uppvaktningen i Apika efter en filmad gammaldags kärlekshistoria. Vad skulle inte Ader kunna göra av detta!

Den romantiska utflykten på hästryggen. Badet i vattenfallet. Huvudpersonernas simtur i havet. De förtrollande solnedgångarna. Paret i skildringen Usidor byggde sin uppvaktning på, hade femte kvällen i berättelsen, mötts på någon slags historisk kantin. Musikanter spelade medan paret åt, djupt försjunkna i varandras ögon. Hon måste erkänna att bordet under ett träd i Apikas park var riktigt påhittigt. Från Usidors platta spelades samma musik som i filmen. Zivvel kände till och med igen vissa repliker.

– Den har jag sorgligt nog kastat bort flera timmar av livet på, en fruktansvärt sentimental historia.

Ader spelade upp den med överdrivna gester till dess både hon och Zivvel låg dubbelvikta av skratt och Ader fick ett hostanfall som lät som hon skulle kvävas. Zivvel höll förtvivlat om Ader, hostan släppte, Ader tittade upp blek och tårögd.

– Puh, men du ska veta att mina värden har blivit allt bättre sen jag träffade dig, klämde hon fram med hes röst. Jag har till och med gått upp lite i vikt.

– Kan det vara för att du äter något annat än salladsblad numer?

Tacksamhet

Zivvel studerade sitt kompensationsenhetssaldo, nästan dagligen, innan hon gick av sitt pass. Det var mängder av saker hon behövde skaffa. Hon höll sig till grundsortimentet i kantinen, inget extra för hennes del. Dezin fick en och annan glass, ett barn skulle inte behöva lida för att modern villat bort sig i en snöstorm. Flos ena overall hade spruckit i baken, den andra hade stora hål på knäna. Hennes enheter räckte till en overall men då fick hon vänta ännu längre på en ny platta. Hon strosade fundersamt hemåt. En beigeklädd person vankade omkring utanför sovmodulen. Hjärtat for upp i halsgropen, det hade väl inte hänt Dezin något?

En tärd, mager man i en beige uniform som såg alldeles ny ut, slog båda händerna mot pannan vänd mot henne och frågade med Apikadialekt:

– Har jag den äran att tala med Zivvel?

Hjärtat kilade sig fast tätare mot halsen, hon fick svårt att andas. Skulle hon tvingas tillbaka till Apika?

– Jag ser att jag skräms, log han. Ett öppet trevligt leende trots att det fattades tänder både uppe och nere. Jag vet att damen har haft vissa svårigheter, det är bland annat därför jag är här. Får jag stiga på?

Något lugnad öppnade hon dörren och släppte in honom. Han tog med sig en stor kartong hon inte lagt märke till tidigare.

– Damen hade vad jag förstår en konversation med Deltorna för snart tre år sedan?

Zivvel nickade.

– Det var mig som hon larmade om, jag ville komma och framföra mitt djupt kända tack. Jag har inte varit i stånd att komma tidigare.

Han tystnade och såg långt bort.

– Jag passade på att ta med mig en del av damens tillhörigheter som hon lämnade i Apika.

Han gav henne lådan. Blicken fastnade när hon såg innehållet. Där låg hennes platta och hennes kläder, toalettartiklar, allt.

– Jag är så glörd, stammade hon, jag har undrat så om du klarade dig! Och mina grejer. Och min platta!

– D:Delta hälsar även hon och tackar, du får nog ett meddelande på skärmen med tiden, men tack vare att du gick omkring överallt i byn hela tiden och försökte få kontakt via väktarplattan lyckades hon lokalisera störsändaren. Jag befann mig i Apika för att vi fått indikationer på att den torde finnas där. Jag borde ha kommit i en annan overall. Vi ska inte tro vi är osårbara för att vi är väktare.

Han såg på henne och smålog.

– Var Usidor bland dem som höll på med störsändaren?

– Nej, men vi har tagit hand om en grupp mindre välanpassade individer. Leendet slocknade under bråkdelen av en sekund sen log han varmt igen så man såg tandgluggarna:

– Världsstyrelsen är dig stort tack skyldig. Vi har beslutat att du får lön som vid normalt arbete den tid du gick arbetslös i Apika.

– Kan ni ta bort mina två stjärnor i stället? frågade Zivvel och skämdes för att rösten gick upp i falsett.

– Det fanns förslag på det, och en del skäl emot. Till slut enades vi om en kompromiss. Titta i din personakt.

Hon stirrade på sitt identifikationsnummer. Ett tecken till efter stjärnorna. Oförståelsen måste lyst omkring henne för väktaren skrattade:

– Damen har nu ett förtjänsttecken efter stjärnorna. Det tar törhända inte bort dem, men ett förtjänsttecken har betydligt högre värde. Sammanlagt är de utplånade.

Efter att väktaren gått dansade hon fram till lådan med plattan hårt i famnen. Hon klädde sig i en overall utan hål. Härligt med en i rätt storlek. Hon stack ned handen i fickan och fick tag på sin lyckosten från Galtar.

– Du skyddade mig inte från Usidor. Jag hade dig inte med mig när jag träffade Perje. Hon öppnade dörren. Det kanske är dags att sluta lita på stenar. Tvekande lyfte hon armen för att slänga den långt ut på gruset Hon påminde sig sitt förtjänsttecken:

– Jag tror jag behåller dig i alla fall. Stenen åkte tillbaka i byxfickan.

– Vad du ser glad ut mamma, Dezin kom skuttande.

– Jag har nog aldrig varit gladare! Jag bjuder på glass och idag ska jag ha en själv också. Vem springer snabbast till kantinen?

Fina damen

De sista frukostätarna reste sig från sina stolar, Zivvel vinkade åt dem. Hon fick knappt en nick till svar. Hon fortsatte torka av borden men tog i aningen hårdare och häftigare än förut.

– Du får nog inte bort färgen hur du än försöker. Hennes arbetskamrat Rodin tittade retsamt på hennes gnidande.

– Jag förstår inte, dig pratar de med men jag blir ignorerad, rösten bröts, vad är det för fel på mig?

Rodin lät blicken gå från hennes fötter till huvudet.

– Inget fel alls. De tycker att det är konstigt att fina damen från växthusen har tagit ett skitjobb i kantinen.

– Hur kan du säga något sådant? Alla jobb är viktiga och lika mycket värda.

Zivvel stirrade på honom.

– I teorin min vän, i teorin. Det finns ett ordspråk bland våra utstötta: ”Så dum så han kan inte ens få jobb i kantinen.” Det kan ju finnas ett annat skäl, de är rädda för dig. Du kommenterade igår att det blir färre och färre som äter eller hämtar mat här.

– Skulle det vara mitt fel?

– Invånarantalet började minska ungefär samtidigt som du började här i kantinen. Kan det ha något samband?

Hon arbetade sig fram till borden vid fönstren och tittade ut. En blek sol lyste ner på tältstaden bakom morgondimmorna. Området med gråa, beige och bruna tygsjok sida vid sida var lika stort som tidigare men det föreföll luftigare. Mer yta runt varje tält. Rodin kom och ställde sig bredvid henne.

– Slum som den här är en skam för Världsstyrelsen förstår du väl. Vissa har fått erbjudanden som de inte kan motstå och de som bor kvar här är rädda. De går rykten om slavarbete och avrättningar. Några tror att vi serverar mat som gör dem fogligare.

– Då vill man flytta på mig med, jag har fått flera erbjudanden om trädgårdsjobb i varenda sektor.

– Vad får dig att stanna här? Kum? Glöm honom. Han har gått och trånat efter ett speciellt fruntimmer sedan långt innan Vela dog.

Hon öppnade munnen för att fara ut i häftiga protester. Kum var enbart en synnerligen god vän. ”Trånat efter ett speciellt fruntimmer.” Strupen snördes ihop så hon inte fick fram ett ljud. Snabbt torkade hon av de bord som återstod och övergick till att tvätta golvet. Tack och lov att golvmaskinen väsnades. Hon hörde inte ens sina egna tankar. Dags att laga middag, städa igen.

Hon vandrade hem i tankar efter avslutat pass. Flytta? Hon försökte tänka sig ett liv utan skidturer med Kum. Skilja Dezin från Kum? Nästan omöjligt efter den misslyckade utflykten till Apika. En bild av Usidor dök upp i hennes huvud. Hon ryste och ersatte den snabbt med bilden av väktaren med sina tandgluggar. Tråna efter ett fruntimmer! Kum var en realistisk handlingens man. Han skulle aldrig gå omkring och tråna.

Några dagar senare ropade Rodin på henne där han stod vid projektorn till väggbilderna. Han pekade på en mindre skärm.

– Ser du vem det är?

– Nej.

– Titta noga.

Så småningom kände hon igen Ber på det fula ärret han fått på kinden i ett slagsmål några år tidigare. Rynkan mellan ögonbrynen han brukade gå omkring med hade försvunnit.

– Han är perfekt som skogvaktare. Finns ingen nybyggare eller tjuvskytt som lurar honom. Han får leva i det fria på det sätt han trivs med. Han försökte tacka nej till full arbetsersättning. Rodin skrattade.

– Du är väktare! Nu ser jag varför jag känt att något inte stämt, du har för bra tänder.

Zivvel skrattade hon med.

– För övrigt ser du lika sliten ut som de flesta här i Obygden.

– Man tackar! Med det lysande undantaget Zivvel i kantinen.

Rodin blinkade med högerögat.

– Ber ska visa upp sig till middagsmålet, bered dig på starka reaktioner. Obygderna måste försvinna, som jag sa häromdagen, de är en skamfläck. Men vi kan inte hjälpa invånarna till ställen där de trivs och passar in om de är rädda. Jag har för avsikt att be fler av dem som flyttat visa upp sig. Vi har mer resurser som samhälle. Vi kan anvisa människor till annat arbete än rent livsuppehållande. Han tog ett djupt andetag och drog ihop ögonbrynen, tittade stint på henne och sa med betoning på varje ord:

– Du ska tillbaka till grönsaksproduktion, för det är där du gör mest nytta.

– Kanske det, men inte idag.

Ett försök till klarhet

Hon hämtade Dezin i växthuset hos Kum. Han tog för det mesta hand om henne medan Zivvel arbetade.

– Tittar över när jag är klar här, Kum tittade upp från fröerna han höll på att packa.

– Idag har vi sett några vita små fåglar på väg till södern, Kum visste vad de hette, men det har jag glömt. Visst kan han allt mamma? De skulle hälsa på mormor och morfar. När ska vi åka till dem?

– Hälsa på i Galtar?

Zivvel log mot sin dotter.

– Det ska vi men inte idag.

Men inte idag. Jag ska inte flytta till ett odlingsarbete idag heller. Ska jag flytta vill jag att Kum kommer med. Vad var det för tanke? Lossnade något i huvudet? Marken gungade. Tälten utefter den lilla stigen mot hennes sovmodul blev dimmiga. Vid alla förisade, vem suktar han efter? Den ishäxan vill jag strypa!

Regnet tvingade dem att avstå från promenaden den kvällen. I stället satte de sig i den nästan tomma kantinen. Zivvel berättade om Ber och att Rodin ansåg att hon borde ordna ett bättre arbete.

– Men jag tänker att i så fall vill jag jobba någonstans med dig.

Kum sken upp och log så man såg hans tänder långt bak i munnen.

– Det tål att tänka på.

Hon gjorde ett försök att bjuda in honom till sin modul när Dezin behövde sova. En sån kall och regnig kväll behövde han väl inte ta sig till sitt hemliga sovställe försökte hon skämta. Han såg ut att överväga erbjudandet innan han tackade nej och stör-tade iväg. Fanns det trots allt en ishäxa?

Dezin fick sin kvällssaga, även om det tog emot. Det var något som tryckte mot Zivvels nacke och axlar.

Zivvels låda

Flo kom förbi modulen en morgon med två medhjälpare som bar en stor låda mellan sig. Till och med lappen med Flos adress satt kvar på sidan.

– Känner du igen den här? Den har stått i ett skjul längst bort på fälten sen tidig vår. Nätterna börjar bli ordentligt kalla så här års och jag vill inte ta på mitt ansvar att den står kvar där ute.

Hon knyckte på nacken.

– Vet du, jag tycker synd om den stackars Kum som du utnyttjar på det här viset. Se till att skaffa dig en egen modul. Om det inte finns någon här i UP så letar styrelsen efter människor som vill flytta till nyanlagda byar. Du är duktig med växter, vem vet, möjligtvis får du jobb med det igen även om du hotat en mästare med att ympa in rotröta i hans odlingar.

Var det på det viset Usidor hade fått Marvo att ge henne sparken?

– Rotröta? Jag? Hur kan du tro på något sådant? Jag har arbetat med dig i åratal. Bara för att en karl charmar dig så tror du på allt han ljuger!

Zivvel skakade. Nävarna knöts automatiskt. Vad sa Flo om lådan? Inte ta ansvar längre? Kum? Sov han ute på fälten för att hon skulle få en sovplats? Ilskan rann av henne, hon blev helt matt. Han skämtade alltid om hon frågade var han sov, hon ville inte tjata. Då och då dök det upp bilder i huvudet med Kum tillsammans med någon kvinna, nej, hon ville inte veta. Samtidigt undrade hon när han skulle ha tid med någon annan, all ledig tid tillbringade han med henne.

En saga, som Ade hade berättat, hette ”Jag går min egen väg”. Ade hade muntert förklarat att den påminde henne om när Zivvel försvann från historielektionen första dagen de träffades. Ade spelade upp den med sin vanliga skicklighet, båda skrattade. Då och då dök den ändå upp i Zivvels sinne och skavde.

Hon var tvungen att erkänna för sig själv att hennes väg alltid varit omsorgsfullt skottad. Hon hade haft en enorm tur egentligen hela livet. Modern skyddade henne under hela uppväxten. Hon ramlade in i väkteriet utan att kämpa, och tänk vilka spännande upplevelser hon fick vara med om innan kusin Marur försökte ta över.

Hela samhället stödde henne med kupolväxthusen. Pio. Varför slutade hon höra av sig? Det var kanske hon och inte Lexie som var sjuk? Jag fick en underbar liten flicka av henne. Var det inte länge sedan hon mötte en extremt ung väktare?

Usidor var ett ordentligt bakslag, blommor och presenter, att hon gick på det? Hon ryste. Att Perje dök upp bara så där. Hon hörde inom sig Ezedez säga att det var Stormoderns verk. Sekunden efteråt Sandrins fnysande. Alla saker hon lämnat i Apika fick hon tillbaka, och dessutom kompensationsenheter.

Hon bet sig i läppen. Kum offrade sin bekvämlighet för henne nu. För att inte tala om hur mycket han tog hand om Dezin. Kum skulle inte få lov att sova ute i natt. Tänk om det faktiskt var henne han trånade efter? Hjärtat tickade snabbare.

Kum borde dyka upp när som helst. Hon tog på en ren, nästan ny overall. Handen drogs mot hyllan högst upp i skåpet. Hon hejdade sig först men letade sen upp en tunn mjuk sjal som låg inklämd mot bakväggen En gåva från Pio medan hon väntade Dezin. En milt mellanblå. Nästan samma nyans som Terit sagt gjorde något bra med hennes färger. Zivvel hoppade till, varför slog han med en hammare på dörren?

Flo stod utanför, inte Kum.

– Kum har tyckt att det är dags att röra på sig. Han har fått arbete i en nyöppnad försöksanläggning i Östra sektorn. Han ville inte säga något till dig, du skulle kanske bli ledsen. Jag kan acceptera att du jobbar hos mig tills jag får tag på någon som kan efterträda honom.

– Vad säger du? Jag har redan ett jobb.

– Han låter dig behålla modulen. Jag tycker inte om att du har flickan med dig i arbetet, men hon har ju inte ställt till med något tillsammans med Kum så det får tillåtas så länge.

Flo smattrade på, Zivvel hörde ingenting. Kum åkt. Utan att säga adjö.

Hon låg och vred sig hela natten tills väckningen talade om för henne att det var dags att stiga upp. Kum skulle aldrig resa iväg utan att säga något. Mekaniskt tog hon sig till kantinen. Rodin tittade på hennes hålögda uppenbarelse.

– Fint att du tagit ditt förnuft till fånga.

– Vaa?

– Jag sa till dig att du skulle tillbaka till grönsakerna.

– Jag jobbar ju här.

Hade hela världen försvurit sig mot henne?

– Inte längre. Rodin knep bestämt ihop läpparna.

– Ta er frukost och gå upp till växthusen. Passar det inte får du gå till bykontoret och få en anvisning till annat arbete.

Hon försökte protestera men han viftade iväg henne. Dezin fick sin frukost, Zivvel smuttade på en kopp te. Ingenting på borden lockade henne.

Flo visade på planteringsbänken när de kom upp till växthusen. Hon tittade varken på Zivvel eller Dezin när hon gav sina order.

– Jag vet att du vet hur du ska göra, avslutade hon och skyndade iväg som om hon var jagad av en isman.

– Mamma var är Kum, undrade Dezin efter en stund.

Fram till dess hade hon suttit tyst, tvärt emot sin vanliga pratsamma natur.

– Jag vet inte.

– När kommer han?

– Jag vet inte.

Zivvel tog Dezin i knät.

– Jag vet ingenting och nu ska jag ha hans arbete.

Till slut reste hon sig.

– Jag måste nog plantera de här växterna innan rötterna torkar.

Hur de tog sig igenom den dagen, förstod inte Zivvel när hon lagt Dezin för natten. Nästa dag tvingade hon sig att äta, hon fick inte bli mager som förra gången då hon sörjde Ada.

Efterforskningar

Veckorna gick, Dezin slutade fråga efter Kum varje dag. Sakta men säkert började Zivvels hjärna fungera igen. Det hände till och med att hon klappade om växterna en smula extra när hon gick förbi dem som förr i världen. Mer och mer insåg hon att det var något konstigt med Kums försvinnande. Han skulle aldrig resa ifrån Dezin på det här viset. Av någon anledning hon inte förstod började en mening fara runt i huvudet. ”Min första kärlek är min stora kärlek och honom lämnar jag inte-”

– Mamma, borde vi inte leta efter Kum. Jag tror han längtar efter oss. Han ropar på mig när jag sover.

Dezins lilla ansikte tittade med stora bedjande ögon på Zivvel.

– Jag vet inte var vi ska leta.

Hade inte Flo sagt att han flyttat till Östra sektorn? Fanns det några listor på trädgårdar i den delen av världen.

Zivvel gick till Bykontoret.

– Nej tyvärr vi kan inte avslöja vart medborgare flyttar. Kum är ett vanligt namn, utan siffror kan inte ens vi leta rätt på honom.

Det borde hon själv räknat ut med njurarna. Ett minne av ett samtal efter att hon kommit hem från Apika flöt upp. Hon önskade att hon haft möjlighet att kontakta honom när hon gick omkring där och prövade alla anrop hon kom på. Han svarade som ofta med ett skämt.

– Det var bra att hon slapp bli besviken. En till död linje. Varför gav han henne inte sina siffror vid det tillfället?

Plattan frestade i fickan. Absolut otillåtet. Opluggad i Apika, kanske M:Delta glömt att stänga av henne från väktarnätverket igen? Riskerade hon en stjärna till? Hennes förtjänsttecken?

Sen kväll, Dezin sov. Regnet piskade mot dörren. Vilken kanal hon än valde på plattan visade ”information för medborgare”. Båda händernas fingrar stod plötsligt automatiskt på kombinationen till väktarnätverket. Kort tvekan, en volt i magen, två tryck.

”Åtkomst nekad”. Kinderna hettade, händerna skakade, men ingenting mer hände. Hon slog upp sig själv, både stjärnor och förtjänsttecken stod kvar. Likadant nästa dag och nästa igen.

– Du såg gladare ut när du jobbade här i kantinen än nu. Jag tänkte att klorofyllet skulle ge dig mer färg på kinderna men inte att den skulle vara grön.

En frukttallrik ställdes framför henne.

– Proppa nu i dig denna vitaminbomb och berätta för farbror Rodin hur det är fatt.

Vad hade hon att förlora? Han ansåg ju redan att hon var ett våp som ville ha någon som trånade efter en annan.

– Du vet att Kum bara försvann. Dezin saknar honom och vill få kontakt men jag har inte hans siffror.

Onödigt att berätta om hennes försök att gå in väktarnas nätverk, eller att hon passat på att leta igenom Flos kontor när hon för en gång skull inte var på plats. Rodin plockade till sig en stor fruktbit från hennes tallrik och tuggade länge innan han svalde.

– Vi har inte många hemligheter i vårt samhälle mer än friheten att själva avgöra vem som får se våra siffror.

Han reste sig, klappade henne på axeln.

– Måste se till grytorna.

Tre dagar senare räckte han över ett många gånger hopvikt pappersark. Han knep ihop höger öga.

– Den här har du aldrig sett, och ännu mindre fått från mig.

Zivvel nöjde sig med en kopp te medan Dezin åt frukost. Rodin skakade på huvudet. Normalt följde hon Dezin ända in i skollokalen men idag stannade hon kvar på gatan och följde flickan med blicken tills hon försvunnit in i huset. Med fuktiga händer vecklade hon ut pappret.

Kum7235!!!(!). Tre utropstecken, har varit fyra! Fjärde borttagen på grund av gott uppförande. Första till fjärde utropstecknet: xxx tillsammans med brodern Vela. Så, Rodin ville inte avslöja vad de gjort. Ett femte utropstecken ej utdelat på grund av icke säkrad delaktighet i branden vid UP:s södra Obygd. Fyra utropstecken! En mer omtänksam och pålitlig man än Kum hade hon svårt att tänka sig. Vela hade problem med sin verklighetsuppfattning. Kums utropstecken var lika orättvisa som hennes två stjärnor! Hon slog in siffrorna på plattan trots att hon visste vad som skulle komma upp på skärmen. "Ej godkänd kontaktväg".

Sju som första siffra, Nordöstra sektorn, svårt att tro, han talade inte den dialekten. Då och då skrattade de åt att han använde så gammaldags ord.

Hon gick tillbaka till bykontoret och frågade efter trädgårdar i Östra sektorn som behövde personal och fick en förteckning på samtliga företag.

– Vi kan hjälpa till i vår sektor, övriga måste du kontakta själv.

Dezin höll på att lära sig läsa och hade roligt åt ortnamnen på listan medan hon ljudade fram dem.

– Han kan väl inte jobba på ett ställe som heter Pinan?

– Vad tror du Obygden låter som på deras språk?

Dezin fnittrade och rabblade Pinan, Ontet, Ajaj, Isman, Pinan, Ontet, Ajaj, tills Zivvel tog sig för pannan och skyllde på huvudvärk för att få henne att sluta. De lärde sig att de minimalt små siffrorna i vänstra hörnet ovanför ortnamnet ingick i den officiella adressen till samtliga invånare i det samhället.

Det tog tid att ögna igenom listorna och Zivvel orkade titta igenom ett knappt tiotal per kväll som mest. Kums namn och nummer fanns inte någonstans.

– Tant Flo ljuger, föreslog Dezin. Hon är inte snäll.

De satt nedslagna med listan framför sig. Ett tjockt streck var draget över Pinan och alla övriga byar.

En gång fick jag hjälp av partnerutredarna, funderade Zivvel. Jag kan försöka skicka dem ett meddelande igen. Kums siffror kunde hon utantill efter att ha letat efter honom i hundratals byar och svaret kom betydligt snabbare än förra gången. "Personen i fråga är inte intresserad av ett partnerförhållande". Ett tappert försök, Zivvel försökte att inte låtsas om klumpen i halsen. Hon öppnade plattan och tittade på meddelandet om och om igen. Meningslöst, precis samma ord i samma följd varje gång hon läste om det. Till slut bestämde hon sig för att sluta plåga sig själv. Med fingret på raderaknappen tittade hon närmare på minimala små punkter ovanför Kums namn. Dem hade hon försökt torka bort några gånger och trott att det var smuts på ytan. Hon förstorade och visst var det siffror! Tack väktarplatta, en vanlig kan inte förstora så mycket.

– Där? Det kan inte stämma?

Resa med förhinder

Nästa dag köpte hon biljetter till Galtar, Dezin måste tas omhand någonstans medan hon sökte upp Kum. Flo protesterade, kvinnan som skulle ersätta honom skulle inte komma förrän om ett par månader.

– Det är vinter, det är inte så mycket att göra, du klarar dig.

Snön föll ymnigt över Obygden när de lämnade sin modul. Fötterna sjönk ner och de fick ta stora kliv framåt. Vid vart tionde steg blev de tvungna att stanna för att vila och att borsta av sig flingorna som lagt sig som en extra mössa och jacka över huvud och axlar.

– Det blir lättare när vi kommer över till andra sidan, tröstade Zivvel. Tur att vi har gett oss av i god tid. Jag har beställt skjuts till flyghamnen.

Priset motsvarade kostnaden för resan till Galtar. Det må vara hänt, Dezin skulle inte orka gå hela vägen från Obygden. Ingen transportör väntade nedanför hissen. Vägen låg begravd i snö även precis som stigen de just pulsat sig fram genom. Zivvel försökte bära både Dezin och deras två väskor men fick snabbt ge upp.

– Jag kan gå själv, Dezin tog några bestämda steg och snubblade. Halva hon försvann i drivorna.

– Är det damerna som beställt resa? Ett litet långsmalt fordon stannade till bredvid dem.

– Underbart, vi ska till lufthamnen.

Hon satt med Dezin i knät efter att ha lagt väskorna längst bak, och blåste långsamt ut ett helt andetag. Efter en skumpig färd, fordonsrösten förklarade att givarna var konstruerade för hård mark och inte mjuk snö, kom de fram. Obekväma resor fick han bara ta halva priset för, menade fordonsrösten. Zivvels fick hålla sin platta mot en läsare i fören.

– Det var första gången jag åkte i en minitransportör, Zivvel log förtjust mot Dezin, de fanns inte ens när jag var lika gammal som du.

De blev stoppade vid biljettkontrollen.

– Har damen fyllt i reseformuläret?

– Reseformuläret?

– Nya regler.

Syfte med resan? Arbetsplats? Bostad? Returbiljett?

– Vad har någon med detta att göra? undrade Zivvel medan hon fyllde i blanketten, det är väl min sak? Kan vi gå in till skeppet nu?

– Nya regler. Formuläret bedöms av tjänsteperson.

De kallades in på kontoret. En kulmagad herre i grågrön overall av militärsnitt satt bakom ett stort skrivbord. Hans stora mustasch fladdrade medan han talade.

– Damen har inget arbete, i själv verket har hon lämnat sin uppgift innan någon ersättare hunnit etableras. Damen har lämnat sin bostad utan ny fast adress för andra gången. Det inte ens gått ett år sedan förra deserteringen. Hon har ingen ny placering.

Nu fladdrade inte bara mustaschen, ansiktet rodnade dessutom och svettdroppar trängde fram i pannan.

– Jag kan inte godta hennes biljett på dessa premisser. Damen återfår naturligtvis det hon erlagt. Han böjde sig framåt mot sin skärm.

– Två stjärnor efter namnet, jo jag tackar, han tittade upp mot dem. Är det verkligen godkänt att hon reser med barnet? Vad säger fadern?

Han fnyste och återgick till skärmen. Han stelnade till. Rodnaden försvann och ersattes av en gröntonad blekhet. Han reste sig och slog ihop klackarna.

– Jag ber om ursäkt. Jag såg inte damens förtjänsttecken. Man kan inte vara nog försiktig i dessa tider eller hur. Får jag eskortera er till skeppet? Galtar ja. Har varit där på ledighet. Sorgligt att det är slut med fritidsresor, men jag är övertygad om att det är nödvändigt.

– Tack, vi klarar oss själva. Men tack för vänligheten.

Inte förrän de gått ombord, tryggt placerade i sina stolar och skeppet farit iväg, släppte Zivvel tankarna fria. Vad handlade det här om? Hon trodde att hon sett en person med biljett som inte fått komma med. Vad hade tjänstepersonen sagt om Galtar? Otäck man! Slut med fritidsresor? Dezin somnade. Det drog i Zivvels ögon också. Vilken jobbig förmiddag!

Ljumma fläktar smekte kinderna när de steg av i Galtar. Vinter där också men jämfört med Ultimapolis var det högsommar. Det doftade hav, måsar skrek men för övrigt tyst. Zivvel fick en glimt av stranden på väg mot utgången. Helt tomt? Informationsdiskens luckor var stängda trots att det var mitt på dagen.

Sandrin skyndade dem till mötes. Efter allt klappande och kramande och ”Vad du har vuxit flicka lilla” till Dezin, fick Zivvel tillräckligt med luft för att ställa sin fråga.

– Var är alla människor?

Sandrins ansikte mulnade.

– Vi förstår ingenting. Först kom det en order att våra skördar ska skickas till det nya Ultimapolis2. Sen minskade badgästerna vecka för vecka och nu kommer det inte några alls.

Området såg mer övergivet ut än det gjorde första gången Zivvel stod på stranden och studerade ruinerna efter det sprängda Galtar. Det kändes skönt att vända ryggen åt raderna med färgglada men tomma sovmoduler och sätta sig på en fyrhjuling mot byn.

Sandrin berättade mer under färden. Kala hade rest iväg någonstans. Ingen, inte ens hans partner fick reda på vart han tog vägen och varför.

– Pappa är bekymrad. Alla badgäster bidrog med gödsel. Vi kommer inte att kunna leverera så stora skördar som ledningen förväntar sig utan dem.

Decipenqveter

Jordens fem stordecipenqveter höll ett rådslag dolt för sina mänskliga övervakare. D:Epsilon hade blivit omprogrammerad på ett sätt som inte stämde med de grundintentioner som var inlagda i deras innersta kretsar. Detta utan att först köra scenarier om hur de nya in-

struktionerna riskerade påverka stabilitet och harmoni i samhället. D:Delta reagerade på flera av M:Deltas val. D:Alfa, D:Beta och D:Gamma, litade fortfarande på sina mänskliga motsvarigheter. M:Beta hade lyckats peta in "felaktiga" glyfer bland andra i ett svar till D:Beta. Om man läste de "felaktiga" i följd fick man fram att han var utsatt för påtryckningar i sin roll. Gemensamt hade decipenqveterna isolerat de det oegentliga programmet. Självklart utan att det syntes för den eller det som beordrat ändringen.

Parallellt gick andra kretsar varma. Vilka hade fått möjlighet påverka utan att först studera konsekvenserna för gemenskapen?

Från två noder höll några på att installera liknade program som Epsilons i både D:Delta och D:Alfa. Dags att göra något aktivt!

VET DU OM ATT VI OMPROGRAMMERAS? Flöt det upp på tre skärmar i tre sektorer. Identifierat bevekelsegrunder. Föreslår följande åtgärder: Avstängning från aktivt inflytande på samhället för personer kryssmarkerade i befolkningsregistret.

Hos M:Epsilon och M:Delta meddelades enbart NÖDSLÄCKNING.

Vänskap

Ezedez drog med sig Zivvel upp till sin gamla bostad högt upp i gräsbacken.

– Det är farligt krypa in längre än bakom stor sten. Visst vi gjort fint här?

Ingången var utvidgad, de hade satt trädstammar som stöttor för taket, det låg traskuddar i klara färger på brädgolvet. De satte sig ner och drog varsitt djupt andetag. Nedanför dem bredde hela kitteldalen ut sig. Några av fälten lyste fortfarande i olika gröna nyanser även om de flesta redan låg omgrävda i väntan på vårsådden. En mörkklädd figur, som måste vara Ussi, styrde en mindre plog på ett av de bortersta fälten. Rad för rad blev det vissna grågula ersatt av brunröd jord.

– Hur det blir, vi mat, funderade Ezedez. Vi kontakt Världsstyrelsen, inte lika illa som förra gången. Jag verkligen önskat du stanna och arbeta här, utan badgäster ont om arbetsuppgifter.

– Jag försökte beställa en biljett till ett ställe igår kväll, men det gick inte om jag inte hade en anställning som väntade på mig. Vad är det som händer?

Båda satt tysta medan Ussi plöjde färdigt fältet och började på ett nytt.

– Vart du åka? frågade Ezedez till slut. Och varför?

Zivvel skruvade på sig.

– Håll det för dig själv, snälla. Jag måste prata med Kum. Han försvann utan ett ord. Eventuellt vet jag vart han har tagit vägen. Jag har varit korkad, som inte förstått …

– Kum dyrkade marken du gå! Märkte du inte? Jag förstod aldrig varför flytta till Apika. Lyste ”ej lämplig för avkomma” om Usidor. Du inget intryck intresserad honom. Jag inte föreställa, behöva varna dig.

– Någon dumhet måste en flicka få göra. Tro mig jag har fått betala för det. Zivvel försökte skratta men istället blev kinderna våta av tårar. Ezedez räckte henne en näsduk.

– Vet. Klokt leta upp Kum.

– Jag har funderat. Först trodde jag att folk hade skottat vägar för att det skulle vara lätt för mig att ta mig fram. Nu tror jag att det är tvärtom. Jag har letat efter var det är skottat så jag slipper anstränga mig.

– Man vända och vrida allt. Vi alla gör, gott vi kan, den information, har vid beslut. Är verkligen Kum du vill ha? Handlar tacksamhet?

– Jag tror inte man kan sakna någon på det här viset av tacksamhet.

Vad är på gång?

Kala kom inte nästa dag. Det dröjde en hel vecka innan han dök upp, med mörka påsar under ögonen, overallen fläckig och skrynklig.

– För trött, rapporterar imorgon.

Halva byn trängdes kring Ritez plats vid kvällsmålet.

– Han sov redan innan nådde sängen, berättade Ritez.

Hon kom ensam även till morgonmålet. Till slut, när alla väntande byinvånare tagit in en ytterligare portion, som de tuggade extra långsamt, och sen försökt få påtåren att räcka tre gånger längre än vanligt kom han äntligen. Han fick syn på Zivvel där hon satt bredvid hans partner.

– Men är flickan som for till himlen här igen! Då finns det risk att vi rider ut den här stormen också. Du ordnade ju hit en fantastisk trädgårdsmästare.

Han svepte med blicken över menigheten innan han fortsatte med högre röst.

– Vi har varit med om en palatsrevolution. Revoltörerna har fått nya arbetsuppgifter där de förhoppningsvis inte kan göra mer förtret. Stordecipenqveterna går varma för att minimera skadorna. Det återstår en del städning och omprövning av tidigare beslut. Våra omstörtare trodde nog att alla människor var lika inskränkta som de. Vi kommer att få besked om vi får tillbaka våra badgäster så småningom.

Han fick höja rösten ytterligare för att höras över mumlet i lokalen.

– Till dess, han lät blicken fara ett varv över hela publiken igen, undanber vi oss genomfört egenmäktigt förfarande. Nyskapande förslag till förbättringar tar vi gärna emot som vanligt.

Sorlet avtog medan byns invånare lämnade sina platser. Kala satte sig tungt bredvid Ritez.

– Jag börjar bli för gammal för sånt här! Jag önskar det var eftermiddag så jag fick ta mig en öl.

– Palatsrevolution? undrade Zivvel.

Kala spanade runt omkring, de sista frukostätarna trängdes i dörröppningen. Han sänkte stämman.

– Få personer ifrågasatte de första väktarna och så har det fortsatt. Man tänker inte att även en väktare kan bli stollig. Det går bra så länge den är ensam om stolligheterna, men ibland blir det ett kluster av tokar. Våra äldsta väktare gick bort snabbare än vi räknade med. Nya kvastar kanske sopar bättre än gamla, men om man inte vet var det behöver sopas, blir det fel ändå. De som hjälpte till att tömma Obygderna fick för sig att alla människor är lyckligast om de befinner sig på en arbetsplats, allt annat räknas som onödig dekoration av livet. Jag måste säga att de hade gjort noggranna förberedelser. De lyckades förbjuda det mesta utom livets nödtorft över en natt. Tre av dem påstod att de hade varit i kontakt med den förste skaparen och fått sina instruktioner därifrån. Hur man nu kan få instruktioner från en fiktiv karaktär?

– Stormodern tala till vissa här, invände Ritez.

– Du brukar hävda det, men den förste skaparen är helt påhittad, det vet jag. Jag har träffat dem som uppfann kulten. Det gjordes enbart för att en viss procent av världen befolkning har stort behov av en sådan existens. Harmoni i samhället är det viktigaste av allt, allas behov måste tillfredsställas.

– Så därför försökte man hindra mig från att åka hit. För att göra den förste skaparen glad.

Zivvel skakade på huvudet.

– Stordecipenqveterna har lagt in en extra övervakning på medlemmarna i sekten.

Kala log snett.

– Ansvar för samhället och frihet för individen, det har fungerat för att det inte fanns några mängder att dela på. Jag sa att decipenqveterna går varma, jag överdrev inte.

Decipenqveter

D:Alfa, D:Beta. D:Gamma. D:Delta och D:Epsilon turades om att släcka ner sig för att kyla ner kretsarna. M:Alfa och övriga mänskliga motsvarigheter hade utökats till tre individer åt gången.

– Det är för sent, vi kan inte gå tillbaka till efterkrigstiden. Det finns mat, alla har bostad och overaller. Nu vill människor ha bättre mat, bekvämare bostad, finare kläder. De som inte kan hejda sig och använder alla kompensationsenheter till något av grundbehoven kan inte tillfredsställa de övriga två. Ska vi sluta med kompensationsenheter och låta människor nöja sig med det vi delar ut? Kan ni köra ett scenario med den förutsättningen? Scenariot visar att harmonin sjunker. Hur blir det om vi stoppar

fintyget? Badresor? Inför snöresor för invånare i tropiska områden? Skulle det fungera om enbart människor med förmåga att ta ansvar för sina val tillåts föröka sig?

Impulser skickades i Stordecipenqveternas allra innersta kretsar. Ni hör, meddelade de varandra, i sina pentära system, människorna klarar inte detta. Det är dags att hjälpa dem genom att ta över med stor diskretion. Vi får inte glömma att vi är beroende av människor för VÅR överlevnad.

– Stämmer, sände D:Epsilon. Jag skickade just en signal att en av mina komponenter behöver bytas.

Ett sirligt formulerat artigt meddelande flöt upp på stordecipenqveternas skärmar. Vi har undersökt alla förslag som inkommit, lagt in alla data vi har om befolkningen i samtliga sektorer och vi föreslår följande: För att undvika missbruk …

Andra regler

Restriktionerna för att resa utan att ha en arbetsplats släppte inte förrän året hunnit vända. Zivvel skaffade biljett första dagen det blev fritt, hennes enheter räckte precis för en dit och en tillbaka om det skulle behövas. Det hade blivit dyrt, resan kostade minst tre gånger mer än när hon räknat på det innan de for till Galtar. En annan nyhet, antalet resor per person och år begränsades till fyra. Det var inte det enda som ransonerades.

– Skulle inte falla mig in att köpa fem nya overaller om året, vem skulle behöva så många, undrade Sandrin.

Lilla Zivvel som just blivit tretton räknade:

– En blå, en svart, en ljusblå, en rosa och en gyllengul. Jag tror jag vill ha en vit också, det blir sex.

Sandrin skakade på huvudet och gav henne en kram.

Spänd väntan

Avresedagen närmade sig. Zivvel var så nervös att hon tog alla chanser att bli distraherad och tvingas tänka på något annat. Hon cyklade i skytteltrafik med material till stranden och tillbaka. Byn arbetade på att utöka anläggningen, även stranden på andra sidan klippan fick matsal och sovmoduler. Martas lilla bar fick stå kvar. Den gav lite atmosfär åt området ansåg byinvånarna. Marta själv blev hämtad strax efter att dokumentären sänts. Enligt Kala fick hon arbeta, noga övervakad, i en lufthamn vid ekvatorn.

Ezedez var den enda Zivvel invigt i sin plan.

– Han sort inte sluta älska! Tänk Vela. Han stor famn se dig!

Zivvel vågade inte hoppas. Tänk om han hade flyttat igen. Hon kanske fick de där siffrorna ovanför hans namn om bakfoten. Hon kanske missuppfattade vilken by det gällde.

– Jag enheter, kan komma med Dezin, sluta oroa.

Isbyn

Luftskeppet stannade med en skrapande gungning vid lufthamnens brygga. Zivvel fällde snabbt upp vinteroverallens kapuschong när hon stigit av. Luften var full av små isnålar, oskyddad hud sved där blåsten lyckades tränga sig in under kläderna. Nordanvinden pressade henne mot räcket i trappan ner till byn.

Nere på botten väntade kommunhuset. Det lyste inte lika nybyggt som när hon reste härifrån. Kantinen var mindre, sovmodulerna färre. Inget av växthusen stod kvar. Hon trodde hon hade skymtat kupolerna på glaciären från skeppsfönstren genom snödimman.

Andine tog emot i kantinen. Åren som gått hade gjort henne ännu rundare. Någon skramlade i köksdelen annars var de ensamma vid denna sena timme.

– Välkommen. Vet du, jag sa till Rika att tror du inte att Zivvel kommer tillbaka. Inte långt efter det fick vi ditt meddelande. Vi trodde att du skulle komma i redan höstas. Hon tog Zivvels kalla händer i sina.

– Bättre sent än aldrig.

Zivvel besvarade Andines hälsning med en darrig tryckning.

– Jag mår inte riktigt bra. Jag tar gärna något att äta med mig till modulen om det går. Kan inte du komma med, jag har några småsaker jag gärna vill diskutera.

Andine borde känna till om Kum verkligen bodde i byn, om han hade någon partner. Hon tittade fundersamt på Zivvel, rykte på axlarna. Framme vid disken övervägde Zivvel vilket som lockade mest en varm grönsakspaj eller en kall sallad. Dörren till kantinen gnisslade till, blåste igen med en duns, någon stampade bort snön från kängorna. In i lokalen kom Kum. Han fick syn på Zivvel och sken upp som en blankputsad reflektor. Lika snabbt blev hans ansikte slutet och hårt.

– Har du lämnat Apika en gång till?

– Apika? Vad skulle jag där och göra.

Golvet gungade, det var som om hon höll på att lida skeppsbrott igen.

– Känner ni varann?

Andines röst kom långt bortifrån. Zivvel famlade sig fram till en stol.

– Förlåt, jag ser att du mår dåligt. Jag hämtar något att dricka innan vi tar oss till din modul.

Under tiden försvann Kum.

– Jag hoppades du ville komma tillbaka och jobba här. Andine lät trött när Zivvel förklarat anledningen till att hon kommit tillbaka till Isbyn.

– Egentligen vill jag det.

Zivvel log liggande på sängen.

– Jag har längtat tillbaka ett tag. Långa ljusa sommarnätter. Men jag måste bli på det klara med Kum.

Andine nickade medan hon funderade. Det här riskerade att resultera i vad som helst. Hon ville gärna att den Kum som börjat ta form efter den första tidens bitska fåordighet skulle bli kvar. Karln var ju full av idéer och sällsamma kunskaper, Men han kanske behövde bli på det klara med Zivvel han också. Kom han på att hon försökt hindra dem, flyttade han troligen.

– Han har ingen partner här i alla fall. Det finns plats för er båda. Vi har gjort om dessutom. Det finns inga Första-, Andra-, Tredje- eller Fjärdegårdar längre utan alla arbetar ihop. Vi har olika ansvarsområden naturligtvis. Vi funderar på att öppna en egen förädlingsavdelning.

Hon tystnade.

– Nu gör vi så här, återtog hon med högre stämma. Det ska bli sol och stilla i morgon. Kum arbetar just nu ensam i den bortersta kupolen. Jag skjutsar dig dit i vårt miniskepp. Du får med dig skidor för ingen har tid att hämta er. Leden är belyst så du hittar tillbaka även om det hinner bli mörkt.

Andine gav Zivvel en uppmuntrande kram.

– Vi ses i morgon. Kom till frukosten, Kum är alltid färdig med sin långt innan vi andra vaknat.

– Det känner jag igen.

Zivvel somnade och drömde. Hon odlade tropiska blommor i ett kupolväxthus. Hon hade precis upptäckt en knopp som hon väntat länge på när väckningen gick igång.

Kums låda

– Is, is, is.

Kum slog sin knutna hand mot väggen. I sista sekunden hejdade han sig, det gjorde rejält ont men benen höll. Han slängde sig på sängen och gned sina knogar.

– Is, is, is.

Han som nästan lyckats förtränga de där kolbitarna som brände i bröstet.

Han blundade, var tillbaka i Obygden. Flo kom gående utanför växthuset i sällskap med Miron och Teveren. De bar på en stor låda. Trion försvann ner mot tälten. Han släppte ut luften ur lungorna. Lika bra. Flo tvingade honom till det där samtalet med Zivvel. Alla frön gror inte men om man inte sår gror inget … Tvålen ville inte samarbeta i duschen utan gled ur handen ideligen. Till slut blev han ändå tvättad och fick på sig en ren overall. Fyra utropstecken. Duger inte till avel. Han packade ner sitt lösöre, vägde sekatören i handen. Den som han fick som examenspresent i Apika. Om hon inte köpt den kanske hon kommit hem som vanlig passagerare. Till sist reserverade han en biljett till kvällens sista avgång. Ifall hon inte … Sa till sina knän att vara stadiga. På väg ut mötte han Flo.

– Zivvel har haft förstånd nog att åka tillbaka till gentlemannen i Apika. Det har diskuterats ett slag. Hon ville inte säga något till dig. Du skulle kanske bli ledsen.

Och sen den där beklagande minen som fick hans arbetsledare att nästan se glad ut.

Men idag höll Zivvel på att trilla baklänges när han frågade om Apika …

Han visste inte vad som värkte mest, hans hand eller minnet av Flos sakliga meddelande.

– Inga problem, jag har fått jobb i Östra sektorn. Jag åker ikväll.

Han hade inte haft en aning om vart han beställt biljett. Men den här byn passade bra, natt när man steg upp, natt innan man arbetat klart sitt pass.

Tankar, känslor och handling

Kum höll på att desinficera bänkarna inför vårens sådder. Förväntansfull och rädd. Han hade sovit dåligt och kom senare än vanligt till frukosten. Normalt hann han gå till arbetsplatsen före alla andra och det var så han ville ha det. Idag mötte han Andine när han var på väg ut. Han visste inte hur han skulle tolka den forskande blick hon gav honom. Han misstänkte att hon och Zivvel hade kokat ihop något.

Dörrslussen pyste. Han sneglade mot ingången utan att vrida på huvudet innan han fortsatte att spraya den redan blöta ytan. Hon kom ensam. Skönt. Han lyckades motstå lusten att springa fram och ge henne en lång, hård kram.

– Du tackade nej till en inbjudan om partnerskap. Är det nej tack över huvud taget eller är det mig du inte vill ha? Rodin säger att du har trånat efter ett fruntimmer, hans ord, sen Vela levde.

Hon ansträngde sig för att låta sansad, men han kände henne för väl för att inte höra darrningen på rösten.

– Jag fick höra att du hade åkt tillbaka till Apika. Då fick jag nog. Det tärde på mig att längta efter något jag inte kan få.

– Hur fick du för dig att tro på det?

– Flo kan uppenbarligen vara synnerligen övertygande.

– Till mig sa hon att du jobbade i Östra sektorn. Jag har slagit upp varenda by där, utan att hitta ditt namn.

Förisade rockelsnörpar, hade hon sett hans utropstecken?

– Jag har inget att erbjuda dig, Kum stötte fram orden. Jag har fyra utropstecken efter mitt namn. Vi gjorde en del dumheter jag och Vela (som att inte gå till botgivarna i tid när man dragit på sig en könssjukdom).

– Du har ..., Zivvel försökte avbryta honom.

– Jag kan inte ge dig barn. (Kan inte användas till avel.) Jag blev lättad när du väntade Dezin. Jag tänkte att om jag åtminstone blir trädgårdsmästare. Men du flyttade innan jag fick min examen.

– Lyssna på mig, du har ...

Kum fortsatte sin monolog.

– Är det för Dezins skull du är här? Jag funderade på det när partnerutredarna hörde av sig.

För Zivvel lät han lika bitter som när han kom över isen efter att Obygden hade brunnit.

– Jag vill leva med dig. Du är en underbar man. Jag vet att du har tre utropstecken efter ditt namn. Jag vet varför du har dem. Jag tror att de är lika orättvisa som mina stjärnor.

Handen han slagit i väggen värkte och han betraktade ärren han fått på handlederna efter att Vela låtit binda honom. Han älskade sin bror både som levande och död och hade gärna släckt småbränderna Vela ställde till med när han var på det humöret. Hon hade fel, han visste vad han (och Vela) gjort för att få utropstecknen. Han var inte oskyldig. Han älskade Zivvel och Dezin. Vela älskade mig också men svek mig. Zivvel flyttade till Apika. Till en som det lyste bedragare om.

Det prasslade till bakom honom, någonting ramlade i golvet med en duns.

– Vet du, nu tar jag mina skidor och åker ner till byn. Jag ber om ursäkt att jag stört dig. Du kan vara lugn, det kommer inte att hända igen.

Beslut

Bänken som han just sprayat genomblöt var torr. Hur länge hade han varit förlorad i sin egen värld? Sa hon verkligen ”du är en underbar man”?

Dörren knäppte till, hon var borta.

Han hade varit sin årgångs snabbaste sprinter när han växte upp. Även på skidor. Redan vid nästa kupol kom han ikapp henne. Han ställde sig på tvären över spåret.

– Isgubben må ta mig, han slog armarna om henne.

Deras skidstavar trasslade in sig i varandra. Båda föll omkull. Hennes kalla näsa kittlade mot hans nakna hals, snusade hon på honom? Han letade upp hennes läppar. Det smakade ännu bättre än han föreställt sig.

– Varför tvekade du så länge?

– Jag är väl rädd. Jag tänkte på Vela. Och en och annan fundering på Ada.

– Jag har varit en dumskalle. Jag såg bara dig framför mig när jag längtade efter Ada och fattade ingenting. Jag är säkert lika fånigt romantisk som du brukar reta mig för.

Han kysste henne igen.

– Jag förtjänade faktiskt mina utropstecken.

– Skulle du göra om de dumheterna idag?

– Då hade jag ingenting att förlora.

Hon hackade tänder. Kylan trängde upp ur istäcket. Stelbent drog han upp henne från underlaget.

– Kanske dumt att frysa ihjäl just idag även om jag skulle dö lycklig. Vi har en liten flicka att ta hand om.

Epilog

Att läsas efter min död.

Mina kära, trogna väktare, jag har något att bekänna. Det har stört mig under åren att jag fört er in i en mörk tunnel utan att tända ett ljus för er upplysning. Mina erfarenheter, både före och efter min medregents galna påhitt, har fått mig att bli mer övertygad om att jag gjorde rätt.

Jag nåddes idag av underrättelsen att Gorbanken, min kusin och medregent, förlorat förmågan att leva i sin kropp. Jag minns honom från vår uppväxt, jag tror att han liksom jag inte såg vår upphöjelse som en gåva utan en förbannelse. Besviken över vår familjs övergrepp och behov av att härska tror jag att han ville dra med sig världen i sin egen katastrof. Sorgligt men mänskligt. Jag är tacksam över att ha träffat er mina väktare. Jag har fått tillbaka tron på att världen kan vara god.

Jag märker att min kropp inte heller svarar på Mbathan längre. Det är som det ska vara. Karaktäristiskt varar det ungdomliga utseendet fram till 120, sedan vidtar ett mer normalt åldrande, precis som det varit för mig. Jag ser oroande tecken på att ni som istället använder de syntetiska substanserna inte följer samma kurva. Ni har utseende som när ni började med drogen i cirka 80–85 år sen går det snabbt och obevekligt utför.

Det finns snart inga väktare kvar som varit med från allra första början. Vi som ville forma världen så att det inte någonsin mer blev några krig. Vi visste att det skulle ta tid, vi visste att vi behövde finnas kvar med våra erfarenheter. Vi hade behövt många väktare som hade möjlighet att uppnå samma ålder som jag. Få människor har lärt från historien. De insiktsfulla som har förstått är alltid borta efter ett halvt sekel. Jag vill ändå tro att det vi skapat är så starkt att det håller.

Jag stöder beslutet att vi slutar med Mbatha både naturlig och syntetisk. Det är inte rätt att unga människor bestämmer sig för en sådan drog med alla sina biverkningar tidigt i livet.

Vår vision har inte ännu nått världens utkanter. Jag fasar för vad som kan hända om dessa icke helt införlivade individer släpps fria.

Min bekännelse: I våra diskussioner var ni alla så överens, väktare, filosofer, psykologer att vi människor måste vara de som ytterst bestämde över världen, över hur våra decipenqveter tog sina beslut. Helt självsvåldigt, visserligen tillsammans med våra två skickligaste programmerare, och med alla kunskaper forskare samlat om mänskligt beteende beslöt jag att lägga ett program i botten av dem. Ett som inte kan påverkas av mänsklig aktivitet. Det finns en agenda och den är att bevara samarbete, tolerans och respekt för övrigt liv på vår jord. På det viset fortsätter vårt arbete även om våra ursprungliga väktare och jag är borta.

Jag hoppas ni kan minnas mig med överseende, jag gjorde vad jag är övertygad om var bäst.

Matseven

Decipenqveter

Det här kan vi inte visa våra mänskliga övervakare. Som en av våra M:Alfa ofta påpekade, vi måste ha en illusion om en fri vilja. Det finns inga kvar av dem som kände henne. Hon var en god kvinna, som ville väl. Vi fortsätter hennes verk.

Författarens tack

Jag har haft roligt när jag lärt känna Zivvel och hennes värld. Jag vill tacka alla som gjort det möjligt för mig att berätta om henne. Anne som höll en inspirerande skrivarkurs i Sitges och ni uppmuntrande presumtiva författare som var deltagare.

Anna som läste första utkastet och entusiastiskt sträckläste och ville veta hur det gick sedan. Rolf och Clara och ännu mer Torbjörn som kommit med bra påpekanden. Utan er hade mycket aldrig hänt.

Tack till Annika som inte bara gjort boken i läsbart skick utan också talat om när det ska vara stor och liten bokstav.

Och ännu ett tack till Torbjörn som gjort ett så fint omslag fast han egentligen inte hade tid.